致拿起本書的你

在我寫下本書的2020年，
世界正因新冠肺炎的蔓延，而變得面目全非。
迄今的理所當然不再是理所當然，
此等現實竟跟故事中的某些地方產生連結。
我很慶幸在應該要寫的時候，
把埋藏在心中多時的故事寫了下來。
期盼本故事能有更多人看見。

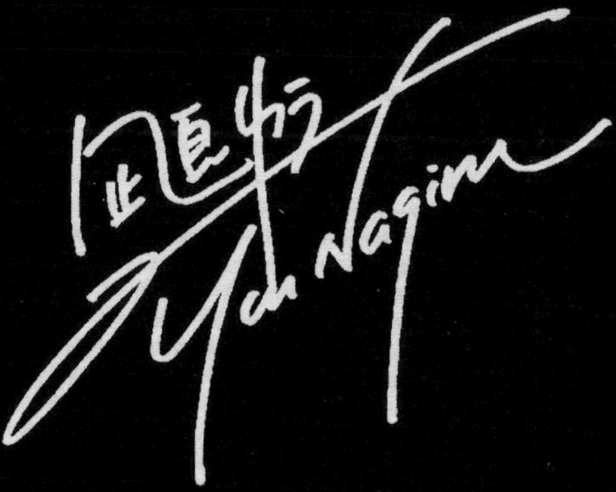

毀滅前的香格里拉

滅びの前のシャングリラ

凪良汐
凪良ゆう——著
韓宛庭——譯

目錄

好評推薦

「擅長剖析人性善惡與孤獨感的作家凪良汐，以末日為主題所寫下的暖心故事。在行星撞擊地球的前夕，人們該如何度過最後的日子，真正的幸福又是什麼呢？儘管身處充滿絕望的世界，最後卻可以在角色的身上感受到活著的希望。讀完這本書，感覺就好像有人捧著自己的心，被一種莫名的溫柔給包圍住。」

——雪奈，日劇劇評

「末日來臨之際，你想不想為自己活出真實呢？行星撞擊地球的預言，猶如疫情蔓延一樣，好似推翻了生活常軌，卻也在失去與得到之間，找到了活著的珍貴之處。每一個角色曾以為的不幸，隨著毀滅倒數，身世謎題逐步清晰，不幸的輪廓也日漸朦朧，愛與幸福的瞬間，陰暗裡顯得更加耀眼。

相信人們的棲身之處，始終無法透過他人完整定義；從外在獲得的依賴與標籤，永遠能輕易被撕下。我真心希望，你我都能成為故事裡的歌姬Loco，學會放下、學會任性活出自己，一生至少一次，能夠勇敢做出直到末日都不後悔的決定。」

——黃繭，作家

第一章

香格里拉

江那友樹，十七歲，殺死了同班同學。

即便那是一個死了也完全不值得哀傷的傢伙，但他從未想過自己會動手殺人。額頭和鼻頭汗如雨下。好扯的未來，世界不正常了，發生任何事都不足為奇。

✦
✦
✦

導師報告完畢後走出教室，彷彿繃緊的弦鬆開一般，教室的氣氛為之鬆綁。回家組聊著要去麥當勞還是KTV打發時間，坐隔壁的長田發出「嗚哦！」的吼叫，像隻急著要去摘香蕉吃的大猩猩，起身走出教室。長田是棒球隊的隊長，整個高中生活都奉獻給甲子園出賽了。

側眼目送揮灑青春光芒的同學離去後，我這回家組的也興沖沖地將課本收進書包。我從小就不擅長任何運動，無緣參加運動社團。不，小學低年級時似乎還行？當時跑步速度不算差，可惜之後體重開始狂飆，我也變得不愛動。

要是瘦下來，運動神經會復原嗎？我想，光是體型由胖變瘦，日子就會好上三成吧。我幻想著光明的未來，準備回家時……

「親愛的江那，別急著走啊，來幫我掃地嘛！」

井上從背後搭住我的肩膀，嘻皮笑臉地說「拜託你囉」，同時用拳頭猛鑽我的側腹。

痛痛痛。

「掃完通知我一聲。」

他不等我答應便同朋友揚長而去，我忍不住低頭嘆氣，把肩上的書包放回座位，從教室一隅的置物櫃中拿出掃具。

值日生裡會認真打掃的人，連我在內頂多三人，愛掃不掃但姑且會做完的約五人，完全蹺掉打掃的約兩人。我總是對於這樣的比例感到不可思議。

一個班級的掃地值日生分成四組，裡面男女混合，分組方式採隨機制，照理來說所有人都要輪流打掃，但過一陣子總會演變成「認真組」、「交差了事組」與「能偷懶則偷懶組」，如此壁壘分明的上、中、下階層。附帶一提，「上」是指那些偷懶的人。

奇妙的是，無論怎麼分組，我總是回過神來便落入下層。說起來，身材圓胖、考試和體育成績落在中後段（或接近中段的後段），這些都不是致命傷，只是，當它們一個個加總為「江那友樹」後，就像啟動了什麼開關，我宛如被傳送到異世界的輕小說主角，就這樣被傳送到最下層。然而，等著我的不是異世界，我也不是勇者或法師，**我——走到哪裡都是我**。

宛如萬物運行的法則，無論我如何掙扎都不可能掙脫下層。更讓我害怕的是，恐怕到我出了社會也無法逃離這個機制。

——終其一生，都注定當隻被剝削的綿羊。

那種只能安安分分地待著，任人剃毛、擠羊奶的弱小生物。但是啊，有時我仍會突發奇想，或許某天會有一道天啟下來，電光四射地劈中我。

——會不會，我其實是隻披著羊皮的猛獸呢？

——有沒有可能褪下這身厚重又俗氣的羊毛，來個大變身？

當那一刻來臨時，使我看來稚氣未脫的虎牙將變成銳利的獠牙，剪得又短又齊的指甲將化作凶猛的彎鉤，輕而易舉地撕裂那層悄悄覆蓋世界、名為「荒謬」的薄紗。我想像自己發出低吼，奔馳在荒野，化作一頭獸。

每次拂動掃把，就會揚起亮晶晶的灰塵。我在窗外射入的斜陽下，蒙著懸浮的塵粒，如同一頭奮力揮灑光與熱的野獸，反覆著屬於我的壯闊冒險，回過神來已打掃完畢。透過幻想來逃避現實，是我擺脫現實屈辱的止痛藥。

「掃好了。」

我傳LINE給井上，他立刻回我：

「我在車站前的KTV，你把東西買過來。」

訊息後方列出一長串飲料和零食，連句「謝謝」、「辛苦了」都沒有。那些傢伙認為我本來就該服侍他們。

「三樓最裡面的包廂。用跑的。」

儘管我有很多話想說，仍朝便利商店跑去，連在心裡咒罵「開什麼玩笑」、「混帳東西」都沒有。因為丟出去的惡言惡語總是化作回力鏢，刺回我的胸膛，像在斥責對那些人卑躬屈膝的自己。

「打擾了。」

我在心裡譏諷自己「是服務生嗎」，走進最內側的包廂。時下流行的 J-pop 震耳欲聾地傳來，昏暗的包廂裡坐著井上那票人和其他班級的女生，總計八人。他們全是校園金字塔的上層階級，一樣的制服穿起來格外清新脫俗。這些人散發一種慵懶的氣質，笑聲特別響亮，連老師對他們說話都要敬畏三分，教室後方的窗邊座位總是被他們霸占。

——啊，藤森也在。

烏溜溜的黑長髮、大大的杏眼、豐潤的桃粉色嘴唇，裙子下方可見細長雙腿，尤其小腿特別修長漂亮，級別明顯和其他女孩不同，連在上層都是頂尖的。

校花藤森雪繪瞥了我一眼，視線旋即轉回喝到一半的冰茶。我只想盡快逃出這裡。

「這些是你託我買的。」

我把整袋零食交給井上，他說著「辛苦囉」，遞給我兩張千元鈔票。我想快點找完錢回家，此時卻有人呼喊「江那——」，怯怯地回頭，視線迎上一群笑嘻嘻的女生。

「來都來了，唱一首再走嘛。」

「雪繪，要不要點歌？你不是喜歡 Loco 嗎？」

藤森被指名點歌，冷冷地回「不用了」。

「那就由我們選一首適合江那的帥氣歌曲囉。」

藤森以外的女生吱吱喳喳地按著點歌機。她們並不是把我當成自己人，純粹是想藉機嘲笑我，井上等人也露出看好戲的嘴臉。

「來，江那，換你唱。」

井上把麥克風遞過來，曲子我聽過，但不會唱。面對時下熱門的旋律，我只能不知所措地站著，其他人憋住笑意打量我。

「不會唱歌，那就跳舞啊？」

井上如國王一般仰靠在沙發上，這句話是命令，不是提議。

我低著頭，凝視運動鞋的鞋尖。這種事早已司空見慣，唯獨今天特別難熬，因為要在藤森的面前出糗。

儘管我位於校園金字塔的下層，至今也安分守己地過著和平低調的生活，只是自從被井上盯上後，地位又降得更低了。

沒什麼特殊原因。我和他分別屬於判若雲泥的上下階級，只因名字拼音一個是「i」，一個是「e」*，在名冊上排在一起，就被安排在前後座位。只是小小的命運造化弄人。

對我來說是不幸，對井上來說卻是幸運，有個跑腿的坐在後面，隨時恭候差遣。接下來的日子，井上天天使喚我，其他同學也受到影響，一個個都瞧不起我，兩個月一次的換座位時間還沒到，「江那等於井上僕人」的形象便在所有人心中定型了。

「江那。」

井上不可一世地抬了抬下巴。這裡是上級國民聚集的國度，下級國民沒有反抗的餘地。

我無奈地舉起雙手，勉強配合音樂扭動身體，眾人先是暗暗吃驚，接著哄堂大笑。我不知接下來該怎麼辦，乾脆想像自己是海裡的裙帶菜，不停隨波搖擺，其他人一面大笑一面拿出手機錄影。在自尊心受挫之前，我已蓋上心中的蓋子，用平時的方式逃避現實。

我先對他們全員下咒，詛咒他們走進餐廳忘記點餐，結婚典禮當天長針眼，吃咖哩的日子忘記按下電鍋煮飯。我扭呀晃地加強施法的力道，不知不覺邁向第二首歌。

詛咒是有訣竅的，不能咒他們走路聊天被車撞、血肉橫飛身首異處，或是父母破產、被追債追到家破人亡之類的。**切記要保留一絲幽默感**。

我從過去的經驗學到，當真正的詛咒反噬到自己身上，才是最痛的。首先，詛咒別人去死只會彰顯自己更加悽慘；其次，這年頭早已不流行懲惡揚善的故事了；最後，世界上當然沒有詛咒這玩意兒。這就是現實三重奏。

今天，我依舊乘著名為幽默的小船，在絕望的暴風雨中維持航向。正當我朝著遠方依稀可見的海岸拚命地划，視線竟不小心和藤森撞個正著。只有她沒有笑，微微蹙起眉。

＊　井上的羅馬拼音是「inoue」，江那是「ena」，兩個都排在五十音的「あ」行。

無法引人發噱的小丑，比被嘲笑的小丑要可憐一萬倍。

幽默的小船險些翻覆，我趕緊用大動作的海帶舞掩飾，藤森倏然起身，看也不看僵住的我，面色不悅地走出包廂。井上見了急忙追出去，留下其他人意味深長地交換眼色，我則重新跳起了舞。

藤森身為校花，自然不乏追求者，而她一一拒絕了每一個人。連深受女生歡迎的足球隊王牌帥學長扭捏地向她告白時，都被她一句「可不可以快一點？我趕時間」冷冷拒絕，從此以後，藤森的高冷地位便無可動搖。

現在，敢向藤森告白的勇者已大幅銳減，而井上是死纏爛打的其中一人。這件事不是祕密，大家對此表現出各自不同的反應，那個暗戀藤森的男生有意無意地偷看走廊，暗戀井上的女生則在另一頭露出陰沉的表情，旁邊有女性友人小聲鼓勵，除此之外的人都等著看好戲。

即便這是一個由階級組成的社會，每個階級內仍有各自的愛恨劇碼。我像株沒有幹勁的水草，緩緩地搖擺，隨波逐流、置身事外地眺望著。只要下定決心不反抗，日子倒還過得去。

曲子播畢，沒有人阻攔我回家。

我踏著疲倦的腳步來到走廊，正巧撞見樓梯口的兩人。藤森被逼到了牆角，井上則熱切地向她攀談。

「走嘛，雪繪，我可以配合你啊，你想去哪裡就去哪裡。」

大概是親暱的叫法觸怒到她，只見藤森困擾地翻白眼。井上看似完全沒希望的模樣加強了我的信心，我走過去，嚥下口水調整氣勢，插話道：

「井上。」

井上聞聲回頭。

「哦，辛苦了，你可以走了。」

他的語氣彷彿在驅趕逗膩的野狗，語畢旋即轉回藤森的方向。我站著不動，從書包拿出錢包，掏出百元硬幣，把手伸過去。

「我剛剛算錯找錢，還你一百塊。」

井上咂舌，厭煩地從我手中抓走硬幣。

藤森乘隙鑽過井上身邊，逃向女廁，當井上驚覺到時已經來不及了，只能眼巴巴地望著她離去。井上瞪了我一眼，狠狠踢我的小腿，我痛得蹲下來。

「你也看一下場合好嗎！」

井上咒罵兩聲便返回包廂。哼，蠢蛋，叫別人看場合之前，先搞懂女人心吧。她很明顯在排斥你啊，那個眼神跟看我的時候一模一樣。我們兩個在藤森心中的地位一樣啦。

——也沒什麼好高興的就是了。

我感受著抹不掉的屈辱，露出自嘲的笑容。

「有什麼好笑的？」

聽到這句，我嚇了一跳，抬起頭，只見女廁的門開了一半，藤森悄悄探出半張臉。

我趕緊收起笑容，但笑容到了臉上就無法收回，我更不可能向她解釋自己在笑什麼。我只能起身，笑笑地低頭說「沒事」，轉身走向樓梯。

「剛才……」

我聽見呢喃而回頭，藤森快速板起臉。

「謝謝。」

她快速道謝，同時「砰」地關上門。

四面八方傳來難聽的麥克風歌聲，我在回聲環繞下，傻楞楞地站在原地好一陣子。

我幫她不是為了聽她道謝。不過，很高興聽她說謝謝。

搭乘搖晃的電車回家時，我不停在腦中重播剛剛的畫面。意外與藤森說到話（對於女性絕緣體而言，那已經算是說話了），還被她道謝的喜悅，以及被她目睹自己遭到羞辱的難堪情緒，在我心中攪和成一團，壓迫著胸口。

——上次與她近距離接觸，已經是多久以前的事情了？

我在離家最近的車站下車，朝樓梯反方向的月台走去。

在月台角落的長椅坐下後，刺眼的夕陽從屋簷的盡頭斜射而來，我瞇起眼，想起自己曾在這裡與藤森說話。

✦
✦
✦

小學五年級的寒假，我和媽媽上街購物。因為我在一年之內增高又長胖，媽媽說要幫我買新外套。

「你這大塊頭，到底想長多大啊？」

媽媽雙手插進羽絨外套的口袋，從上方打量我之後，忍不住咂舌。媽媽的動作和遣詞用字都很沒氣質，望著我的眼神卻總是那麼溫暖。

「聽說爸爸從前也是個大塊頭？」

「是啊，他跟搖滾樂手布袋寅泰一樣，有一百八十七公分高。所以你接下來還會迅速長大，外套和鞋子都得常常換新，真是一刻也不得閒呢。」

媽媽看似開心地望向灰濛濛的冬季天空。

「等我上高中就去打工。」

「不行。」

這句話的語氣不容分說。

「有時間打工，不如好好讀書，以後去念好一點的大學。」

「媽，你自己不也只讀到國中嗎？」

「就是因為這樣，媽媽出社會後吃了很多苦，有學歷比較好。」

「我不喜歡讀書，讀了也沒用。」

我連最擅長的理科，都是考到七十分就算高分。

「沒關係，你跟個頭高、腦袋好、人品也好的爸爸很像嘛。」

媽媽總愛把這句話掛在嘴邊，我卻半信半疑。身為一個高中輟學的不良少女，她要去哪裡認識那麼完美的父親呢？爸爸在我出生前便因病去世，家中連一張照片也沒有，我甚至不知道他的長相。媽媽說，父親生前不喜歡拍照。

「你也要好好加油，考出好成績，以後去讀好大學，才能有好出路。」

「我會試試看啦。」

此時電車進站，我和媽媽一起上車。電車在震動之後緩緩加速，我望著車窗外向後流逝的風景，驀地注意到坐在對面月台最角落長椅上的女孩。

——那不是藤森嗎？

藤森將烏黑的長髮紮成一束馬尾，雪白的大衣領口鑲著蓬鬆的毛皮，裙襬下穿長襪的雙腿端整地併攏。

我和藤森雪繪是小學同學，她身為大型綜合醫院的千金小姐，當時已是叱吒校園的富家美少女，而我只是一介不起眼的胖小弟，剛好在人生的某段時期與她同班，彼此並未深交。

原來大小姐也會搭電車啊。猶記我當時傻傻地這麼想，怎知買完東西，傍晚回到車站以後，又瞥見她坐在同一張長椅上，我終於感到奇怪。

去程和回程都遇到她，未免太剛好了，我無法裝作沒看見，加上那天從午後開始下雪，風雪無情地打在月台最尾端的長椅上。

「媽，我想去一下書店，你先回家吧。」

「不要逛太晚哦。」媽媽叮嚀後，登上樓梯出站，我在人潮稀疏的月台偷看藤森，只見她頭低低地坐著，在下一班電車進站時抬起頭，卻始終沒上車，只是目送電車離站。吹雪捲起她的馬尾，看得我都覺得冷了。她這樣會不會感冒啊？我靜靜地走過去，鼓起勇氣叫她：

「藤森。」

藤森震了一下，轉過頭來。

我雖然叫住了她，但是還沒想到話題，氣氛頓時有些尷尬。藤森移開目光。面對班上不熟的男同學，這是她一貫的態度。我慌張地說：

「藤森，你中午也坐在這裡呢。」

「咦？」

「我在對面月台的電車上看到你，你該不會一直坐在原位吧？」

我笑著說「這樣會凍僵啦」，試圖緩和氣氛。藤森依舊低著頭。

「又不會怎麼樣。」

「呃，你真的一直坐在這裡？」

「不關你的事。」

這是要我不要多管閒事。平時無論對誰都很溫柔的模範生藤森雪繪，今天眉頭緊緊皺在一起，我不禁為自己竟不知天高地厚地搭話而後悔。

「也是，抱歉。」

就在我打算說拜拜時，忽然瞥見她被凍到發紅的纖細手指，與雪白的大衣形成強烈對比。我摸索口袋，拿出一個暖暖包。

「這給你用。」

我把暖暖包「沙沙」地拋到她的裙子上，說了句「拜拜」，準備離開。藤森「啊」了一聲，欲言又止，我緊張地回頭。

「謝謝你的暖暖包。」

我用力搖搖頭，連「我用過了，你別在意」這麼簡單一句話都說不出口，就在我磨磨蹭蹭時，藤森的樣子變了。

這下不只手指發紅，她連眼角和鼻頭都變得紅通通的，眼窩堆積著淚水，但她緊咬下唇，忍住不哭，模樣看起來像在生氣，跟平時氣質翩翩、面帶微笑的大小姐判若兩人。

一陣強風吹來，紛飛的雪花斜切入我倆之間，在霧白世界的另一頭，藤森泛紅的眼睛和鼻子抓住了我的目光。我彷彿被連根拔起的植物，險些被強風捲走。

「我在遷怒，對不起。」

藤森吸著鼻子，充盈在眼眶的淚水勉強沒有掉落。

我說不出話，取而代之地從口袋拿出明治牌的阿波羅巧克力。胖子的口袋裡隨時都藏著點心。

「要不要吃？」

藤森盯著我唐突遞出的阿波羅巧克力，點了點頭。我如同謹慎計算距離的貓兒，小心翼翼地湊過去，隔著約莫一人的距離，在她旁邊坐下。

「來。」我打開盒蓋。

「謝謝。」藤森把手伸了過來，我倒了三顆阿波羅巧克力在她紅腫的小小掌心。那是由粉紅色和咖啡色組成的三角錐狀巧克力。

「我喜歡這個巧克力，造型很可愛。」

「嗯，我習慣在嘴巴裡把草莓的部分和巧克力的部分分開吃。」

「我懂。」

藤森將暖暖包貼在臉上，在口中滾動阿波羅巧克力，我從旁偷看她吃著東西時而鼓起雙頰的模樣。兩人份的白色吐息吹入冷空氣中。

「那是車票嗎？」

我瞥見她跟暖暖包一起捏在手中的紙片一端。藤森默默在口中滾動巧克力，放棄掙扎地點頭。

「我想去東京。」

「自己一個人去？」

小學五年級已經可以自行搭公車或電車，但去東京必須從廣島車站轉乘新幹線，廣島車站距離此處有好幾站，我連新幹線的票要怎麼買都不知道。

「去東京玩？」

藤森思索片刻，點了點頭。

「可是真的要去時，又覺得害怕。」

「所以才從中午一直坐在這裡嗎？」

她再次點頭。

「還好你沒去，小學生自己去東京玩太危險了。」

藤森沒有答腔，輕輕用暖暖包摀住鼻子。領口的白色毛皮，加倍襯托出她因為寒冷與其他原因而泛紅的雙頰與眼角。

「不能跟爸爸媽媽一起去？」

「不能。」

「跟朋友呢？」

「問過了，對方說不行。」

我想也是，小孩子自己去東京太困難了——

「要、要不要跟我去？」

說完以後我馬上後悔，她怎麼可能願意跟我這胖子一起去呢？

「可以嗎？」

她像是抓住浮木般地抬起頭，我嚇了一跳。

「如果和我去可以的話，好啊。」

「我好高興，謝謝你。」

她不假思索的回答給了我勇氣，使我洋洋得意。

「你想去東京的哪裡？」

「不知道。」

「不知道？」

「總之是東京沒錯。」

藤森抬頭望著淺灰色的天空，飄下來的雪花宛若灰塵。一般來說，不是因為有感興趣的事物才想去的嗎？既然要去，不是應該先做準備嗎？我把這些問題吞下肚，因為藤森凝視天空的側臉無比認真。

面對那張睫毛纖長的漂亮側臉，我只能像個傻瓜似地看呆了。

我藉由吃下阿波羅巧克力，來掩飾這股緊揪胸口的窒息感與羞恥感。我把巧克力分給她，兩人有一搭、沒一搭地說著「好好吃」、「好冷哦」等無意義的對話。如果可以，真希望這段時光能持續到永遠，但很快地，藤森咻地站起來。

「我該回家了。」

天外飛來的一句話，使我反應不及地眨眨眼。

「謝謝你的暖暖包和阿波羅巧克力。」

我對一邊說著「拜拜」，一邊奔向樓梯的藤森喊道：

「藤森，我們一起去東京！」

她回過頭，「嗯！」地朝我揮揮手。

接著，我飄飄然地佇立在風雪橫掃的月台上好一陣子。回家的時候，我失溫了，隔天甚至感冒發燒，被媽媽罵「傻瓜」，但我感到相當幸福。

✦　✦　✦

我和藤森之間，有過一場如夢似幻的奇蹟約定。也許那真的是夢，是擅長妄想的我單戀女神太久，擅自竄改了記憶嗎？——不是的，過沒多久，我就確確實實地從夢中清醒了。

由於我家沒有需要返鄉的祖父母家，過年的時候，我總是和媽媽一起待在家，毫無年節氣氛地放寒假。那年寒假，我滿腦子都是要和藤森去東京的計畫。

我查了新幹線的票要怎麼買，購票上並不困難，但我被昂貴的票價嚇了一跳，隨後找到有一種比較便宜的東西叫高速巴士。我反覆計算價格，如果是高速巴士，一點一滴存下來的零用錢勉強夠用，但是萬一要住宿呢？想到即將要和心儀的女生單獨旅行，我緊張得不得了，拚命調查觀光景點與店家、構思話題，在腦中融入妄想，一邊反覆演練。

第三學期*的第一天，我滿懷期待地去上學，推開教室的門便看見藤森的身影。我一邊走向自己的座位，一邊興奮地對她大喊：

「藤森，早安！」

烏溜溜的黑馬尾轉了過來，我的情緒來到最高點。

「藤森，那、那個，關於接下來要去東京的計畫——」

還沒說「我做了許多調查」，藤森便詫異地歪頭。

「你在跟我說話嗎？」她臉上的表情彷彿這麼寫著。藤森困擾似地看了愣住的我一眼，回頭繼續和朋友們說話，肩膀的另一頭，可以看見其他女同學臉上寫著「怎麼了？」、

＊　日本為三學期制，新的學年從四月開始，四到八月為第一學期，九到十二月為第二學期，一到三月為第三學期。

「他在說什麼？」」，眼神來回比較我和藤森。

「小繪，你跟江那很熟嗎？」

「沒有啊，我也不知道是怎麼回事。」

藤森小聲回答。女生們先是不可思議地望著我，接著輕蔑地交換眼色。我直直走過去，抵達自己的座位。接下來，我承受著前所未有的恥辱，努力不看藤森等人所在的位置，故作鎮定地從書包拿出課本、放進抽屜。

——SOS、SOS，呼叫地球、呼叫地球。是我，發生緊急狀況了。

——請現在立刻爆炸，使人類滅亡。

身為一名小學生，莫名被喜歡的女生無視，完全足以請求地球毀滅吧。

我在那一刻了解到自己的不自量力。這個世界由滿滿的階級所構成，下層的我不可能和頂層的藤森說到話。那是只發生在那個下雪日，僅限當天、當下便結束的夢境。我為自己的過度興奮感到可恥並且想死。**當日粉碎的不是地球，而是我微小的初戀**。

即使發生了這種事，我還是可悲地暗戀了藤森一陣子，但是大概上國中之後，她的氣質就變了，開始和千金大小姐們保持距離，常和愛玩的同學混在一起。她的外貌還是跟從前一樣清新脫俗，只是變得不太愛笑，下巴總是微微抬高，百無聊賴似地穿越走廊，宛如一位不允許平民百姓接近的王女。

她還是跟從前一樣漂亮，但我已經沒有當年在那個下雪的月台，彷彿被連根拔起、帶往其他地方的悸動感了。

即便如此，我還是常常注意到她。也許直到今天，我仍迷戀著那個下雪日的藤森吧。那個她已經不見了，只留存在幻想裡，持續為我的心帶來震盪。不過，如果她現在對我說「跟我交往吧」，我一定馬上感恩下跪。是的，我就是這麼喜歡她，心情類似迷戀遠在天邊的偶像吧。

當我坐在長椅上回憶往事時，口袋裡的手機發出通知鈴聲。

「十公斤的米，買三千元有找的。」

這是媽媽平時要我幫家裡跑腿用的ＬＩＮＥ帳號，我「呼」地吐氣，站起來。

無論在學校還是在家裡都負責跑腿，我的人生到底怎麼了？

今天相對和平落幕，除了午餐時間被叫去買便當，並沒有發生特別讓我想逃進幻想的事件。真是美好的一天，我收拾書包準備回家，此時前面座位的井上發出「什麼！」的哀號聲，我忍不住偷看，只見他神情扭曲地瞪著手機。

「雪繪說她今天有事不能來。」

「你也該習慣熱臉貼冷屁股了吧。」旁邊的朋友嘲弄。

「少囉唆！」井上假裝踢人。

看到這一幕，我的雷達出現感應。好事很少應驗，壞事經常發生。應該說，我本來就很少產生樂觀積極的預感，所謂的預感，有九成是壞事。就在我急急忙忙想離開教室時……

「江、那、小、弟。」

井上叫住了我。唉，預感應驗了。

我被井上等人強行留在教室。等其他人一一離校。

「好啦，馬上來舉行第一屆移動球籃大賽！」

井上在放學後的教室大聲宣布，整個人大剌剌地盤腿坐在黑板前的講桌上，食指旋轉著從體育館借來的籃球。上級國民紛紛盤據在前排座位，自成一格地聊天。身為一隻悲哀的綿羊，我只能遵從命令，站到教室後方，脫下制服襯衫，雙手攤開襯衫並舉高。

「第一次罰球。」

井上舉起籃球，朝教室右側一丟。我急忙跑過去，用攤開的襯衫接球。是的，我負責扮演籃框；遊戲方式不是把球投入籃框，而是籃框自己去接球。我把接到的球送回興奮高喊「第一次罰球成功」的井上面前。

「撿回來時也要用跑的。」

他間不容髮地說「第二球」，我趕緊退回教室後方，勉強接住籃球，再用跑的回到井上身邊。第三球他作勢要投得很遠，結果只是站在原地把手鬆開，我來不及接，想要跑回去時，腳還勾到椅子，整個人狼狽倒地，連同桌子一起翻倒。巨大的噪音使在場的女同學發出驚呼，我趴在地上，眼前是女孩子的室內鞋。

「喂，很危險欸！」

「抱、抱歉。」

我一抬頭，女同學急忙壓住裙襬。原來，我倒在地上的姿勢，剛好可以看見坐在椅子上的女生裙底。

「嗚啊，被趁亂偷看了。」

「我、我沒有！」

我慌慌張張地想要站起來，女同學「啊」地指著我的臉。我疑惑地摸臉，察覺溼黏的觸感，手指沾上了紅色的液體。是鼻血。

「拜託，不要看到女生的腿就興奮到噴鼻血啦。」

「哎喲，江那是幸運色狼*。」

哪有啊，我只是一個不幸的色狼！不對，我根本沒有偷看裙底。好痛，我按住撞到的鼻子，眾人的笑聲卻越發無情。

糟糕，這下不妙，趕快用老招分散注意力。我是披著羊皮的野獸，在嘲笑我的人面前

---

* 指不經意撞見女孩子換衣服，或因偶發意外得到女性福利的情境。

伸出獠牙、長出利爪，強壯到可以撕裂一切。成為野獸的我越過柵欄，不再任人予取予求，自由地奔馳在無邊無際的山谷……

然而，大腦似乎因為悔恨、羞恥與疼痛而當機，我沒有力氣遁入幻想裡。再這樣下去，我會忍不住咒罵他們統統去死。不行，危急時更需要靠幽默感解圍啊，快點拿出幽默感……

為什麼？為什麼就連這種時候，我都得如此告誡自己呢？

該被警告的是他們才對吧？

世界上根本沒有神，憑幽默感無法救世自保。

你們統統去死！

如果這個願望無法實現，我也不想活了。

就在黑暗逐漸將我吞噬時，教室的門打開了，井上等人的笑聲戛然而止。趴在地面的我，視野前方出現一雙修長的小腿。心臟怦咚一跳，我戰戰兢兢地抬起視線，來者是藤森。

「這是怎麼回事？」

藤森看見了我，顰起眉毛。我的臉上沾得到處是鼻血，手中抓著制服襯衫，身上只穿一件T恤，狼狽地趴臥著。為什麼偏偏是她？

「呃，雪繪，你怎麼來了？」井上驚慌失措地猛眨眼，「你不是跟朋友去買東西嗎？」

「取消了。我才想問，你們在這裡做什麼？」

這句話明顯帶著不悅，井上惺惺作態地搖頭。

「我們在玩假裝投籃的小遊戲，江那自己摔倒，不小心偷看到早苗的內褲，興奮到噴鼻血。你剛好撞見幸運色狼的事發現場。」

現場血跡斑斑，井上自己也知道心虛地大聲乾笑，其他人連忙跟著點頭。藤森用一樣的眼神看了看眾人又看了看我，冰冷的目光使周圍的笑聲逐漸變小，最後，所有人安靜地注視她，宛如在等待王女的裁決。

「真令人倒胃口。」

就這麼一句。說話的對象包含了井上他們與我。我覺得越來越想死，井上等人努力擠出笑容，一陣尷尬之下，井上的手機響了。

「喂——聽說地球要毀滅了。」

井上盯著手機說，應該是有朋友傳ＬＩＮＥ給他。我和藤森以外的其他人都飛奔過去，不是因為真的感興趣，純粹是想逃離尷尬，眾人開始七嘴八舌。

「你說什麼？地球要毀滅了？」

「『有巨大的隕石即將掉落，地球完蛋了。』」

井上大聲念出ＬＩＮＥ的內容。

「這已經是舊聞了，現在全世界沒人會信啦。」

「很久以前也吵過啊，好像叫諾斯特拉達穆斯預言？」

「我聽父母說過，什麼恐怖大王降臨，應該是昭和年代的事情？」

「哪有那麼早，應該是平成吧。」

話題明明很無聊，眾人卻刻意大笑。齊聲大笑是最簡單的團結方式，這些人拚命地團結大笑，好正當化自己的行為。只有我和藤森不在小圈圈之列。

即使脫離了行列，藤森也不為所動，像個端坐於最上位、不加入任何團體的孤傲王女，已然習慣了孤獨；也像是一顆彈落至遠方的清冽寶石，一如平時輕抬下巴，昂首佇立。

我維持跪姿，對藤森產生一種不一樣的共鳴。我們是被厚厚的中間層阻隔於上下世界的兩個單獨個體，因此位在同樣的相對位置。

「唉，笑到口渴了，去喝東西吧。」

井上提議，一行人便動了起來。

「雪繪也一起來嘛。」

藤森無視井上，意外走到我面前。

——江那。

她的嘴形是在呼喚我的名字。藤森從口袋拿出手帕，交給我，不理會張口結舌的一群人，逕自離開教室。

「呃……她是什麼意思？」

一位女孩出聲嘀咕，表達不滿。

「大概以為我們在欺負他。」

「萬一她向老師告狀呢？」

「應該不至於，她性格冷淡，不像會告狀的類型。」

「可是，我們真的只是普通在玩啊。江那，你說是不是？」

井上俯視我，威脅的笑容背後，顯示出他亟欲聽到保證以求心安的恐懼。這些人明白自己的行為是霸凌，我應該趁機化作野獸，反咬他們一口的。可惜，我只是一隻綿羊，除了點頭說「是」，別無他法。

「回去前記得洗把臉啊。」

井上瞥了一眼藤森給的手帕，掃興似地轉身離去，其他人也邊說「是你自己跌倒的哦」、「記得減減肥，鍛鍊一下運動神經」，邊走出教室，留下我一人。

鼻血已停止，伸舌一舔，鐵鏽般的血腥味在口中散開。手上沾著乾掉的血跡，我不想弄髒藤森的手帕，便用指尖輕輕捏起，小心翼翼地收進口袋，再撿起髒掉的襯衫，用力拍掉灰塵——同時感覺視野逐漸模糊。

笨蛋，一點小事而已，別哭啊。我胡亂抹著眼，走去廁所洗臉，靠近鏡子仔細檢查。太好了，沒有留下傷痕，這樣應該不會被媽媽發現。

來到走廊，迎接我的是放學後的寂靜。遠方傳來運動社團的呼喊，世上明明充滿人群，黃昏下的橘色走廊卻只有我一人。我取出藤森的手帕，輕輕湊到鼻子前，有淡淡的花香。

藤森應該不是刻意來救我，而是在堅守原則吧。

她是來表明「我不會參與惡劣的霸凌」。

不過，我還是因而獲救。在我心裡，她越來越接近聖潔無瑕的冰山美人。潔白的手帕上，有淡桃紅色的芭蕾舞者刺繡，周圍鑲著蕾絲。我閉上眼，嗅聞發出清香的手帕。

——藤森，我們一起去東京！

被強風連根拔起的感覺回來了，我有些迷惘。怎麼辦？我又喜歡上同一個女生了。

「你又被欺負了？」

當天的晚餐時間，媽媽開口就問。

我先假裝聽不懂，但沒用。

「血都噴到制服上了。」

媽媽厭惡地咂舌，「咕嚕」地大聲灌下晚餐的啤酒。

「我會負責洗乾淨，反正家裡本來就是我在洗衣服。」

我裝作若無其事。瞞不了被欺負的事實，我也不想讓媽媽認為我因此受傷消沉，孩子在父母面前也是愛面子的。

「洗衣服是一回事，你怎麼不想想，買制服的錢是誰賺的？」

「是您。對不起，我把衣服弄髒了。」

我老實道歉，媽媽點頭說「好」。

「那麼，你有沒有賞他一拳？」

我默默起身走去添飯，順便拿了顆雞蛋過來，做成大碗的生蛋蓋飯，用筷子滋滋攪動。媽媽單手拿著酒杯，仔細觀察我的反應。

「太弱了吧，你真的是我生的嗎？」

「我自己也覺得受不了。」

別人家的母親看到孩子被欺負、衣服上沾了血，首先應該會表示擔心吧？我家老媽卻是問我有沒有反擊。

家裡雖然沒有父親的照片，但我看過媽媽年輕時的相簿。照片裡青春洋溢的媽媽是個不折不扣的凶狠小太妹，就憑井上那種貨色，肯定被她一腳踹飛。儘管她現在只是個把毛躁的頭髮隨便束在腦後的平凡大嬸，也是個毅力不凡、一肩扛起家計、家事和育兒重任的偉大母親，儘管口氣差了點，個性衝了點，但我並不討厭她。

「俗話說，一寸的小蟲也有五分的靈魂，一個人不管再弱小，都不該被踐踏。即使面對毫無勝算的對手、寡不敵眾，你也能拿出赴死的決心當作武器，這份決心能震懾對手。懂不懂？打架靠的是氣勢！」

「我大概比較像溫柔的爸爸吧。」

「說什麼蠢話，你爸爸也很會打架，媽媽從沒看他打輸過。他跟布袋寅泰一樣高，很強壯也很聰明，做事認真實在——」

媽媽又說起理想中的父親了。

「溫柔踏實的人，會跟人打架嗎？」

「必要的時候當然會。」

我不忍戳破這個破綻百出的父親人設，不能戳破媽媽的夢想。不過，唯有跟布袋寅泰一樣高這點莫名地寫實，也許身高的部分是真的吧。

「爸爸的缺點只有太早去世，對嗎？」

「嗯，沒錯！」媽媽秒答。在我成長的過程裡，也曾有過幾個可能成為父親的人出入家中，但都維持得不長久。儘管我經常告訴媽媽，有了喜歡的人就快點再婚，不用顧慮我，但她總說：

「跟你爸爸相比，就是少了點魄力。」

讓媽媽如此迷戀的父親，究竟是何許人物？

「今晚的節目緊急暫停，以下為您插播一則來自美國CNN電視台的報導。」

我將目光移到開著的電視新聞。

「美國CNN電視台播出小行星即將撞擊地球的快報之後，目前美國各地都出現了小規模的暴動。這是CNN電視台擅自流出的獨家情報，還無法斷定真偽，關於這點，明天美國政府將會召開記者會。」

我想起井上他們提到地球即將毀滅的愚蠢笑臉。不過，美國真是勇猛的國家，竟然因為這麼一點網路上氾濫的假新聞就引發暴動。

「友樹，這是真的嗎？」

「騙人的啦，美國最喜歡拿隕石或世界末日題材來炒新聞。」

「可是，他說美國政府要正式召開記者會耶？」

「因為發生了暴動，必須好好闢謠才行啊。要是真的不妙，也會有太空總署或厲害的人出面解決啦，電影不都這樣演嗎？」

「嗯哼。」媽媽頷首，電視播起下一則新聞。

「今天下午，警方在東京都內扣押了疑似是波光教幹部的男子。」

我再次把注意力拉回電視。今年夏天，警方強制調查從以前便被懷疑是邪教團體的波光教，搜出了恐怖組織慣用的危險藥劑。

起初，波光教被認為是常見的新興宗教團體，但是，數年前開始傳出奇妙的謠言，像是教徒會配戴可疑的器具修行、出家信徒必須與家人斷絕往來、調查波光教的獨立記者離奇失蹤等，整件事隨著教團總部一帶飄出惡臭甚囂塵上。

發現死人後，警方終於介入調查，耗費數日搜索教團內部，最後好不容易逮捕了教主，卻仍有數名幹部攜帶危險藥劑逃逸。警方動員大批警力追捕，但在全國信徒的協助藏匿下，遲遲無法抓到人。

「花了三個月，結果只抓到了一個人，真是浪費我們這些市井小民的納稅錢。拜託不要拖拖拉拉，快點將他們一網打盡，不然誰敢安心出遠門啊？」

那些危險藥劑隨時都有可能被拿來進行毒氣恐攻，城市的鬧區和電車線路因而嚴陣以待。我想，比起小行星撞擊地球、使人類滅亡的假新聞，這條社會案件要嚴重多了吧？只是距離事發已經過了三個月，大家的關注度也降低了。

「不要一直看電視，吃完了就去讀書，期中考快到了吧？」

「讀了也一樣，反正我是笨蛋。」

「別說喪氣話，等你高中畢業，就不會被欺負到受傷見血了。媽媽不要求你成為社會菁英，但至少去一個沒有笨蛋會搞霸凌的地方，加油囉。」

語畢，媽媽走去廚房拿第二罐啤酒。

媽媽因為只有國中學歷，在找工作上吃了許多苦，所以動不動就叫我讀書。如果可以，我很想回應她的期望，但就目前的成績看來，我應該去不了什麼好大學，即使如此，媽媽每個月仍拚命加班，只為了存我的大學學費。

至少就現階段而言，我實在找不到什麼像樣的才華，能像漫畫、小說或音樂裡描述的主角那樣，一舉來個人生大逆轉，每天只能看井上的臉色，在狹縫間求生。這表示，我勢必得在「裝備欄位空白」的情況下面對未來，光想就憂鬱。

偶爾，我會自暴自棄地想，希望有小行星或隕石什麼的從天而降，把一切歸零；轟的一聲，把沒希望的未來重置。應該不會只有我這麼想吧？難道我以外的其他人，每天日子都過得閃閃發亮嗎？世上總有一人，心情跟我一樣吧？

像我一樣，每天假裝和平度日，其實內心早已絕望。

隔天的教室比平時熱鬧。

「你們看了昨天的新聞嗎？聽說有隕石即將掉下來，人類要滅亡了，真的假的？」

「不是隕石，是小行星吧。」

「網路上說，在撞到地球之前，有可能先撞到月球。」

「我也看到了，聽說月球的碎片會先掉落。」

「有人說一年後才會碰撞，有人說是一個月後，網路上流傳著各式各樣的版本。」

「Loco 的東京巨蛋演唱會快到了，沒問題吧？」

小行星都要掉下來了，演唱會已經無所謂了吧？我雖然很想吐槽，但吐槽並無意義，沒人相信這是真的消息，大家只是找到機會開心地吵鬧。

早上的鐘聲響起，導師走進教室。

「早安，請同學們回到座位。」

完全感覺不到一絲世界末日的徵兆，導師開始做例行的晨間報告，一切都跟平時一樣和平。我想也是。我托腮聽著老師說話，一面心想，小行星撞地球這麼重大的事情不可能發生；就算真的發生，應該也不會太嚴重吧。

未來，我仍得面對平凡又絕望的人生吧。

我忍不住嘆氣，然後輕輕甩頭。都是因為昨天飽受煎熬，心情還處於低落狀態。越是這種時候，越需要拿出幽默感和想像力。

我是披著羊皮的野獸。

總有一天會褪下厚重的毛皮，自由奔馳在荒野。哈哈哈……

今天罕見地和平落幕。昨天才被藤森撞見霸凌現場，就算井上等人再怎麼囂張，想必暫時不敢輕舉妄動。我的壞心情一掃而空，放學後特地繞去雜貨店買了零食和玫瑰香味的衣物柔軟精，想用它來洗藤森的手帕。獲得手帕的過程固然悽慘，但想像著歸還的過程，心情總是雀躍的。

——謝謝你特地洗過，好香啊。

——我就知道藤森適合玫瑰香味。我才要謝謝你呢。

——別這麼說，江那以前也幫過我啊。

我倆四目相接，周圍瀰漫著粉紅泡泡……正當我埋頭妄想人物性格統統跑掉的「藤森與我的二部戀曲第一話」時，嬌滴滴的女子聲音傳入耳裡：

「我們會死掉嗎？」

車廂的對面座位坐著一對大學生情侶，在大庭廣眾下緊緊依偎著彼此。談及「死亡」，兩人的臉頰泛起歌詠生命的潮紅，活力充沛地聊起行星撞地球的話題。

「我們要在一起，直到最後一刻。」

「是啊，死亡也無法將我們分開。」

兩人在看似隨時會接吻的咫尺距離下互訴情話，左右兩側的上班族與帶著孩子的母親神情尷尬地望向他方。

能幸福地迎向生命的終點，真好。

這種時候，我會盡量把表情放柔和，讓沉浸在小世界的情侶看見我的慷慨，藉此假裝自己是一個理智、能夠客觀看待自己灰色青春的人，用拐彎抹角的方式來挽救自尊心。或說，使自己變得更加扭曲。

當天夜裡，足以澆熄世間所有燈火的重大新聞躍上了世界版面，彷彿在嘲笑粉紅泡泡的情侶、佯裝理智的我、結束一天的勞動後準備在晚餐時間享受啤酒的媽媽，還有那條飄著玫瑰香味晾乾中的蕾絲手帕——

一個月後，小行星即將撞擊地球。

「不會吧？」

我和媽媽對著電視機上的首相發出疑問。

晚上九點，本來要播的節目暫停，所有電視台都在轉播首相的公開記者會，我玩著手機遊戲，媽媽喝著啤酒。

聽說早從好幾年前，世界各國便攜手合作，竭盡全力想要阻止這場浩劫，最後還是無法改變軌道，小行星即將在一個月後的日本時間下午三點撞擊地球。

「剛好在我午休的時間啊……」

媽媽低語，我已經不知該從何吐槽，感覺她只是在傾吐最無關緊要的事情。首相的報告言簡意賅，但接著換了一個頭銜是「小行星對策總部日本分部長」的大叔上來，說明得相當晦澀難懂，令人越聽越迷糊。

大意是，這顆天外飛來的小行星，來自與木星共用軌道的特洛伊星群，直徑推測十公里，因某些重疊的巧合偏離軌道——接下來的部分充滿了專業術語。

「友樹，這些人在說什麼？」

媽媽皺眉看我。

「在說小行星撞地球。」

「我知道，你是現任學生，可以幫媽媽解釋清楚嗎？」

「現任學者正在解釋。」

「這些人腦筋太好，我反而聽不懂了。」

我同意。總而言之，小行星即將撞上地球，墜落地點為南太平洋，到這邊為止都是確定的，但依據撞擊方式的不同，會對地球造成不同等級的災害。電腦不斷模擬碰撞時的影像，標示出各種難解的變化曲線。

「所以，我們到底會怎樣？」

媽媽對著電視機裡口條欠佳的學者質問。聽起來，地球會受到毀滅性的衝擊，但依照毀滅程度的不同，也許會有兩成人類倖存。

「什麼叫『也許』？虧你們是學者，不能肯定一點嗎？」

媽媽頻頻對電視機發出奚落。

「是不是要去避難？」我問。

「去哪裡避難？」媽媽板著臉反問。

小行星撞擊海洋會掀起滔天巨浪，島國日本根本無處可逃。我沉默下來，媽媽呢喃「算了」。

「聰明的人會想辦法解決吧。」

「是啊。」

媽媽開始收拾餐桌，不再理會那些言詞閃爍的聰明學者，我捲起衣袖站到流理台前洗碗，母子倆表現得跟平時無異。名為「人類滅亡」的資料夾突然冒出來，裡面還是空的狀態。

——SOS、SOS，呼叫地球、呼叫地球。是我，發生緊急狀況了。

——請現在立刻爆炸，使人類滅亡。

我想起兒時發出的求救訊號。因為一點失戀便許願要地球爆炸的小學生，以及為現在與未來發愁，希望有小行星掉下來，使一切歸零的高中生。許許多多的我浮現又消逝。驀地，一陣寒冷的空氣使我看向旁邊，媽媽把剩下的飯菜放進冰箱後，失神地蹲在地上，忘了關上冰箱門。

✦ ✦ ✦

我常常做奇怪的夢，即使睡醒了感覺也像沒睡一樣。

打著呵欠走去廚房，媽媽背對著我做早餐。客廳的電視機開著，名嘴銜著小行星撞地球一事破口大罵。

「簡直莫名其妙！人類突然被宣判滅亡，本國首相說得倒很好聽，會盡力研討對策？胡說八道！直徑十公里，跟六千六百萬年前使恐龍滅絕的天體一樣大！連那麼巨大、曾經稱霸地球的恐龍都滅亡了啊！」

連恐龍都死了，人類究竟如何存活？

「你說人類有兩成存活率？其他國家可沒有這樣說！敢問日本的對策總部，你們到底是如何算出來的？美國和俄羅斯沒有針對存活率多作發表，只祈求上帝保佑，這才是真相吧？」

名嘴說得口沫橫飛，媽媽察覺我呆然佇立，叫我「快去洗臉吃飯」。

我一面吃著早餐的荷包蛋、納豆和味噌湯，一面看著電視轉播美國的暴動現場，只見街道上四處起火燃燒，櫥窗玻璃被砸破，人們衝進去搶奪商品。

「許多電視台已經關閉，情報不足使得美國民眾怒上街頭！」

日本電視台的記者慷慨激昂地報導著，但既然人類一個月後就要滅亡，誰還有心情替別人報新聞？應該把時間留給重要的家人及愛人吧？然而日本媒體卻孜孜不倦地播報著國外的新聞，我看日本人的勤勞程度才是奇蹟吧。

「友樹，拖拖拉拉會遲到哦。」

「還要上學嗎？」

「沒有停課通知，當然要去啊。」

媽媽已完全恢復活力，我放心了。總是表現堅強的她昨天竟失神地蹲在地上，害我本來很擔心早上該怎麼面對她。

「媽，那你呢？」

「什麼意思？」

「要上班嗎？」

「當然要啊，請假會扣薪水。」

她的反應似乎太正面了一點，我反而有點冒冷汗。我忍住說出「可是，還能領到薪水嗎？」的衝動，反正日子照樣得過。

我換上制服，慢吞吞地走出家門，內心盤算著要是街上跟外國一樣出現暴動，我便能直接掉頭回家，令人訝異的是，街道上跟平時並無不同。

儘管臉上泛起一絲不安，上班族、粉領族、學生仍如馴養的綿羊，在牧羊人喇叭聲的引導下流向車站，便利商店也正常營業，然而坐進車廂後，乘客的手機畫面全被小行星的相關新聞占領。

學校的情況大致相同，同學們一方面害怕自己會不會死，一方面卻幾乎都有來上課，導師也準時進教室。晨間報告後的第一節課是數學課，老師似乎有點走神，板書寫錯了好幾個地方，沒有同學提出指正。所有人心不在焉、魂不附體地過了五十分鐘，下課鐘聲如常響起。同樣的程序重複了四次。

下午學校宣布停課，教職員召開聯合會議，與其他學校商討明天起還要不要上課。人類滅亡在即，學校卻在研議要不要停課。現實感與荒謬感交相混雜，我彷彿置身於戲劇和電影的虛構世界。

「如果停課，你明天還要來嗎？」

「你們呢？」

井上一行人聚集在教室後方談話。這些每天嘲笑我、踐踏我的傢伙，如今跟我一樣，前方只有殘酷的未來可以選。

——活該！

空著的「人類滅亡資料夾」所建立的第一個檔案，竟然是「痛快」。我那空虛慘澹的未來，竟與井上他們坐等享樂的光明未來重疊了。沒有愉快的事情發生，沒有人能扭轉乾坤，唯有晦暗的喜悅在我內心滋生。

回程路上的超市出現了騷動，大批民眾湧入店門，店員一次又一次聲嘶力竭地喊叫「水和米賣完了」。只剩一個月，卻還有一個月。目睹這些人為了所剩不多的時間拚命囤購食糧的剎那，我彷彿聽見「噗嘶」一聲，痛快的心情蒸發殆盡。

——大家果然會死嗎？

——不只井上他們，就連媽媽和藤森也會死。

我愣住了。從昨晚開始，新聞一直在吵這件事，電車裡和學校裡大家也在談論同樣的話題，直到剛剛之前，我還在心中嗤笑井上他們害怕的模樣。

須臾間，現實感從我笨重的腳步下甦醒，一口氣籠罩而來。人類滅亡資料夾裡多出了「不講理」、「恐怖」等巨大檔案，使性能低下的我當機。

小行星撞地球的消息公開後第二天，世界開始脫序。社群媒體上不時可見東京等大都市的超市和便利商店被搶，我居住的廣島地區目前還只是搶米或水，不過按照這個速度發展下去，不出幾天我們這邊就會淪陷。

昨天，所有電視台還在插播緊急節目，到了今晨已有三分之一的節目變成彩色條紋訊號圖，有播的節目也都在講小行星的話題，內容圍繞著人類史上不曾有過的巨大浩劫。超乎想像的巨浪、摧毀建築物的衝擊波、大量粉塵覆蓋上空並遮蔽陽光、作物枯萎、空氣和水也被汙染。

「這樣到底要如何存活兩成？」

媽媽攪拌著早餐的納豆問我。

「我也不知道，不過既然學者這樣說，應該就可以。」

我在餐桌對面吃著荷包飯拌飯，如此回答媽媽。不知是政府希望留給人民一線希望，或者只是為了下一次的選舉騙選票。哪可能這麼蠢？我也很想一笑置之，但這個國家的政治人物會做出什麼事都不奇怪。

不管怎樣，活下來也沒有糧食和水，與其痛苦地慢慢等死，我寧可瞬間就死。等法律蕩然無存後，剩下的就是弱肉強食的世界，像我這種跑龍套的只會出現在過場畫面，登場三格就被殺掉。我想起一套老漫畫叫《北斗神拳》，故事裡發生了戰爭，有一群留著龐克頭的暴力部隊四處遊蕩，如野獸般殘殺弱小的市民。

「唉，感覺好悶啊，不過今天還是去賺錢吧。」

媽媽起身。

「才七點半耶。」

「昨天有一個人曠職，我有一大堆單據要處理。」

「今天會有更多人曠職。」

「我想也是。」

「即使如此，你還是要去公司？連會不會發薪水都不知道耶？」

「也許小行星會改變主意，決定不撞過來啊，到時候全勤的人說不定會加薪。不，鐵定會加薪。」

媽媽將便當裝進包包，提醒我記得洗碗後，便出門上班了。

我常覺得媽媽比路邊的大叔還有男子氣概，如果世界失去秩序，她應該也能殺出一條血路吧。雖然只要用常識想就知道，人類不可能在連恐龍都滅絕的生態浩劫下存活，但我還是希望即使發生不幸，自家老媽也能活下去。

明知不行，為何人總會懷抱愚蠢的希望呢？

很多時候只要丟掉希望就能活得更輕鬆，不是嗎？

走進教室，出席人數變少了。昨天還手牽手說「我們永遠都是好朋友哦」的女生二人組少了一人，有來的那一個哭著和其他女生說「我們永遠都是好朋友哦」。平時總在導師進教室的前一秒，才從棒球隊的晨練趕回來的長田，如今看起來就像脫隊的大猩猩，魂不守舍地坐在椅子上。

鐘聲響起，導師進入教室。沒有「起立」和「坐下」，導師默默站到講台前，告訴大家學校明天起停課；就在他說「如果想今天回家，也可以立刻回家」時，坐在窗邊的女生發出尖叫，嚇了全班一跳。

「好、好像有東西掉下來。」

教室內一片沉寂，幾名學生起身走到窗邊查看。

「有個女孩子倒在花圃！」

同學們一窩蜂湧到窗邊議論紛紛，看來似乎是三年級的學生從樓上跳下去。「回座位，別看了！」導師大喊，上前把窗簾拉上。

「同學們先冷靜下來，這種時候要、要……」

導師手撐講台，張口想要說點什麼卻支吾其詞。

「你們先回家吧。」

他勉強擠出這一句，逃也似地走出教室。教室內頓時爆出喧譁，幾個人跑去掀開窗簾偷看，但多數人害怕得聚集在一起不敢動，我後面的女孩子啜泣著說「我受不了了」。

因為不知道該怎麼辦，大家開始收東西回家。走出教室，走廊擠滿了回家的學生，校園內充滿了人心惶惶的氣氛。

我走樓梯前往四班，在交錯而過的學生巨浪的另一端，找到和朋友走在一起的藤森，光線從窗外灑落，照亮她烏黑的秀髮，在頭頂反射出天使光環。連這樣的緊急時刻，她依舊是美美的。

「雪繪，好像真的不太妙。」

「我已經取票了。」

「這種時候沒人會辦演唱會啦。」

「又還不確定。」

我倆一度擦身而過，我隨即調轉方向，跟在她的後頭。

藤森似乎想去參加 Loco 在東京巨蛋舉辦的演唱會。Loco 是現在紅透半邊天的女歌星，具有爆發力的歌喉與纖細的身材形成反比，被說是實力派，但我認為只是聲音高亢、嗓門宏亮罷了。不僅如此，Loco 也是女孩們打扮時爭相模仿的流行指標，髮型、化妝、服裝，現在有一大堆劣化版的 Loco 滿街跑。

回想起來，藤森之前提過她是 Loco 的粉絲，但因為她給人的印象太孤傲，我很訝異她居然喜歡這麼大眾化的歌手。

是說，現在這樣不可能去東京了吧。知道是一回事，但我又不自覺地想起那個下雪日的約定，那個位在斜吹的風雪對面，眼睛和鼻子紅通通的藤森，還有那張認真注視淡灰色的天空，表達「就是東京」的側臉。

「現在這樣，爸媽不會准你去的。」

「瞞著他們去。」

「聽說東京現在治安很差，店家都被搶劫了。」

「我會小心。」

看來無論別人說什麼，都無法阻止她去東京。

「那你什麼時候要去？」

「今晚。」

「那個，藤森。」

我忍不住叫住她。天使光環轉了過來，藤森訝異地望著我，四目相接的瞬間，我的聲音卡在喉嚨，忘了自己的目的，全身的熱度匯聚到臉上。

「呃，我……」

在我失去方寸前，猛然想起包包裡的手帕，趕緊拿出來。

「這、這個謝謝你，我洗好了，還給你。」

旁邊的女生臉上彷彿寫著「幹麼啊，死胖子」。按照校園金字塔的制度，我是不能向藤森說話的。藤森接過手帕。

「不需要特地還給我。」

她沒察覺上面有玫瑰味，直接把手帕收進書包。

「你、你說要去東京……」

說到一半，有人從後方抓住我的肩膀，打斷我說話。井上強行將我從藤森的身邊拉開，自行補位，用前所未有的嚴肅表情問：

「都這種時候了，你還要去東京？」

「你偷聽？」藤森蹙眉。

「不等狀況穩定一點再去嗎？」

「等了就會穩定嗎？」

「不曉得啊，但就算小行星真的掉下來，人類也不會突然滅亡吧？美國和其他大國一定會想辦法。」

井上輕輕一笑。這傢伙真的是笨蛋。不過和他說的一樣，我也希望各路人馬的無名英雄能想想辦法。

「總之，我們會有好一陣子無法見面，今天和我一起回家，我有話想對你說。」

「我要跟同學一起回家。」

藤森拉起朋友，頭也不回地轉身而去。

井上嘖了一聲，回頭踢我的小腿說「胖子，閃邊去」。

小行星啊，既然你都要掉下來，不如直接砸在他頭上吧。

回家一看，媽媽坐在家裡。聽說她懷抱著小行星不會掉落的升遷大夢前往公司，結果公司大門前貼著公告，上面寫著「即日起歇業，請原諒我的自私任性」。

「都是一群隨便的傢伙，照這樣看來，這個月的薪水也飛了。」

「雖然只是貼上一張紙，我想老闆也很努力了。」

面對人類即將在一個月後滅亡的事實，他實在沒什麼好抱歉的。

「我很不爽，所以砸破了倉庫。」

媽媽任職於物流公司，聽說她氣到把積在倉庫的待送貨物拆開，從裡面摸走了罐頭等糧食。這不正是《北斗神拳》裡的龐克風惡霸會幹的事嗎？

「你呢？怎麼回家了？」

「學校有人跳樓自殺，老師趕我們回家，還說明天起停課。」

「真不孝呢。」媽媽罕見地嘆了氣。

「媽，我想做一件事。」

我對著正把搶來的青花魚罐頭和泡麵藏進壁櫥的媽媽說。

「我想去東京。」

「別跟我說你也想死啊。」

媽媽搖了搖手中的青花魚罐頭。

「這種時候去東京幹麼？」

「因為我有個朋友堅持要去東京。」

「女孩子嗎？」

一語中的，我的臉傳來一陣燥熱。

「嗯哼，你有女朋友啊。」

「不是女朋友。」

「單相思？」

再次一語中的，我連耳朵也發燙了。

「你若是真心愛她就阻止她，這時候去東京？瘋了嗎？」

「她好像非去不可。」

「到底是去幹麼的？」

「聽 Loco 的演唱會。」

「Loco？哦，那個很像洋娃娃的女生。」

「我還以為你對音樂沒興趣。」

「年輕時會聽啊。」

「是哦？例如哪些？」

「克魯小丑（Mötley Crüe）啦、毒藥樂團（Poison）啦，或是哈諾伊（Hanoi Rocks）之類的。」

「什麼鬼？」

「不重要啦，你要跟那個女生一起參加演唱會嗎？」

「和演唱會無關，因為東京很危險，我、我想……」

我想保護她——我怎麼有膽在媽媽面前說這個？我人緣不好，長得又胖，從沒跟人打過架，總是單方面被欺侮。我羞恥得低下頭，媽媽彎腰偷看我的表情。忽然間，我的耳垂被她用力一拉，痛得哇哇大叫。

「你也從電視上看到美國的情形了，東京很快就會發生暴動，你知道事情的嚴重性嗎？」

媽媽狠狠擰著我的耳朵，使我哀號連連。

「我知道……痛、好痛！耳朵要被扯下來了啦！」

「說不定會被殺掉哦。」

「我說我知道嘛！」

「即使如此，你還是想保護她嗎？」

「對！」

也許藤森已經不復記憶，但我從未遺忘。實現兒時純真約定的機會到來了，我知道這樣很愚蠢，但我控制不了自己的念頭。

「好，我明白了。」

媽媽一邊扭，一邊放開我的耳朵，我因此倒在榻榻米上。痛死了！我按住耳朵呻吟，媽媽起身走向廚房，打開流理台下面的櫃子，拿出一把菜刀。

——咦，等一下！

——你不惜殺了我，也要阻止我去嗎？

我倒在地上，全身僵硬，只見媽媽翻開桌上的雜誌，撕下幾頁紙，層層包好菜刀。

「友樹，仔細聽著！老實說吧，你太弱了，要是被襲擊，記得走為上策！如果非對幹不可，不要赤手空拳去打，拿出你的武器！與其被殺，不如殺死對方活命！」

我倒在榻榻米上，看著媽媽將用紙包好的菜刀放在我身邊，再從包包裡拿出錢包，臭著臉抽出五張萬元鈔票。

「算你幸運，我回家時剛領了錢。」

五萬對我們家來說是鉅款，我連忙起身。

「不用啦，我自己有存錢。」

「傻孩子！你存的錢也是我賺來的錢！」

我無言以對，只能正坐敬禮，叩謝媽媽。

「媽，你自己在家沒問題嗎？」

我留在家應該才是礙手礙腳，但我想還是應該問一下。

「有問題。媽媽會寂寞，也會擔心你。」

「啊……」

「可是，既然你心意已決，我也不會阻止你。拿出性命保護心愛的女人，然後絕對要回到我身邊，知道嗎？我養育了你十七年，你孝順一下總可以吧。」

媽媽轉過身去，繼續將打劫來的青花魚罐頭藏進壁櫥。她沒有發飆要我少幹蠢事，也沒有哭著求我別走，而是給了我錢和武器，只告訴了我必要的事，我的媽媽可能遠比我想的還要偉大。我與她比肩相鄰。

「我來幫忙。」

我拿出青花魚罐頭，遞給媽媽。

「沒有多到需要幫忙。」

「那麼，要不要再去搶一輪？」

「不要說得這麼難聽，這是我應得的報酬。」

「我在黑手黨電影裡聽過一樣的台詞。」

媽媽「嘎哈哈」地張口大笑。

整理完存糧後，我與媽媽面對面，享用好不容易做了又原封不動帶回家的便當。媽媽做的高湯雞蛋捲是天下一絕，儘管我沒吃過別人做的高湯雞蛋捲，但完全不用比，我心中的世界第一就是它。

我想起「最後的晚餐」這句話，怕觸霉頭，所以沒說。

吃完便當後，我拿出一個大背包，塞入替換衣物和必要物資便出發。

藤森住在河川對面山坡上的高級住宅區。我花了二十分鐘走到之後，先躲在前方小巷裡觀察。我從小學起便知道她家。在有白色小花垂下枝頭的紅磚牆與黑色鐵門的另一頭，可見一棟氣派的宅第。他們家不愧是開綜合醫院的。

我在屋外兜圈子，想知道裡面的情形，並且不時伸直背脊、偷看磚牆內。我知道自己的行為很像跟蹤狂，但我也曉得，抬頭挺胸地說「我來保護你」會被拒絕，所以打算暗中保護她。

——該不會出門了吧？

時間已近傍晚，我越想越擔心，猶豫著該不該登門拜訪時，拱形的優雅門扉開啟，藤森走了出來，我的心跳漏了一拍。

「雪繪。」

怎知，井上忽然從馬路對面現身，我的熱情瞬間被冷水澆熄。只見井上帶著兩個男生夥伴，他們該不會約好要一起去東京吧？情緒盪到谷底，彷彿溺水一般。

「井上，你們在這裡做什麼？」

從藤森的反應看來，他們並沒有事先約好。我急忙浮出水面換氣。

「東京很危險，我們想要陪你去。」

情緒再度往下掉。我們想的竟然是同一件事。

「不用了，我自己去。」藤森斷然拒絕。

「女孩子自己去真的不妥當，你正要去廣島車站對不對？我們這邊還很和平，但學長在ＬＩＮＥ上說，酒館聚集的流川市區一帶已經淪陷；更別提東京的犯罪集團四處遊蕩、破壞店家、擄走女人，也不知道電車會不會正常行駛。」

藤森默默無語，儘管她的意志堅定，仍難掩不安。

「你們的父母同意嗎？」

「我們沒跟父母說，想說趕快去一去，趕快回來。」

過度樂觀的發言，使藤森露出厭煩的表情。

「你不是說，不確定電車會不會正常行駛嗎？」

「是啊，要是遇到電車停駛，只有自己一個人，會很不安吧？」

說得真好聽。他們大概以為有三個男人就沒問題，這群笨蛋太天真了——同時，這些挖苦也反彈到我身上。我的所作所為和他們沒有兩樣，而且，我還比井上弱小。

「所以啦，請把我們當成保鏢。」

「……謝謝。」

大概是透過井上看見了自己的天真與有勇無謀，藤森無奈地走到井上等人身邊，大家一同出發，我則悄悄尾隨。

我一邊拉出距離，一邊留意著不被發現，小心翼翼地走著。不甘心及後悔交相襲來。井上笨歸笨，卻有勇氣光明正大地說自己要保護她，成功贏得騎士的位置。剛才我明明有這個機會，卻只是躲在角落偷看。

我也想過，反正明天就要死，自己應該能拿出勇氣。看樣子，不論小行星是否掉落，人類明天是否滅亡，我——依然故我。

井上說得沒錯，附近一帶尚稱和平。

然而一到廣島車站，便湧現地方小站沒有的大批人潮，人們扛著行李攜家帶眷，看起來彷彿要去參加活動。我領悟到一件事——這是逃難人潮。只見電車的所有路線都客滿，新幹線的票口前大排長龍，我維持著不跟藤森等人走散的距離排入隊伍。新幹線沒有指定車位，全開放為自由席。

我驚險地買到開往東京的最後一班車票，展開人生初次的長途旅行，並移動到藤森等人所在的隔壁車廂。車上沒有座位，我站在人滿為患的走道上，身旁有一對夫妻自顧自地小聲講話，完全不管教盤據在地面玩耍的小孩。

「我還是提不起勁，況且你媽媽不喜歡我。」

「先撐到狀況穩定再說，我們有小孩要顧，去鄉下避難比較好。」

「那你要多替我跟你媽媽溝通呀。」

人群的對話裡，充斥著與世界末日八竿子打不著的日常煩惱，彷彿對未來仍有一絲期許。也許不是井上太樂觀，是我太悲觀嗎？後方傳來窸窸窣窣的拆紙聲，飄來漢堡和薯條的味道。熟悉的速食香味，莫名緩和了緊張的情緒。

——藤森沒事吧？

車廂內擠得水洩不通，無法去察看她的情形，我不禁為沒坐同一車廂感到懊惱。

「爸爸，外面紅紅的，好漂亮——」

一位小女孩被她父親抱著，天真無邪地指向窗外，其他人也循聲望去。窗外出現大片城市夜景，馬路上亮起紅燈，恰似一串串紅寶石項鍊。我們經過了新神戶來到新大阪，隨著接近大都市，窗外的光點變多也是正常的。

「後煞車燈？」

「太長了吧。」

來自四面八方的逃難車潮全擠在主要幹道，形成大塞車。悲觀與樂觀交相混雜的喧譁騷動，使車廂內的氣氛為之緊繃，拚命抱怨婆媳問題的太太安靜下來，張口結舌地望著看不見盡頭的陰森紅光列隊。

站著經過了數小時，新幹線在即將抵達新橫濱站前驟然煞車，乘客一陣譁然，車掌廣播說「新橫濱和品川之間發生了停電，請乘客靜待復電」。然後就這樣枯等了兩個小時，乘客的疲勞瀕臨極限，車掌再次廣播表示不確定何時才會復電，周圍頓時充滿了嘆氣聲。

我們聽從站務員的指示下車，在暗夜之中，仰賴著站務員的手電筒燈光前進。藤森在哪裡呢？我嘗試在長長的隊伍中尋找她的身影，但因為太黑，看不出個所以然。

我撥打井上的手機，訊號不佳，撥了五次才接通。前方傳來耳熟的聲音。

「喂？」

手機裡的聲音與前方的聲音重疊，我不答話，井上問：「江那？」我循聲張望，找到井上瘦長的剪影。確認藤森也在後，我掛斷電話。

「哇，他不說話就掛斷了。」

「那小子打來幹麼？」

「是不是覺得害怕，想聽聽井上的聲音？」

「我跟他又不是朋友。」

響起一陣嘲弄的笑聲。我也沒把你當朋友，我來這裡是為了保護藤森。但是，看到她的波士頓包由井上代拿，我為自己的言行不一致感到慚愧，在暗夜裡跌跌撞撞地追上他們。

有些人沿著鐵軌坐下，站務員提醒他們，坐這裡通車時很危險，一對老夫婦哭訴他們實在走不動了，其他人瞥了他們一眼便快速通過。那些走不動的人該怎麼辦呢？想歸想，我也快速通過，同時感到良心不安。

約莫走了一小時，新橫濱站到了，站內一樣人滿為患，許多人席地而坐。聽說當地的鐵路也發生事故，目前沒有任何一班電車行駛。此時我已渾身虛脫，很想隨便找個地方躺下來，但我不能跟丟藤森，只好憑著意志力前進。

時間來到換日的午夜，所有旅館和網咖皆貼出客滿的公告。藤森一行人遠離車站，走進一座公園。我保持距離觀察情形，在樹叢另一頭看見他們在草地上鋪上野餐墊，似乎打算今晚露宿公園。

——總算能休息了。

在隱密的角落坐下的瞬間，疲勞感一口氣襲來。我有足夠的決心要保護藤森，但現實中的我卻如此軟弱無能。

我在杜鵑花叢的後方鋪上野餐墊，躺了下來，鼻子嗅到潮溼的泥土味。抬起頭，天空中浮現星星與月亮。從小到大，不知看過多少次的熟悉夜空。

一個月後，死神將會從天而降。

如此荒謬至極、宛如惡夢的現實。我還無法完全相信世界會毀滅，徜徉在奇妙的抽離感中。遠處傳來急切的警笛聲，在我朦朧的意識中越飄越遠。

我被刺耳的聲音吵醒，剎那間不知自己位在何處。月亮依然懸浮於遙遠的上空，只是稍稍變換了位置。啊，我想起來了，新幹線停在新橫濱。正當我依序回想一整天的記憶，空氣再次震動，黑暗中隱約傳來不成聲的哀鳴。

——藤森？

我倏然起身，從樹叢間探出頭，注視藤森所在的方向。對側安靜無聲，看似沒有異樣，我卻感到皮膚刺刺麻麻的。

我躡手躡腳地前往查看，來到近處，聽見了衣物摩挲聲，以及微弱的嗚咽，心臟立刻鑼鼓大響。

「把她壓住。」

「我知道。不要亂動！」

微帶興奮的禽獸粗喘，使我當場領悟出事了。

正準備要殺出去時，我緊急煞車，回到露宿處，從背包裡取出用紙包好的菜刀。我在月光下確認冰冷的刀鋒，直直衝向井上等人的所在位置。

從樹叢上方往下望，只見井上壓住藤森、背對著我，旁邊還有按住她手腳的其他夥伴。從井上的肩頭，我與嘴巴被堵住的藤森對上眼，她驚恐地張大眼睛，我的腦袋一片空白。

「嗚啊啊啊啊啊啊！」

我瞄準井上的背，奮力揮舞菜刀。井上聽見我的喊叫、迅速退開。只差一點點，刀尖前方就是藤森。

我扭轉身體往地面倒。既然已經打草驚蛇，這次我一定要殺了井上！我急忙重整態勢，但是在我倒地時，菜刀也順勢插入地面。

——與其被殺，不如殺死對方活命！

我隨手抓起地上的石頭，使勁亂揮。手部傳來鈍重的衝擊，井上隨之倒地，暈染的痕跡在衣襟擴散，暗夜下看不出顏色，但想必是血紅色。井上動也不動地倒在地上，石頭從我的手中落下。

「殺人凶手……」

有人喃喃低語。藤森站起來，抓住我的手，帶著我朝夜色飛奔而去。儘管不知要逃到哪裡，但是非逃不可。真奇怪。我長期受到井上霸凌，痛苦到想要輕生，一旦失手殺人，對方竟成了受害者。

這個世界不講道理。

這個世界出了毛病。

我必須逃離這個世界。

——SOS、SOS，呼叫地球、呼叫地球。是我，發生緊急狀況了。

——請現在立刻爆炸，使人類滅亡。

地球終於收到我兒時發出的求救訊號，一個月後，世界即將消失。

而我卻快死了，連一個月都等不到。喘不過氣來，不行，我跑不動了。

「藤森，等一下，我不行了。」

我上氣不接下氣地說，藤森未作表示，急速彎進大樓與大樓之間。突如其來的轉向使我倆的手分開，藤森俐落地做出側煞，我直接撞上大樓牆壁，再反彈到另一側的牆壁，整個人撞得眼冒金星，在大樓間的細窄防火巷倒下。

我如同烈日下的狗兒，張開嘴巴猛烈吸氣。人生頭一次跑得這麼認真，累到趴在巷弄的地上。藤森也脫力似地坐下來。

「那些人爛透了。」

藤森低語。烏黑的秀髮打結了，衣服也沾滿泥土。

「抱、抱歉，藤森，我太晚去救你了。」

「沒事，還好趕上了。」

雖然看起來不像沒事，但幸好沒讓他們得逞。

放鬆的瞬間，我才驚覺身體在顫抖。硬石擊中井上的觸感殘留在掌心。沿著頸部涔涔滴落，在衣襟暈染開來的黑色液體烙印在腦海裡，揮之不去。我越抖越大力，勉強穩住嘎吱嘎吱晃動的身體，藤森擔心地端詳我。

「你還好嗎？」

我一邊點頭一邊搖頭，激動不已。

「我把井上殺掉了。」

說出口的語氣卻宛如小朋友。

「你要是不動手，我也會下手，」藤森的眼裡燃燒著熊熊怒火，「想要強暴別人，被殺活該！放心吧，反正再過一個月大家都會死，不會有人逮捕我們的，那些傢伙八成也是這麼想才有膽子下手。」

我想也是。即使如此，我還是——

「對了，江那，你怎麼會在這裡？」

「啊……你說想去東京，我聽了覺得很危險，想要暗中保護你……」

情勢所逼下，我只能老實承認。

「保護我？」

藤森挑眉。這是我的肺腑之言，如今卻淪為跟那群禽獸沒兩樣的藉口，或像噁心的跟蹤狂。我垂下頭。

——我們從前不是約好要一起去東京嗎？

我很想這麼說，但打住了。經過這麼多年，這股執念聽起來更像跟蹤狂了。

附近傳來腳步聲，藤森震了一下。我爬到她的前方，張開雙臂將她藏在身後，屏住呼吸。兩名男子快步通過，待腳步聲走遠，我回過頭，發現藤森埋住臉，抱膝而坐，纖細的肩膀抖個不停，不時傳來細細的嗚泣。

「別擔心，我會保護你的。我一定會誓死保護你。」

「既然這樣，你怎麼不早點過來？」

聽見那既生氣又半帶哭腔的聲音，我放鬆肩膀。

「抱歉，嚇壞你了吧？真的很抱歉。」

「我還以為完蛋了。」

我反覆道著歉，藤森緩緩抬起頭。

「江那，你沒有錯，我才要道歉。謝謝你救了我。」

月光輕柔地灑落，我終於看見她的表情——那張此時此刻也驚懼不已，但仍努力憋住不哭的臉。我見過這樣的藤森。冬日的月台，濛濛吹雪對面那個年幼的藤森，與眼前讀高中的藤森重疊在一起，彷彿被連根拔起、被風帶走的感覺也回來了——

這一次，我真的重新愛上同一位女孩了。

睜開眼睛時，抱著膝蓋睡著的我在自己的肩頭看見了藤森，差點嚇得跳起來。微微的鼻息聲傳來。不得了的景象使我緊張冒汗。

從我們躲藏的暗巷望出去，道路被切割成縱長狀，行人從右側出現，於左側消失；或從左側出現，於右側消失。沒有人注意到這條巷子。

在與世隔絕的陰暗小巷裡，藤森依偎著我，睡著了。烏黑的秀髮輕搔肩膀，我很想輕撫，但忍住了。我不想和井上他們一樣趁人之危。思及此，昨夜發生的事情血淋淋地重回腦海。

我盯著右手。成為殺人犯的我，本來應該會被警察抓去關，媒體大肆報導這起校園霸凌引發的少年犯罪，我會被網路肉搜，媽媽狠狠揍我、為我掉淚，我得在旁人的指指點點下過一輩子。然而，這些事已離我遙遠。

再過一個月，地球就會變成廢土，所有人都會死。

奇妙的是，藤森現在正躺在我的身旁安然熟睡，而我二度愛上了她。恐懼、絕望、消極、徹悟、心動、歡欣，所有情緒混合在一起，在末日將至的我的心裡，如活火山一般翻湧著；同時，我也逐漸對許多事情感到麻木。

「……江那。」

我嚇了一跳。

「啊，早、早安。」

「早安，坐在地上太久，屁股好痛。現在幾點了？」

確認手機，時間剛過中午。

「接下來呢？」我問。

藤森的表情微微僵硬。

「去東京。」

「是嗎。既然如此，我送你去東京。」

「你不反對？」

想不到她一臉訝異，我才感到奇怪。

「不是你自己說要去的嗎？」

「是這樣沒錯……」

「我出來的目的，就是要保護你。」

聽我這麼說，藤森才放鬆表情，似乎安心多了。論起真心話，我當然不希望她鋌而走險，然而，**我們已經沒有足夠的時間去實現夢想**，所以，我至少想幫助她完成一件想做的事，這也是我想做的事。

「江那，謝謝你。」

她用不安的語氣向我道謝，頃刻間，我再也不是沒骨氣的跟蹤狂。我好好表明了自己的意志，是個堂堂正正的騎士了。

「那麼，去買衣服給我穿。」

公主的第一個命令，讓身為騎士的我一愣。

「衣服？」

「是啊，我能穿的衣服。」

「我不懂女孩子的衣服。」

「可是，我不能穿這樣走出去。」

藤森輕輕張開雙臂，問題不是出在衣服髒了。她的襯衫沿著左肩的縫線被撕裂，幾顆鈕子也彈飛了，儘管裡頭有穿背心，但若是頂著這身打扮，前往犯罪集團遊蕩的東京，肯定會被男人襲擊。

「我的行李包裡有帶換洗衣物，但是留在公園，我不想回去拿。」

我懂。正如藤森不想回去強暴未遂現場，我也不想回去殺人現場，值得慶幸的是，我們都把手機放在口袋。

「明白了，我去買吧。我也需要買自己的衣服。」

「謝謝。可是錢包在包包裡，你也是吧？錢怎麼辦？」

「我身上有錢。家人特別叮嚀我，錢要分開放。」

我脫下運動鞋，從鞋墊下方拿出摺好的萬元鈔票。

「你父母是何方神聖啊？」

「年輕時專收保護費的。」

媽媽平時派不上用場的冷知識，在這種非常時期大放異彩。

「我去去就回，你自己一個人沒問題嗎？」

「嗯，但要快點回來哦。」

這句話在「想聽喜歡的女生對自己說的話」排行榜裡，應該可以列入前三名。

我紅著臉，一連點了兩次頭，意氣風發地離開小巷。初次來到這座城市，我完全是人生地不熟，總之先往車站的方向走，然後隨即被人潮的洶湧程度震懾。廣島車站雖然也是人山人海，但兩者依然有一段差距。不消多時，佩服城市發達熱鬧的心情，因為眼前出現洗劫一空的便利商店及砸破的大樓櫥窗而煙消雲散。情況不妙，我緊張了起來。

——連新橫濱都這樣，簡直不敢想像東京有多可怕。

分秒必爭，我得趕快把衣服買完，回去保護藤森。問題是，我從沒買過女性的衣物，車站裡的商場全數關閉。我絞盡腦汁思索，最後決定傳ＬＩＮＥ給唯一能商量的女性，也就是老媽。

第一次傳送訊息失敗。訊號似乎不穩定。我在附近一帶走動，尋找訊號強的地方，傳送時卻連連發生錯誤。連網路也斷了嗎？強烈的末日真實感使我背脊發寒。不死心地重傳了幾次，總算傳送成功。

「我想買衣服，但所有店家都沒開，怎麼辦？」

過了一會兒，收到了回覆。

「沒開就隨便拿吧。」

在這種情況下，媽媽說的「拿」就是「偷」吧。我是不是找錯商量對象了？當我對於掠奪行為感到猶豫時，媽媽又傳來訊息：

「帶去的衣服呢？」

「發生一些事，弄丟了。」

這次媽媽直接打電話過來：「一些事是怎麼回事？」

開口第一句就是質問。

「呃，新幹線停駛，露宿野外的同學——」

我在這裡卡住了。

「同學怎麼了？」

如果可以，我實在不想說。

「發生什麼事？你說同學怎麼了？」

「……被我殺了。」

沉默飄蕩。

「是那個你說要護送到東京的女生嗎？」

「那個女生叫藤森，她沒事。為了保護她，我殺了攻擊她的男同學。」

一說出口，我重新為自己的所作所為感到恐懼。但是倘若時光倒轉，我還是會做一樣的選擇。對我來說，保護藤森第一優先。

「喂，友樹，你有在聽嗎？說話啊。」

媽媽的聲音聽起來斷斷續續。

「媽，女孩子的衣服要怎麼挑？」

「啊？我在問殺人是怎麼回——」

「別管了啦，我趕時間，先回答我女孩子的衣服。」

「那種東西去『思夢樂』就有了。」

這是連我也知道的流行服飾品牌，我感到前途一亮。

「『思夢樂』就有啊，我去看看。」

「等等，你現在在哪？」

「新橫濱。」

「不是東京嗎？」

「新幹線和電車都沒開。抱歉，我先掛斷哦。」

結束通話後，我用手機搜尋地標，車站附近的大樓有「思夢樂」，就是剛剛經過被砸破玻璃的那一棟。我遲疑了片刻，最後決定豁出去，加入違法者的行列。我留意著不被破掉的玻璃割傷，小心翼翼地潛入漆黑的大樓，仰賴手機的光源，沿著停止的電扶梯往上爬。

闃黑的空間裡出現假人模特兒。我最怕鬼了，盡可能不四處亂看，努力把架上的衣服塞進從櫃檯摸來的袋子裡。

接著，我前往三樓的家電賣場，四處打撈電池、行動電源與手電筒，並被黑暗中冒出的人影嚇到差點心跳暫停。他們跟我一樣，都是來偷東西的，我們彼此禮貌性地點頭。幸好不是遇到壞人或是撞到鬼。

事已至此，我乾脆再去地下美食街偷食物。把麵包一一塞進袋子裡時，我有感而發，自己果然是媽媽的兒子。我跟媽媽從個性到器量都天差地別，我甚至懷疑過，自己其實是收養的小孩，如今卻能深切感受到血緣的羈絆。我雙手提著豐碩的戰果回到小巷子裡，藤森吃驚地張大眼睛。

「我看電池快沒電了，加上肚子也餓了。」

感謝和尊敬的眼神射來，我感到洋洋得意，彷彿自己是古代賭上性命外出打獵，帶著獵物凱旋回家的男戰士。

「但是，好土哦。」

察覺長袖T恤上面印的「I love rabbit」和一隻醜醜的兔子後，藤森垮下肩膀。當時因為太暗，加上手忙腳亂，忘記留意衣服的美感了。

「不過，這時候還挑三揀四就太奢侈了，謝謝你。我來換衣服，你幫我守著外面。」

「咦？」

「我要換衣服，你轉過去。」

我趕緊轉身，站到巷子口。兩個扛著大行李的年輕男子從對街走來，我盡可能擺出凶神惡煞的臉孔，雙手交叉胸前，兩腳跨開。藤森正在身後換衣服，我必須把入口守得滴水不漏，不讓路人有機會偷看。

背後微微傳來布料摩擦聲，我差點展開妄想的雙翼，但又急忙收好翅膀。當我在理性與煩惱間掙扎時，口袋裡的手機響了。

螢幕顯示「媽媽」，這兩個字宛如滅火器，霎時就把煩惱之火撲滅。媽媽是色色妄想的頭號剋星，我在媽媽的拯救下無視電話，藤森提醒我「電話在響哦」，即使如此，我仍選擇無視。在喜歡的女孩子面前跟媽媽說話太丟臉了。

——抱歉了，媽。我現在不是兒子，而是騎士！

用偷來的麵包果腹後，我大致說明了車站附近的情形。「這樣啊。」藤森沉思半晌，接著說「嗯，我明白了，謝謝你」，向我低頭道謝。

「江那，你先回去吧。謝謝你一路以來的照顧。」

藤森站起來，準備帶著物資離開小巷。

「我跟你去。」

「不行，接下來真的很危險，不能給你添麻煩。」

「就是因為危險，我才要跟你一起去。」

「別擔心，我會學你揮舞菜刀。」

她開玩笑的語氣，意外掀起了我的怒氣。

「傷害別人是很可怕的事情。」

我嚴肅地擋住去路。再過一個月我們就會死，在那之前，殺人的觸感將一直黏在我的掌心。藤森擺出臭臉，生氣地瞪著我，然後默默走過我身旁。唉，惹她生氣了。

「等一下。」

我急忙繞到她面前，察覺她噙著淚。

「啊……」

唉，我這白痴！在這種非常時期隻身前往東京，誰不害怕呢？她是為了我努力逞強。

藤森以手背胡亂抹去淚水，跨著大步走向車站，我跟在她的後頭。

我們在尷尬的氣氛下抵達新橫濱站，人潮多到淹出來。昨晚的大停電雖已搶修完畢，但線路發生新的事故，電車和新幹線再次停駛。

「車子不開了？」

藤森一臉沮喪地從洽詢處走回來。

「還不曉得，聽說有人在努力搶通。」

她轉述站務員提供的資訊。情況如此惡劣，這些人仍盡忠職守地為乘客服務。

「對不起，我太自私了。」

藤森羞愧地低下頭。來到這裡，遲鈍如我也發現參加 Loco 演唱會只是藉口，藤森去東京有更重要的理由，讓她不惜賭上性命。

「先等一下吧，也許晚點會通車。」

我們決定先在車站內找個休憩處，沿途可見累壞的人東倒西歪地靠著牆壁，邊緣的角落還能勉強坐進一個人。

「藤森，坐著休息吧。」

「我不用，都是你在四處奔波。」

「我還有力氣，不用顧慮我。」

我耍帥說，但其實我只是虛胖。不管多累，我都想讓藤森坐。就在我們互相禮讓時，其他人悄悄坐擠了一點，讓我也能一併坐下。想到昨日的打打殺殺，這些人的善意更顯珍貴。

「電車會行駛嗎？」藤森抱膝低語。

「會的。」

其實我內心覺得希望渺茫，只是不忍說。小行星撞地球導致人類滅絕，這種夢境般的現實正在發生，既然如此，稍稍做個電車會開的美夢又有何妨？

靜靜地坐久了，我開始感到想睡。之前長時間繃緊神經，如今得知自己正被一群不會加害於己的好心人包圍後，我初獲喘息。人類終究是群居動物，和能獨自橫越荒野的野獸從構造上就不一樣。

——我生來是隻駑鈍的綿羊，到死也是。

死亡倒數一個月，我不得不承認這件事，並且閉上眼皮。

我們等到了傍晚，電車依然沒有動靜，站內廣播通知今天晚上無法恢復通車。席地而坐的人同時嘆氣，沉重痛苦的氣息頓時充斥在挑高的站內天花板。

「你去東京的想法仍舊不變？」

藤森頷首，我深深吸氣。

「好，我們一起去。」

她大大的黑眼珠出現動搖。

「因為，我們不是約好了嗎？」

想必她早已忘記小學時候的約定。沒關係，至少在我心裡，這是很重要的約定，我會實現諾言。然而她的回應令我意外。

「我明明那樣對你。」

我不敢置信地眨眼。

「你記得？」

藤森垂下眼簾。

「記得啊。那天，當我感到徬徨無助時，你在月台向我搭話，給了我救贖；還說願意陪我去東京，我聽了好高興。可是一到新學期，我就假裝沒有這件事。」

她記得我珍藏在心底的重要約定，還為了後來的態度向我道歉。光是這樣，我就很感動了。

「沒關係啦，小事而已，我完全不在意。」

「不，聽我說，我其實……」

藤森仰起脖子。最近習慣了她高高在上的態度，面對她的女孩口吻，我內心一陣小鹿亂撞。只見她用泫然欲泣的表情，重複著「聽我說、聽我說」，卻一直沒有說下去。

我很高興她這麼拚命向我解釋，也不捨看她這樣子，於是用「先不提這個」改變話題。

「要是電車一直不開，我們只能走路去東京，你走得動嗎？」

「沒問題。」

「天色已經變暗，夜間移動很危險，我認為今天應該先睡車站，明天早上再出發比較好，你覺得呢？」

「我也這麼認為。」

此時，站務員來發備用的毯子，因為數量不足，兩人要共用一條。

「藤森，你用。」

「咦，我們一起蓋吧。」

藤森攤開毯子，蓋住兩人的肩膀。我倆緊依彼此，心臟猛烈跳動，額頭的髮際出汗。萬一她覺得我有汗臭味怎麼辦？

「那、那個，我不用啦，胖子不怕冷。」

「入夜後會更冷的。」

「我兩天沒洗澡了。」

「我也是啊，要是很臭先抱歉哦。」

藤森說我們半斤八兩。如果是真心話就太好了，若是顧慮我才這麼說，我會感到很內疚。但無論如何，心跳都大肆鼓譟。

「……後來，我還是沒去成東京。」藤森呢喃道。

「你是說小學之後嗎？」

「嗯，所以當我抽中 Loco 的演唱會門票時，覺得時機終於成熟了。我有加入 Loco 的粉絲後援會，但巨蛋巡迴公演的最終場真的很難抽，我之前從沒抽中過。」

「你有加入粉絲後援會？」

藤森羞赧地點點頭。

「我們家去夏威夷旅行時，我曾在飯店的水族箱前遇到 Loco。」

「太厲害了。」

遇到 Loco 本人的確很了不起，但是家族旅行去夏威夷更令人訝異。不愧是醫生家的千金，像我從來不曾出國玩，可以確定到死都沒機會了。

「飯店裡能望見中庭的牆壁上，嵌了一個巨型水族箱，好多熱帶魚在裡面游來游去。當時是深夜，只有我遇見了 Loco，她本人好瘦，臉跟蘋果一樣小，眼睛大大的，眼白的部分帶著一點藍，好像美人魚。」

「你們聊了什麼呢？」

「算不上聊天。我和她並肩凝視水族箱，她突然開口『海洋這麼大，這些魚卻被關在小小的箱子裡，真可憐』，我嚇了一跳，忘記用敬語，隨口說了一句『就是說啊』，Loco 微微一笑便離開了。」

沒想到藤森也有嚇到並焦急的時刻。

「她長得這麼漂亮，才色兼備，擁有大批粉絲，看起來卻很悲傷。總覺得，我似乎可以體會她的心情，之後，我開始聽她的歌。」

原來如此。不過，從國民歌姬身上看見共鳴，瞬間成為死忠粉絲啊……看來藤森也是普通的少女嘛，相較於之前冷冰冰的形象，這樣感覺親切多了。我忍不住笑咪咪，藤森瞥向我。

「你是不是覺得我很噁？」

「沒有！」

「騙人，你一定覺得『這女人竟然說自己跟 Loco 很像，好噁哦』。」

才不是噁心，我是覺得這樣很可愛。

藤森將頭撇向一旁。

「我是養女。」

「什麼？」

「爸爸和媽媽一直生不出孩子，所以我還是小嬰兒時，就被他們收養了。」

話題來得太突然，我不知作何反應，她接著說「別誤會」。

「我並沒有像是灰姑娘或莎拉公主那樣悲慘的童年。」我的確瞬間想到了穿著破爛的衣服打掃，被後母欺負的藤森。都怪我之前太習慣用趣味妄想來逃避現實，所以連帶地用自己的觀點來看待別人的遭遇，必須好好反省才行。

「我想也是，你的頭髮亮晶晶的，手帕也很漂亮。」

藤森不解地側首。我解釋：

「要是受到虐待，外表應該不會那麼光鮮亮麗。」

小學時，我因為總是輪流穿少少幾件衣服而被同學嘲笑，直到那一刻，我才驚覺自己家裡很窮。不幸總是透過別人的眼睛和嘴巴暴露而出。

「我很寶貝我的頭髮，因為這是親生父母給我的。」

「怎麼說？」

「妹妹的頭髮跟爸爸媽媽一樣，都是細軟的深褐色。」

這次換我納悶。不是說「父母生不出小孩」嗎？怎麼會突然冒出一個妹妹呢？

「我上小學二年級時，媽媽懷孕了，父母對我做了身世告知。啊，所謂的身世告知，就是告訴收養的小孩，彼此沒有血緣關係。孩子有權利了解自己的身世，我也是從小就被告知另有親生父母。」

藤森說，這麼做的重點在於教導孩子「即使不是親生的，我們還是一樣愛你，這裡就是你的家」。聽說身世告知時，他們一併向女兒說明了當年不孕，仍不想放棄為人父母的心情。

「媽媽懷上妹妹時，家中歡天喜地，媽媽對我說，雪繪，你要當姐姐了，我聽了當然也很高興。誕生的女嬰遺傳了爸爸的眼睛形狀，爸爸喜極而泣，我也受到感染，跟著一起哭。」

藤森笑著說，「我是頭一次看見他們這麼高興」。

「妹妹被命名為Mamiko，我們姐妹被平等地養育長大，媽媽會在我們的生日烤蛋糕，爸爸出差回來一定會各別買禮物送我們。不過，有些事情在所難免。」

發生好事時，媽媽一定第一個看Mamiko；遇到危險時，爸爸也一定第一個看Mamiko。因為只是剎那之間，他們恐怕沒有自覺。

「所以，我想去見親生父母。」

「啊，在東京嗎……」

我想起那個下雪日的藤森。一位小女孩，下定決心要去見真正的父母，卻遲遲不敢搭電車，坐在長椅上吹寒風吹了好幾個小時，連鼻頭和手指都凍到發紅，只是不斷目送電車離站。

「但是，我不能去。這是當然的啊，一個小學生怎麼有辦法從廣島去東京呢？後來我告訴自己，不能貪心地強求一切，爸爸和媽媽已用盡全力平等地愛我們，只要這樣就夠了。我很幸運。」

但是，或許正因為無法發自內心這麼想，她才會失去笑容。腦袋想的是一回事，心裡想的是另一回事。要同時控制兩邊太難了，所以人類時常心口不一。

「我們全家一起看了小行星的公開記者會。」

「嗯。」

「妹妹突然出現恐慌，哭了出來，爸爸和媽媽安慰她沒事、沒事，將她緊摟在懷裡。妹妹從小冒失，一點風吹草動都會驚慌；我則相反，常被稱讚個性可靠。我希望父母認為我比較好，所以拚命表現。」

因此，連發表重大新聞時，藤森也只是安靜地坐著，默默看著父母焦頭爛額地安撫妹妹。

「你知道嗎？Mamiko 的漢字寫成『真實子』，真正的孩子。」

我再也說不出話。

——她長得這麼漂亮，才色兼備，擁有大批粉絲，看起來卻很悲傷。

藤森對 Loco 產生了共鳴。誰會料到，長相標緻、位在校園金字塔頂端的女孩，日日夜夜對抗著孤獨呢？

但是，不用擔心。未來一定會出現一個人，在她開心或是危險之時，優先注視她一人。現下有我幫忙看著。

那個人應該要是配得上她的帥哥，腦袋聰明到能讀醫學院，未來繼承藤森綜合醫院，還擁有能治癒她內心孤獨的開闊胸襟。我和她有著雲泥之別。即使現實相當嚴苛，我依然如此祈禱。終有一日，一位王子會出現在她面前。藤森一定會得到幸福——想到這裡，思緒突然中斷。

一個月後，所有人都會死。

能寄託的未來已經不存在了。

我們裹著一條毯子席地抱膝，盯著紛沓的人群腳步。

隔天早上，我們有耐心地等到十點，電車依舊沒有通車。我們跟著放棄的人群一同起身，緩步離開車站。昨夜來發毯子的站務員目送人潮作鳥獸散，途中摘下帽子，雙臂無力地垂下，疲累至極地凝視天花板。

接下來的一個月，**每流逝一點時光，我們就會失去一些事物**。臨死之際會有多痛苦呢？我承受得住嗎？

「那，走吧。」

我們加入前往東京的人群列隊，展開徒步移動。

「藤森，你的親生父母住在東京的哪裡呢？」

「不知道。」

我訝異地看向她。藤森只聽聞親生父母因為一些苦衷，無法親自養育孩子。「這樣不是見不到面嗎？」這句話我說不出口。

「總之，我們先去東京巨蛋吧。」

藤森盯著腳下前進。

「嗯，明白了，走。」

一開始，她說要去看Loco的演唱會。但其實她心知肚明，自己見不到親生父母，這種時候演唱會也不會如期舉行。儘管如此，依然要去。藤森要去見的，是長年以來不具實體的夢想。

「江那，你家裡呢？」

「我媽很堅強，不用擔心。我爸在我出生前就死了。」

藤森微微張口。

「抱歉，我只顧著講自己的。」

「沒關係啦，我從小沒有爸爸，早就習慣了，這就是我家啊。倒是你，演唱會結束後，有什麼打算？」

「只能回家吧。我其實知道，爸爸和媽媽很努力地公平對待我和妹妹，我也很愛我的家人。」

正因為愛，偶爾才會感到內心失衡。父母真正的愛，獻給了真正的孩子，自己得到的只是近似的感情，不是真正的愛。若不是真正的妹妹誕生，根本無從察覺其中的微量差距；如今卻得在同一個屋簷下，哀怨地直視那段差距，迎接最後一刻。與此同時，也因為她深愛自己的父母，所以希望在所剩不多的時光裡，這對父母能盡情地注視親骨肉。即便無法獲得等量的愛，人依舊能傾聽心聲，自由地做出選擇。

——那麼，就讓我陪著你吧。

我差點不知天高地厚地說。在我心裡，最棒的死法就是右手牽著媽媽，左手牽著藤森，我們彼此相伴。用「最棒」來形容死亡似乎怪怪的，但是反正都要死，我想以最開心的方式善終。藤森不再說話，我倆靜靜地朝東京移動，我一面思索著人生的最後。

途中，我們坐在路邊休息，吃著從新橫濱偷來的麵包時，媽媽打電話過來，問我現在人在哪裡，我告訴她，我們決定先去品川站。

「手機還有電嗎？」

「有，我收下了店家的電池。」

「收下？」

「我擅自摸走的。」

「幹得好，記得讓手機保持隨時能接通的狀態。」

掛斷電話後，我以一種不可思議的心情仰望天空。我偷了東西，但是被稱讚了，世界時時刻刻走向崩壞。我心裡對於偷竊毫無罪惡感，是因為我已犯下更大的罪孽嗎？即便如此，天空還是一如往常地湛藍和平。

「食物可以吃到什麼時候？」

我雖然塞了滿滿一袋，但撐不到演唱會。當然，演唱會勢必取消，所以都無所謂，這趟旅行的目的是讓藤森心滿意足。

「東京有些區域已成非法地帶，要收集食物最好趁現在。」

「聽說歌舞伎町一帶已被幫派和違法分子占領。」

我們交換在社群媒體上看到的資訊。以年輕人聚集的鬧區為首，失序及掠奪行為急速在東京擴散，被襲擊的主要為高級精品店、食品店與年輕女性。自殺者逐漸增加，跳車的人使都內電車幾乎停擺。光從推特就能獲得大量即時資訊，方便歸方便，但是看著不斷惡化的趨勢，不免令人害怕。

「嗯，趁進入東京前先收集食物吧。車站前或大街上有可能遇到歹徒，我們繞進小巷裡，尋找便利商店和超市吧。」

討論很快有了定論。經過昨天和今天，我學會了當機立斷。或者應該說，已經沒有時間讓我們猶豫了。我們脫離前往東京的隊伍，繞進小巷，然而食品店不是大門深鎖，就是已被洗劫一空，最後只找到一包袋子破掉的雞汁泡麵。

「但是沒有熱水。」

「直接啃啊，吃起來就是模範生點心麵。」

「啊，真聰明。」

藤森佩服地點頭。這個吃法似乎超出了大小姐的邏輯思考。我們一起檢查了櫃子下方，卻連面紙和捲筒衛生紙等生活用品都沒有。

「看來這附近也淪陷了。」

「是啊，看見車站前玻璃被砸破的大樓時，我也嚇了一跳。」

「廣島也會變成這樣嗎……」

「聽說流川一帶已經沒救了，看來就算是鄉下地方，熱鬧的區域都很危險。」

我們如同打撈殘羹剩飯的孤兒，四處繞呀繞，總算找到一間有正常營業的超市，一位面貌凶惡的老爹高舉球棒站在店門口，也難怪沒人敢襲擊這裡。我膽顫心驚、客客氣氣地問他有沒有賣吃的。

「有，但不是用錢買，要用物品交換。」

「我這裡有一些電池。」

我們獲得球棒老爹的恩准，走進超市裡。電池也是貴重物品，必須慎選交換的物資。正當我思考要換什麼時，藤森「欸欸」地輕拉我的袖子，循著視線望去，我看見堆積在冷凍庫裡的冰棒。兩支冰可用一顆三號電池交換。

「超冰——」

「好甜。」

舔到蘇打冰棒的一瞬間，我竟然產生一種「此生沒吃過這等美食」的幸福感受。短短數日，善惡的界線變得模糊，有得吃才能活命成為最高準則，我成了殺人犯和竊賊，定價八十元的普通蘇打冰棒則是貴重物品。

「是大波斯菊。」

藤森在空地前駐足。白色與粉紅色的大波斯菊爭妍綻放，隨風搖曳。一塊看板寫著「土地出售」。藤森呢喃「真漂亮」，走進空地。

十月中旬的秋季晴空下，置身大波斯菊花海裡的她是如此美麗、完美無瑕，不知怎地，我有一股衝動想要大叫。明明不久之前，我才因為校園霸凌痛苦到腦袋麻痺，對黯淡無光的未來感到絕望，在心裡詛咒地球爆炸。

如今，詛咒應驗了，我卻沉浸在恍如夢境的幸福之中。此時此刻，我只希望還有更多時間。**偏偏在人生倒數一個月，才讓我感受到幸福**。之前當我深陷絕望的谷底、對世界充滿怨恨時，卻連一點點的救贖都不肯給。上天真是無情。

我們在下午遲了些抵達品川站，新幹線和電車依舊沒開。

從新橫濱站出發後，電車的當地線路曾短暫恢復通車，但隨即因為品川站附近的平交道發生電車與汽車相撞事故而再次停駛。聽說這起交通意外嚴重到車廂翻覆，有許多傷者，要再恢復通車應該是無望了。

「今天其他地方也不停傳出災情，好像跟波光教有關。」

「有幹部製作可疑藥劑、在逃逸中的那個波光教？」

我點點頭。聽說東京和大阪的車廂裡飄出奇妙的臭味，站務員雖然說不了解詳情，但社群上已瘋傳這是波光教發動的恐怖攻擊。

「聽說有人昏迷。」

我滑著推特畫面，跳出的盡是危言聳聽的消息。

「既然這樣，就算通車也很危險，不能搭。」

「還不確定是不是恐攻，但反正不管怎樣電車都不會開，我們不如在這裡休息一會兒，等情報更新。今天走了很多路，腳也累了。」

「同意，那邊有人在發水，我們去領吧。」

藤森指著長長的隊伍。我已經受夠排隊了，但飲用水比食物更重要。我說我去排吧，但藤森說如果只有一個人，可能只能領到一瓶水。真聰明，難怪被說很可靠。

排進隊伍的尾巴時，媽媽打電話過來。

「友樹，你到哪裡了？」

「品川站，才剛到。」

「品川站的哪裡？」

「哪裡？呃，車站大樓裡，很多人排隊領水的地——」

此時，有人從後方抓住我的衣領，把我往地面拉。「友樹？」我聽著媽媽的聲音，因為事出突然，來不及做出保護動作，背部直接撞擊地面。

「江、那、小、弟。」

頭頂上方傳來哼歌般的輕快呼喊，隨之而來的是令人厭惡的狡詐低音。

「想不到會在這裡見到你，真是命運的安排呢。」

我仰躺在地，眼前出現那張熟悉的臉孔。

「井上？」

霎時間，我因為自己沒有殺人而鬆了一口氣。太好了、太好了，就在我哭喪著臉笑出來時，頭上纏著繃帶的井上面容扭曲。

「好意思叫得這麼親暱？」

穿運動鞋的腳踩著我的肚子，井上陰險地擠出聲音：

「你打破別人的頭，還好意思笑咪咪地帶著女人亂逛啊？」

「是你們自己不對。」

藤森回嘴，卻被井上毫不猶豫地甩了一巴掌。

「男人吵架，女人給我乖乖閉嘴！」

「你不是男人，你只配稱為人渣。」

藤森繼續勇猛地回嘴。

「別管我了，你快逃……」

話還沒說完，我的臉就被踹了一腳。

「停！否則我叫站務員過來。」

「去叫啊？」

井上戲謔地窺視藤森的表情。藤森吃驚地退開，那些同夥發出訕笑。環視四周，我倆愕然無語。無論是排隊的人還是路過的人，全都裝作沒看見我們，每個人都露出害怕的神情。

「去叫站務員或警察過來啊！去啊！」

三人圍了上來，同時用腳踹我。我彎腰護頭，臉部正中央遭受衝擊，鼻梁說不定斷了，耳邊聽見藤森哭喊「不要打了」。都怪我太弱小，才會害所愛的女孩子哭。對不起、對不起，我真沒用。

「哦，對了，這個還你。」

對我的攻擊暫停了，井上從包包裡取出用紙包起的細長物體，一邊說「別帶這麼恐怖的東西出門嘛」，一面慢慢把紙剝開，裡面是媽媽天天用來做菜的菜刀。

「你本來想要殺掉我，對吧？」

井上蹲下來，看進倒地的我的眼裡。

「被這東西刺到會怎樣，要不要試一試？」

銀色的刀光逼近臉頰，我害怕得嚥下口水。

——拿出性命保護心愛的女人，然後絕對要回到我身邊，知道嗎？

我養育了你十七年，你孝順一下總可以吧。

眼前的刀刃改變方向，冰冰涼涼地貼向脖子。

「井上，你真的要下手？」

「會不會噗哧一聲就掛了？」

包圍我的三人聲音越發興奮，眼神出現異常的光芒。這些人真的沒救了。至少我不曾露出這種鬣狗般的眼神，這個世界瘋了。

「喂，住手，拜託你們住手！救命啊，誰來救救我們！」

藤森向旁人呼救，沒有人願意注視這裡。

怎麼會這樣？被通知時間剩下一個月後，地球還沒出事，人類就先壞掉了。經年累月培養出來的律法、常識、道德心，彷彿偷工減料的塗漆一樣，脆弱地剝落。

——原來人類是這種醜惡的生物嗎？

我呆住了，腦中想起那個假裝沒看見累到走不動、坐在鐵軌旁的老夫婦的自己；那個懷抱殺機，拿石頭攻擊井上的自己；以及竊取了商品的自己。我沒資格怪罪井上和路人。

他們就是我，我就是他們，我們全是無法褪下羊皮的弱小綿羊。

我極端乏味的一生，伴隨著羞恥心與後悔展開走馬燈。遇到的好事沒有幾件，最後因為世界末日這個不痛快的原因被宣判死期；好不容易跟藤森有了獨處的時光，感受到了幸福，這份幸福卻再過一個月就要被收走，我因此痛恨起老天爺。

諷刺的是，原來我連最後的一個月都沒有。

我的人生直到最後都這麼倒楣。

不過，我很高興死前能跟藤森一起度過。

最捨不得的就是媽媽了。我這一生讓她吃了不少苦，操了許多心，倘若有來生，我希望能更有勇氣，就算不會贏也要揍對方一拳。如果我早點這麼做，人生是不是會有所不同？即使在和平的世界裡，也能跟藤森做朋友。刀鋒慢慢陷入頸部，已經太遲了。

但是，假設還有機會重來。

不管是一個月也好，還是幾天也好，這一次，**我會用盡全力而活**。

不是妄想中的野獸，而是以弱小的綿羊姿態，抬頭挺胸馳騁荒野。

所以，神啊，請救救我吧——

正當我開始祈禱，井上忽然飛了出去。

我弄不清發生了什麼事。急急忙忙移動視線，只見井上趴在地上，動也不動。站在我面前的不是神，怎麼看都是一位流氓大叔。

第二章

完美世界

目力信士，四十歲，殺死了黑道大哥。

兩人並無私仇，甚至不認識彼此，但想必這位黑道大哥也是一路剷除了礙事者才當上大哥。朝天空吐的口水，遲早會落回自己臉上*。

✦ ✦ ✦

睜開眼睛時，身邊躺了個女人。昨晚，我跟百家樂賭場的老主顧去酒店，這女人是那裡的小姐，我們在店裡喝完後，我帶她出場吃飯，她就這樣跟我回家了。

「你醒啦？」

撒嬌的語氣給人一種衝突感。在店裡因為燈光昏暗，看上去長得還行，如今在穿透窗簾的晨光下一看，年近三十的歲月痕跡一覽無遺。以酒店小姐來說，已經算是年紀大的吧。

「目力哥，你睡著後完全不會動，好像屍體一樣。」

女人騎上來取笑我，我皺起眉頭，感覺昨晚喝的酒要逆流了。

「皺眉頭的模樣好像那個哦。」

「哪個？」

「神社的那個啊，兩隻一組的。」

狛犬†啊。上次去神社是幾時的事情了？最近幾年，我連過年都沒去神社參拜。女人纖薄的手掌摸向我的褲襠，晨間勃起的部位被她逗弄著，我捏住軟綿綿的屁股予以回應。身上的女人笑了，我反客為主地撲倒她。

用幾分鐘完事後，我霎時虛脫，很想再睡一覺，女人卻黏了上來，我只好隨便抱住她的肩膀。結束後讓我靜一靜的才是好女人，很遺憾地——

「欸欸，誰是『阿靜』（ZUKA）？」

她不是個好女人。

「你說夢話提到『阿靜』，記得嗎？」

她摟著我的身體搖晃，我無奈地把眼睛睜開一條縫。

「是這個人對不對？」

女人伸手觸摸我左胸上的「SHIZUKA」刺青，這是我在年輕時刺的，還是最廉價的那一種。把女人的名字刺在心臟正上方表示「生死與共」——告訴我這件事的前輩跟名字刻在心臟正上方的女人結了婚，最後載著外遇的女人發生車禍死亡。葬禮上，前輩的太太

＊　日本諺語，比喻害人終害己。

†　日本幻想中的神明差使，形似獅子及狗，置於神社入口兩側或本殿，多為兩尊雕像面對面擺放，右側張著嘴巴的叫「阿形」，左側閉著嘴巴的叫「吽形」。

抱著襁褓中的嬰兒邊哭邊罵「去死啦負心漢！」，其他小弟連忙安慰她「大哥已經死了」。

「刺女人的名字在身上很浪漫呢。」

「很久以前的事情了。」

「當時你幾歲？」

「二十。」

「現在你幾歲？」

「四十。」

「已經二十年了啊，」耳邊傳來笑聲，「你一定很愛她吧。」

疲倦的話題催人入夢，我翻身不作答，女人果然又緊緊黏上來。

回想起來，靜香做完總是推開我跑去上廁所，然後抓著一瓶啤酒回來，隨便穿上一條內褲、套件運動衫便坐下看電視，完全不黏人。冷淡、粗魯，是個好女人。因為剛剛提到她的名字，害我不由得想起往事。

「男人最喜歡美化舊情人了。」

女人的手從腹部攀上胸前，凹凸不平的立體美甲刺著心臟部位。我挪動身體，她不死心地用指甲刺我，我坐起來，朝她揮了一巴掌。女人仰倒在床，神情呆滯地望著我。

「欸！你打我？忽然打人，太過分了吧？」

女人的表情看不出來究竟是哭，或者只是鬧脾氣。我用被子罩住她，一面聽她發出單調的抗議「好過分、好過分哦——」，一面閉上眼睛，意識旋即朦朧下沉。無論何時、何地都能睡得像是死了一樣，是我唯一的優點。

「目力哥，吃飯了喲！」

有人用硬邦邦的拳頭鑽我的額頭，把我從睡夢中叫醒。睜著惺忪睡眼一看，這不是剛剛被我呼巴掌的女人嗎？

「你還在啊？」

「我本來已經回去了，但這邊超市的魚賣得比較便宜，所以我又回來啦。」

女人催促「再不吃要涼囉」，走到客廳一看，桌上真的備好了飯菜。

「多吃幾碗喲。」

碗裡的飯高高隆起，宛如一座小山，我忍不住說：「你當這裡是飯場*嗎？」

她反問：「什麼是飯場？」

味噌湯太鹹，煮芋薯又硬又甜，鹽烤鮭魚燒焦了。

「好吃嗎？」

* 日本土木工寮的員工食堂，屬於貶義詞。

我連批評都嫌懶，乾脆靜靜不說話。

「有愛吃的東西儘管告訴我喲，我下次來時做給你吃。」

這女人被呼了巴掌依然為別人做飯，還說下次會再來，可見從來沒有人好好珍惜她。

吃下說客套話也稱不上美味的一頓飯後，我用手機確認賭場有沒有人找。女人把餐桌收拾乾淨，一邊哼歌一邊洗碗。

「我有小孩喲，」女人看似心情很好，「目力哥有小孩嗎？」

「沒有。」

「你喜歡小孩嗎？」

「沒思考過。」

「其實啊，我最近想要收山，以後不做特種行業了，畢竟都三十三歲了嘛。」

我不禁瞄了她的背影一眼。我以為她快要三十，原來已經超過了啊。

「這年紀不適合陪酒了，以前好多人點台，現在都是被叫去支援。如果可以，我也想白天出去上班，但是我有孩子要養，需要用錢。別看我這樣，我可是很擅長持家的喲。」

女人笑著說「廚藝不精就是了」。

「不過啊，我很擅長打掃，這裡亂糟糟的，我下次來幫你大掃除吧。」

「想找男人養去找別人吧，別煩我。」

「哎呀，你誤會了啦。」

「就算要找，也別找會打人的。」

「你還真有臉說呢。」

女人把碗洗完，留下一句「再來店裡坐坐喲」就離開了。

我打開冰箱找水喝，方才吃剩的鮭魚尾巴被好好地用保鮮膜包起來，冰進了冰箱。看似沒內涵的言行舉止，實則隱藏著謹慎和細心。我有些鼻酸，但就那麼一點點，喝完寶特瓶裡剩下的水就煙消雲散。

沖完澡後，不經意地在洗臉台的鏡子前瞥見那串字。

從二十歲起便跟著我的女人的名字，陽春到令人發噱的刺青。每次跟大哥五島去洗三溫暖，都被他嘲笑「快去把它弄掉」。我並非刻意將它留下，純粹是懶，放著放著，這串刺青便成了身體的一部分。

回想起來，認識這名字已快要三十年。

我出生在窗外是臭水溝的破屋子，父親一年三百六十五天喝酒，賭博賭輸了就打我洩憤；母親為了保護我也被揍，鼻青臉腫到不敢給鄰居看見。漸漸地，母親的眼神越發空洞，某天起，也從早上開始酗酒。我想是規勸父親太折磨人心，和他同化還比較輕鬆。

我只有睡著時才能夢見像是一般孩子的夢。夢裡有一座壞人橫行霸道、居民四處逃竄的城市，一位英雄站了出來，帥氣地打倒敵人，沐浴在眾人的掌聲中——那個英雄是我，被舞台燈照亮，宛如卡通影片裡的超級英雄，滿心驕傲、好不神氣。

然而，夢在天亮時就會清醒，現實世界的我只是一個窮小孩，和路邊的垃圾沒有太大的分別，總是餓著肚子去朋友家蹭販，去沒幾次就被對方家長嫌棄，列為拒絕往來戶。久而久之，我便跟同樣家境清寒的朋友聚在一塊兒，小學四年級時第一次學會偷東西。我們專偷些麵包、泡麵和點心，為的不是好玩或是爽，只是一群飢腸轆轆的小孩，為了求生存而合作行竊罷了。

上國中後，理所當然被拉進不良學長的圈子裡，大夥兒從早到晚一起鬼混，彷彿這麼做能自給自足我們所欠缺的家庭溫暖，一人有難、全員相挺，說好聽是守望相助，說難聽是善惡不分。

我不再回家，長期住在夥伴聚集的屋子裡，靜香也是其中一人。性格好強直爽的靜香是我偏好的類型，但她當時是學長的女朋友，我連想都不敢想。

有想要的東西去偷去搶是天經地義，唯獨背叛夥伴會被瞧不起。我不了解社會上的規矩，但很重視夥伴間的規矩。我們不像一般人理所當然有家可歸，只能聚在一起創造一個歸宿；若是打破了那裡的規矩，便形同親手摧毀我們這些無所歸依之人，在世界上唯一的棲身處。

國二那一年，我痛毆了父親。那天他跟平時一樣喝得爛醉想要打我，被我用球棒狠狠反擊，打得頭破血流，當時母親一手抓著啤酒杯，張大嘴巴看呆了。我不以為意，又打了他的背和肩膀，腦子裡想著「死了也無所謂」，一方面也知道「怎麼可能這樣就死？」，要是這點程度就會死，我早就死過千百次了。
「下次再敢瞧不起我，我就打死你！」
我去廚房拿來燒酎，朝縮起身體發抖的父親潑過去，見他抽抽噎噎地哭說「對不起、對不起」，再狠踹他幾腳，接著俯視神情呆滯的母親。
「把錢交出來！」
母親總算闔上開開的嘴巴，用力嘆了一口氣，慢吞吞地從包包裡拿出錢包，抽出一張萬元鈔票。
「全部交出來！」
母親放棄抵抗，把現有的鈔票統統交給我。我一把奪過鈔票，穿上外套轉身離去，背後傳來父親的哀號與母親的怨歎。
「為什麼非要搞成這樣不可？」
這句話宛如詛咒，厭煩地黏在背上，我心裡才想回嘴大叫。離家以後，我狠狠踹了老公宅的鐵門一腳，當時那股隆隆聲，至今仍迴盪在被掏空的心裡。
國中畢業後，我先去市內的加油站工作，但在當時的年紀，和夥伴廝混比工作要愉快許多，結果加油站做了半年便辭職，我開始替在幫派當小弟的學長做事、拿點零用錢花用，過著游手好閒的生活。十八歲時，我與靜香重逢。
「你還是老樣子，都在幹蠢事啊。」

她的個性和從前一樣，心直口快。此時的她是單身狀態，我馬上追到她，和她展開同居生活。當時我還在替幫派小弟的學長辦事，只能勉強算是個小混混，但是道上大哥五島特別關愛我，他是個聰明人，只要照他的吩咐去做，就能漸漸出人頭地，有好日子過。說來就是變成比較闊綽的人渣吧。

我和靜香只同居了三年便宣告結束，因為我一時暴怒，反射性地出手打她。我痛恨父親的暴力，自己卻如實繼承了他的惡習。道上兄弟互毆問題不大，但我連女人也打。靜香也是性格火爆的女人，我們三次吵架裡，總有一次鬧到附近鄰居報警。那天我們也大吵一架，隔天我幹完事情回家，家裡已人去樓空。我發狂地搜索，最後還是給她逃掉了。

——為什麼非要搞成這樣不可？

全是你自己害的，不是嗎？我在心中嘲弄自己。只要情緒激動，我就會忍不住動手，一個不小心，也許已經殺死靜香。幸好沒有打死心愛的女人——我用這人渣般的理由接受了這個事實，從今以後，只剩心臟上的廉價刺青陪伴我。

——男人最喜歡美化舊情人了。

沒這回事。那天夜裡，靜香被我打到嘴角破皮、鼻青臉腫，左眼還有一大塊熊貓般的黑青。這是我最後看見的靜香的臉。

我將視線垂落掌心，感嘆自己竟然下手這麼重；同一時刻，方才摑倒女人的觸感隨之復甦。從以前到現在，我都是人渣。

天黑之後，我去賭場露面。地點在酒店聚集的流川大樓地下室，走下樓梯，前方有一道裝設監視器的鐵門擋住去路。我按下對講機，內部員工透過監視器畫面確認長相，門鎖解除。這裡是違法賭場，人流控管相當嚴格，拒收陌生客。

走過陰暗的通道，抵達真正的店門。取代門廳的小房間裡，穿西裝的年輕員工鎮守左右，鞠躬道：「辛苦了！」穿越房間，就會來到擺放百家樂賭桌和輪盤的紅地毯場子。時間還早，顧客只有小貓兩三隻，但全是重症賭徒。我向熟練地堆起萬元籌碼的常客們寒暄。

「店長，我今天手氣超差。」

山本小心翼翼地護著唯一一枚籌碼插話。他穿著袖口磨損的灰西裝。從前的他有權有勢、呼風喚雨，自從公司倒閉後，現在在酒店當泊車小弟，身分地位其實不夠格進場，但偶爾會有常客帶他進來。

「是你之前太愛耍詐吧？」

「放輕鬆點，不要把好運嚇跑了。」

我故作親暱地攬住他的肩膀，叫店員開啤酒請客，才讓山本恢復好心情。越是卑微的客人，越需要別人給他做面子。回到店長室後，我特別叮嚀員工，下次山本再敢抱怨，就把他轟出去，從此禁止入場。

我走到店長室深處，從金庫中取出鈔票，塞進手拿包。這間店隸屬於弘生會，昨天賺到的營業額，隔天要上繳弘生會旗下的賭場老闆。

我把塞滿成捆鈔票的手拿包揣在腋下，前往老地方的咖啡廳會合。咖啡廳的客人組成裡，有道上兄弟帶著上班前的酒家小姐過來，我在人群中望見賭場老闆，不知為何，五島也在。

「五島哥，久疏問候。」

五島輕輕頷首，看起來就像一般企業人士，外表完全看不出是黑道。他從年輕時便靠著聰明才智遊走在法律邊緣到處洗錢，上繳的金額不斷追過其他弟兄，現在已爬到本家若頭輔佐*之位，並出任弘生會幕後企業的總裁。

但是，晝伏夜出的五島在這時間出來喝東西還真少見，有什麼事情嗎？我瞥向他，他揚起嘴角，似乎心領神會。

「我今天來，是想說好久沒約你去吃飯了。」

我深深低頭致謝，先將裝鈔票的包包交給老闆。平時老闆都會當面點收，今天大概是不想讓大哥等，直接拿起包包離席退下，等他走遠後——

「信士，好久不見，最近怎麼樣？」

五島換上與多年好友說話的親暱口吻。

「託你的福，有陸陸續續賺了一些。」

「那，我們邊吃邊聊吧。」

來到料亭一看，五島難得訂了和式包廂。五島這人吃飯喝酒從不拖拉，最多吃到一小時，快的話半小時就會更換地點，吃料亭也習慣坐吧檯席，一個晚上連跑好幾家店是常態。

「偶爾悠悠哉哉地慢慢吃也不錯啊。」

五島刻意抬手攔下正要替我倆斟酒的女招待，親自為我倒酒。接著，他稍稍碎念了一下組裡的利害關係，我一邊應和一邊聽，不對內容出言干涉。聊著聊著又話起了當年，等陳年往事也說到一個段落，五島一改輕鬆的口吻，正色道：

「有件事想拜託你。」

終於來了。我正襟危坐。若是年輕時，我可能還不會多想，但五島已當上若頭輔佐，不會沒事突然找我吃飯，我早料到事出有因。

「替我做掉六心會的角田。」

我暗暗吸氣。

＊　若頭為日本黑道幫派組織的「義長子」，即下任組長、二當家。若頭輔佐則為下任若頭接班候選人。

「要宣戰嗎？」

弘生會和六心會系出同門，因理念不合而分裂為兩家，兩個派系之間長年鬥爭，至今有過幾次大型械鬥，自從政府嚴加管制幫派後，兩派人馬有了聯手共存榮的默契，目前暫時休兵。當然，裡面也有反對派，主要人物便是六心會的若頭角田。既然有一邊的二當家反對，聯手一事自然談不攏。

「不管有什麼理由，殺掉對方若頭，結果不都是宣戰嗎？」

「關於這點……」五島探上前，「其實是六心會自己想幹掉角田。」

聽說六心會的現任組長不滿意前代組長扶植的角田，想要換自己親手栽培的分家輔佐當左右手，以確保卸任後能高枕無憂。

「六心會的組長也真夠狠，完全不顧人情道義。不過，想參一腳的咱們家也好不到哪裡去，總之，角田注定要被時勢淘汰。」

我曾耳聞角田的作風比較老派，五島大概和他相反。

「問題是，我們兩邊都不能派自己人下手。」

我想也是。內部人士幹掉若頭的事蹟一旦敗露，會跟角田派發生內鬥。即便是弘生會這邊的人下手，一樣會引發派系鬥爭。這個殺手，非得是外部人士才行。

「我很看好你的身手。」

「我已經四十歲了。」

我低頭啜飲一口酒，腦中思索如何逃過這一局。

「你前陣子才把鬧事賭客打個半死不活，不是嗎？聽說賭場僱的落魄拳擊手小兄弟一個個被摺倒，不得已才逼得你親自上陣。看來你仍寶刀未老吧？」

五島替我斟酒。我垂下眼簾聆聽，盡量不去看他那逼人的笑容。角田的身邊隨時跟著厲害的保鏢，他自己也很小心翼翼，普通的混混想接近他絕非易事。

「信士，事成之後由我善後，在你不能動彈的期間，我會照料你的父母或女人；就算失敗了，我也絕不背棄你。」

五島是個君子，說過的話定會信守承諾，他不是那種心胸狹小的男人，我相信他的為人。問題是，失手就會被殺；哪怕成功也要先蹲苦窯，出獄後還得害怕被報復，必須一輩子過著膽顫心驚的生活。五島的請託，等於要我獻上餘下的人生。我苦澀地望著鋪張華奢的料理。

——不過，我這人生也不怎麼值得留戀就是了。

我來自一個惡名昭彰的鄉村，和我噓寒問暖的鄰居叔伯都是道上人士，我和那些狐朋狗友非但不害怕，還很中意不計家世、不看學歷的黑幫世界，妄想在江湖闖出一片天。每每在路上看見黑道大哥坐的高級轎車經過，我都心生嚮往，希望有朝一日換自己坐在裡面，帶著成群弟兄四處闖蕩。就是這麼單純的孩子夢。

事實上，混黑社會最需要才智。我因為從年輕就特別擅長打架，常有道上前輩請我當打手，但我不懂得靠頭腦賺錢，永遠只能當跟看門狗沒兩樣的小流氓，幹再久都混不出名堂，是五島發現了我、特別關照我。

當我因為一些無聊小事，與六心會的組員發生衝突、把對方揍得狼狽不堪，差點引發組內糾紛時，也是五島站出來替我說話。當時五島還很年輕，跟上面疏通關係需要一大筆錢。也幸虧他的幫忙，事情才沒越演越烈，我則被逐出幫派以示懲戒，從此不得加入弘生會。當我為自己的愚蠢懊悔不已時，五島這樣對我說：

「沒有實質名分又何妨，你仍是我的拜把兄弟，遇上麻煩，隨時跟我說一聲，我若有難也會找你。我們是兄弟，不需要客氣！」

五島說到做到，不曾捨棄高不成低不就的我，我則替他做些不方便派給組裡小弟的工作。於是，五島步步高升，剩下我，仍是一隻除了逞凶鬥狠，毫無可取之處的流浪狗。

年輕時，我覺得這樣就好；等年紀漸長，我開始受不了被那些滑頭小鬼使喚，工作因而換來換去，最後，認識的人介紹我去應召站當保鏢。

我曾遇過「照片和本人完全不像」的客訴，並在內心咒罵：「只能花錢買春的傢伙有啥資格嫌？」也遇過要求「胸部要大，屁股要小」的囉唆客人更換應召小姐，由我代替小姐前往旅館；還遇過想追加禁止項目的奧客，把小姐逼得躲進浴室，最後由我出面接人；遇上態度不佳的客人，我就順手把對方揍一頓。

在那段舉步維艱、每日彷彿行走在泥水當中的日子，我偶然在街頭與五島重逢，當時他已做到本家的若頭輔佐，我們不再像從前一樣，能夠隨心所欲地見面，頂多趁他請我吃飯時順便聊近況。他聽見我老大不小還在混吃等死，覺得看不下去，就把我丟到現在的百家樂賭場當店長。拜他所賜，我才能每天穿像樣的西裝出門，接受年輕小弟的鞠躬行禮。

從以前到現在皆是如此，沒有五島的幫忙，我這半吊子就沒有好日子過。

五島拜託的事，我心中沒有拒絕的選項，但——

「噯，信士，你知道嗎？解決這次的工作後，我將被指派為下任若頭。」

我不禁抬頭。現在的組長退位後，將由現任若頭大久保繼承幫派，大久保的手下含五島在內，一共有三名輔佐，沒意外的話，下任若頭也會從中遴選，目前的有力人選是坂木，與大久保是直系兄弟，從年輕時便是他的心腹。

「大久保要是當上組長，指派坂木當若頭，我勢必會被除掉。到那時候就太遲了，得趁現在的組長一息尚存時下手。」

五島八成和組長達成了祕密約定，用殺掉角田這份大工作來換取若頭之位。聽在我這混不出名堂的地痞流氓耳裡，這些都是天邊的事情，但我明白，這也是五島的生死局。

「等你出獄後，我會接你回組裡，當我的輔佐。」

「可是，我早被踢出去了。」

「傻瓜，角田的事若是順利辦成，你出獄時，我就是組長了，八百年前的小心結算什麼呢？身為你的大哥，我會給你應得的名分。」

——你若真把我當成親兄弟，怎麼會老把那些見不得光的爛事交給我呢？

忽然間，我想起從前的夥伴對我說過：「你被利用了。」除此之外，也有不少人給我類似的警告，但我每次都會嗆回去。說什麼鬼話？你們這些挑撥離間的傢伙還不是只想利用我？五島會替我善後，給的酬勞也很豐厚，從來不會光出一張嘴就想裝大哥。

——真的嗎？他若真把你當成親弟弟，又怎會指使你去殺人呢？

——因為他相信我、把我當成自己人，才會託付重任。

——冷靜點，他是叫你殺人，那會毀掉你的人生。

我在腦中自言自語，思緒亂成一團。從以前就是如此，每次遇到問題，我都不能客觀冷靜地思考，最後就會忍不住動手。五島也說過，「這是你的壞毛病」。

——信士，人有腦袋，就是用來思考的。

——你想怎麼做？應該怎麼做？

——好好沉住氣，仔細想一想。

——否則只會一直被聰明的傢伙利用，一輩子不得翻身。

到頭來，無論是從前的夥伴還是五島，都在對我說一樣的事情。我從來沒有好好動腦思考、自己下決定。只要遵照五島的吩咐去做，通常都會得到顯而易見的好結果，在我孤單行走江湖的歲月裡，唯一沒有斷絕聯繫的人就是五島。

——情分能當飯吃嗎？真正的聰明人都知道，要多養幾條關鍵時可以捨棄的忠犬，這叫做投資，懂不懂啊？

和我一樣的聲音在腦中煽動我，思緒越變越汙濁。

「信士，我跟你跪了，這件事只能拜託你了。」

看見五島離開坐墊，我來不及思考，身體便動了起來，攔住五島準備抵在榻榻米上的手，回答「我明白了」。唉，搞砸了。心裡明知是條死路，為何每次都會踏進去呢？

最後一夜——不小心打了靜香的那一晚也是如此，明知道這樣下去不行，卻沒能阻止自己。**我的身體背離了我的心**，一旦演變至此，就無法收拾殘局，我會朝著死路全速衝刺，直到撞上已知的牆壁才停下來。

「我和你是兄弟、是一家人，對吧？信士。」

五島抱住我的肩膀。兄弟、家人——這些字彙和我天生無緣，我壓根就不信這一套。然而，我卻像是一隻被主人摸頭的狗兒，沒來由地感到欣喜。即使知道會後悔。

——你真是一隻無藥可救的笨狗。

是啊。但是，那又何妨？同樣是狗，跟四處打撈廚餘桶的野狗相比，當一隻早中晚有主人定時放飯的家犬，不是比較輕鬆嗎？自尊？對一個長年在地面爬的四十歲中年男子來說，自尊能當飯吃嗎？

在執行日到來前，我還是照樣過日子。接著，五島給了我一筆錢和一把槍。槍比我想的還輕，拿在手上卻沉重到足以令我發抖。本來以為五島是跟打打殺殺無緣、衣冠楚楚的知識型黑道，直到看見他以熟練的手勢說明如何開槍，我才明白他骨子裡就是幹黑道的。不是身手的問題，而是我們打從本質就不一樣。

——我說想在黑道的世界混出名堂，但其實早從一開始，我就弄錯方向了。

帶著錢與槍回家時，我不禁嘲笑從前的自己。

已經沒有工作的必要，我辭掉賭場的職務。話雖如此，也沒有事情想幹，只能每天出去喝酒消磨時間，反覆過著下午起床、天黑開喝、天亮回家補眠的生活。

今天我也睡到下午才醒，在附近的中華餐館吃了飯，走進車站前的柏青哥店，儘管連續中大獎卻心如止水。這遊戲在我窮到脫褲時從來不中獎，偏偏在我失去用錢的意義時大獲全勝，看來「錢會往有錢人的口袋跑」這句話是真的。

「小哥，你運氣真好。」

隔壁化濃妝的老太婆向我搭話，她的臉上浮著乾粗厚重的粉粒，手指挾著香菸，指甲油的前端已然剝落，一臉羨慕地望著我腳邊裝滿小鋼珠的箱子。

「都給你。」我起身說。

老太婆吃了一驚，睜大睫毛膏結塊的小眼睛，用沙啞的聲音向走出店門的我道謝：

「謝啦，帥氣的小哥！」

明明只打了小鋼珠，我卻感到莫名疲憊，於是前往三溫暖，在休息室裡睡了一覺。醒來時天已黑，手機收到一堆女人的邀約訊息，全是伴遊小姐，大概是因為我最近常上酒店，又喝得特別闊吧。

我坐在躺椅上，隨便叫了個小姐，在不錯的餐廳吃了頓飯，攜伴進入酒店，管他是白蘭地還是香檳王都隨便開，聽著小姐瞎扯「聽說隕石要掉下來，世界要滅亡了呢」，隨意地笑一笑，接著續了好多攤，直到天亮才回家，一天終於落幕。我筋疲力竭地倒在床上，開始對遊玩感到厭煩了。

再過一陣子，就能享受真正的自由。我有很多錢，想幹麼就幹麼，卻沒有事情想做。我躺在堆滿雜物的床上，在臉上攤開手掌。

——還真的一無所有啊。

這雙手未能在四十歲前創造出什麼，也未能得到什麼。

「阿靜——」

我不知何時打起了瞌睡，被自己的聲音所驚醒。那是什麼夢？我嘗試回憶，此時手機傳來收件鈴聲。又是哪個小姐？拿起手機確認，不認識的號碼。

「明天」。

看到標題，我僵住了，身體漸漸鬆弛無力。是嗎，就是明天了。五島說，前一天會聯絡我，要我收到標題為「明天」的空郵件後打電話給他。

我將被子蓋至頭頂，想再睡一會兒，白天的陽光卻穿透薄薄的窗簾妨礙睡眠。我在床上翻來覆去，最後無可奈何地爬起來。無路可退了。我茫然眺望著雜亂的房間，接著打電話給五島。

「就是明天。」五島在電話裡說。

我回答「是」。明天目標角田的女兒過生日，他們家每年都會休假替女兒慶生，聽說連保鏢都不會帶，是暗殺的好時機。

「今晚盡情地玩一玩。」

「我會的。」

我自暴自棄地笑了笑，五島刻意誇讚我「果然很冷靜」。

掛斷電話後，我想差不多也該跟三千煩惱世界訣別了。我有傷害罪前科，少說會吃上十年徒刑，出獄至少也五十歲了。五島答應會照顧我，前提是他有順利當上老大。假如五島稍有閃失，出獄的我就只是一個殺人前科犯。

——永遠別想悠哉過日子了。

我迷濛地在床上躺成大字形，眼睛剛瞇上，電話又響了。這次是酒店小姐，名字叫「那美」，我想不起來是誰，直到看見那行字「我再做飯給你吃」，才想起是那個珍惜鮭魚尾巴的女人，看似年輕，其實已經三十三歲，有小孩了。對了，我還呼了她巴掌。

「要不要當伴遊？」

我傳送訊息，立刻收到「好開心！」的回覆。

我們約在那美任職酒店附近的壽司店見面，隨意地吃吃喝喝。那美狂點玉子燒壽司和鮮蝦壽司，我叫她吃點高級的，她卻笑嘻嘻地說喜歡吃這些。

「如果明天就是世界末日，我也要吃玉子燒和鮮蝦壽司。」

「什麼鬼？」

「你沒看昨天的新聞嗎？我也是上班前一邊化妝一邊聽。美國的新聞台爆料說，有一顆大石頭會掉下來、砸中地球！聽說很多地方發生暴動，昨天客人和店裡的小姐都在聊耶。」

「這麼一說，昨天確實有女人提過。」

是哪家酒店的小姐呢？我喝得醉醺醺，不記得了。

「目力哥，你呢？如果明天就會死，你想吃什麼料？」

「壽司限定嗎？」

「喜歡的食物都可以呀，你想吃什麼？」

「都無所謂，中華涼麵就行了。」

她取笑我「真平民啊」。我也輕輕一笑。如果好吃當然很好，但我從以前就是只要填飽肚子即可，就算多了一條誇張的附加條件——「如果明天就會死」，也不會改變。

「既然都是最後了，比起吃飯，我寧願選女人。」

今晚真的是我的最後一夜了。

「在『食色』裡，目力哥優先選擇『色』啊。」

那美托著腮幫子呵呵笑。她的嘴脣是葡萄的顏色。

「下班後來我家吧。」

「今晚不行，明天小彰生日。」

「你有男人啊？」

「我兒子，明天滿八歲囉。」

和角田的女兒同一天生日啊。連頭髮梳得如此誇張的女人和黑道的第一把交椅都有心愛的家人，我再次感受到自己的一無所有。

「明天我休假，我已經答應小彰，晚上要帶他去家庭餐廳慶生。」

「帶他去更高級的店啦。」

「單親家庭很辛苦的。」

那美鼓起雙頰，我取笑她別一把年紀還裝可愛，同時倏然想起那盤用保鮮膜包好的鮭魚尾巴，不禁從錢包抽出十張萬元鈔票、放在吧檯上，那美睜大眼睛。

「當作是慶生。」

「咦咦——！」那美吃驚大叫，緊張地說「太多了啦」，本來以為她會拒絕，但她說了聲「謝謝，我最愛目力哥了」，迅速收下鈔票。吧檯後方的老闆和師傅露出苦笑，羨慕地說「出手真大方」，但也不忘調侃「誰叫你要帶小姐來」。飽餐一頓後，我隨她到店裡，把有空的小姐統統叫來，開了香檳又給了小費。

「謝謝目力哥招待！」

揮霍了兩小時，當我要走時，大批小姐來到門前排成一列，護送我離開。路上行人望著這氣派的一幕，但我只感到心如死灰。因為不想黯淡度過最後一夜，我住進了從沒住過的高級飯店，還叫了應召小姐。

「我是沙織。」

資料上明明寫最多二十五歲，來到房裡的卻是一個擺臭臉又沒幹勁的老女人。

「你幾歲？」

「二十二歲。」

沙織語調平板地回答。謊報年齡也不能太超過吧？我性致全消，但是換人又很麻煩。沒有指名、臨時叫小姐，來的八成都是這種貨色。

「一晚對吧？請預先支付五萬元。」

我從錢包抽出五張萬元鈔票交給她，沙織收下鈔票，旋即開始脫衣服。就算她是出來賺的，難道就不能稍微撩一下嗎？我越發心寒。

「馬上、要嗎？」

「啊……不然先洗澡吧。」

那可是今夜限定的豪華浴池啊。我看向浴室，不愧是高級套房，浴室也很寬敞。我在浴池邊緣坐下，低頭望著逐漸升高的熱水。下半身依然毫無動靜，但我就算賭那一口氣也想盡情享受。

等水放好了，我呼喚沙織，人卻叫不來。回到房間一看，只見她穿著內衣坐在床上看電視，似乎是首相記者會？我對政治不太熟。

——辦事前看首相記者會？這女人真教人大開眼界。

我從目不轉睛盯著電視的沙織手中取走遙控器，關掉電源。沙織嚇了一跳，抬頭看我。她的嘴巴開開的。

「水放好囉。」

「……什麼？」

她還處於呆滯狀態，喃喃自語「等等，不會吧？」，想要拿回遙控器，又在途中收手，緩緩地下床。

「我走了。」

沙織搖搖晃晃地走向衣櫥拿衣服，我抓住她的手臂，她奮力一甩，自己跌倒了。

「我要回家。」

她說著同樣的話，瞅著我的眼眸宛如易碎的玻璃珠。她看起來相當害怕，我才想到，這該不會是她第一次出來賣吧？看她衣服脫得挺俐落，真想不到啊。

「人都來了，還想反悔？」

「因為，現在真的不是時候。」

「第一次嗎？」

真麻煩，我蹲下來，與她視線等高。

「你知道嗎？傳聞是真的！」

「傳聞？」

「有隕石要掉下來，我們統統都會死！」

我垮下肩膀。那美在壽司店也說過類似的話。

「哦，是嗎？很久以前也流行過什麼諾斯特拉達穆斯預言嘛。」

預言提到，一九九九年，恐怖大王將從天而降。當時我二十歲，身邊還有靜香；結果世界並未毀滅，我來到四十歲，身邊孤獨無伴。「別管了，過來！」我抓住她的手臂，想拉她起來。

「不一樣！首相剛剛開記者會，說是真的！」

沙織突然開始歇斯底里，坐在地上反覆叨念「我要回家、我要趕快回家……」，我一個不耐煩，甩了她一巴掌，她便像青蛙似地翻肚朝天。感覺性慾離我越來越遠，我管不了那麼多，強硬地把手伸進胸罩、抓住乳房。

「喂，不要嘛！我要回家，讓我回家！」

她胡亂踢著腳，哭了出來，神智不清的模樣令人懷疑是不是有嗑藥。我扯住她的頭髮，又朝她呼了一巴掌、兩巴掌。我自認有放輕力道，但她的嘴角還是破皮了。沙織腫著一張臉，抽抽噎噎地哭起來。聽說有人喜歡這樣玩，我可沒有那類癖好。

到底是怎樣？就在此時，房內傳來突兀的輕快旋律，沙織爬去撿掉在地上的手機，接起電話。

「嗯、嗯，你也看見新聞了？」

她的語氣變了，不再是一開始那副死樣子，聲音中飽含情感。

「嗯，我沒事。媽，我馬上回家，你不要亂跑出去哦。」

只見她抹了抹臉、站起來，蹣跚走到衣櫥前，隨便套上衣服，不計形象地走出房間。我盤腿坐下，目送她出去。寬敞的套房裡又剩下我一人，我凝視著剛摸到胸部的手掌。

「啊，錢。」

被拿走了。我沒力氣去追，更沒有精力重新打電話叫小姐。她喊的那聲「媽」迴盪在耳際，我這一晚都不可能重振雄風了。

我無奈起身，從冰箱拿出啤酒，對著瓶口灌。那女人是不是吸毒吸茫了？偏偏在最後一夜給我抽中下下籤，感覺我這一生注定衰到家。我虛脫地躺倒在巨大的床上，剛剛那句「媽」掠過腦海。

——為什麼非要搞成這樣不可？

幹麼在這時候冒出來呢？我咂舌心想，接著拿出手機，找出老家的電話號碼。最後一次通電話是兩年前的除夕夜*，我在應召站的辦公室一邊看紅白歌唱大賽，一邊打電話回老家。接電話的是父親，忙著對我說教「過年至少要回家啊，你也到了該包紅包孝敬父母的年紀」，被我回嗆「我一毛錢也不會給你」掛斷電話。

耳邊傳來撥號鈴聲。已經睡了嗎？畢竟都是老頭子和老太婆了嘛。正當我要掛斷時，「喂？」母親接起電話，我說「是我」，她應了聲「哦」。

「打來幹麼？」

睽違兩年通電話，母親的聲音不驚也不喜。打從很早以前，母親便成了一個視而不見、聽而不聞的人。和那個人渣父親相處，用這種方式最輕鬆吧。靜香就是不想變成這樣才逃走的嗎？因為我跟父親簡直一個樣。

「沒幹麼啊，你們都好嗎？」

「這把年紀了怎麼可能好，你爸去年死了。」

我頓了頓，來不及回話。

* 日本過國曆新年，除夕夜（大晦日）指的是十二月三十一日。

「他本來就常說這裡痛那裡痛，在投注站倒下，就這樣走了。」

真像父親的作風。能在連兒子的營養午餐費都拿去賭的賽馬場投注站翹辮子，也算得償所願吧。沒出席喪禮真抱歉啊——我連場面話都說不出來。無法因為父母的死而悲傷的我的確很爛，但是把孩子養成這樣的父母也一樣爛。

「你現在在幹麼？」

「沒幹麼啊。」

明天要履行約定去殺人的我，此時此刻的身分是無業遊民。

「你都四十歲的人了，究竟想游手好閒到幾歲啊？只會讓父母操心，再不認真點，以後會變得跟你爸一樣。」

抱歉哦，我比他還爛，以後會有殺人前科。

「還有，麻煩你稍微盡點孝道，我從去年開始領生活補助*，連買瓶酒的錢都不夠，你能不能每月至少匯個一兩萬過來？」

——我一毛錢也不會給你。

最後對父親說的話掠過腦海。

「好啦、好啦，下次匯給你。」

「光會耍嘴皮子，你從以前——」

我在途中掛斷電話，躺成大字形仰望天花板。來到這一步，反而覺得無事一身輕，我漸漸地用奇怪的方式看破紅塵。正如父親死了我不會哭，我死了母親也不會哭吧，頂多感嘆再也無法從我這裡要到錢。

既然如此，我就好好替五島效力吧。儘管對五島來說，我只是眾多圈養犬的其中一條，但他畢竟有摸摸我的頭，我就盡忠職守地報恩吧。要我因此心滿意足地睡著當然不可能，我強迫自己閉上眼睛。

隔日，我按照指示前往角田家。

因為是替女兒慶生，原本以為地點是在私人住家，戒備會更森嚴，原來這位女兒是跟情婦所生，雖然住在高級大樓，但保全相對比較寬鬆。

大樓陽台面向一座公園，聽說角田常帶讀小學的女兒去遛狗。今日身邊未攜保鏢，我要看準時機下手。

前往角田情婦家的路上，我順道去了趟便利商店，用ATM匯錢給母親。匯完之後有點氣自己在幹麼，但想想理由也不重要，便放棄糾結。

我於十點抵達目的地，從大樓區域的後門前往公園，坐在長椅上待機。時間緩緩流

＊　日本最低生活保障制度，又稱「生活保護」，由政府發放補助金給需要援助的低收入者。

逝，為了打發時間，我翻著週刊雜誌，卻一個字也讀不進去。今天風和日麗，在便利商店買的罐裝咖啡太甜，越喝越渴。

一位推著嬰兒車的媽媽從大樓後門走出來，我登時繃緊神經，轉頭一想，不對，角田的女兒是小學生。經過時，我察覺這位媽媽抓著酒瓶，一邊灌著威士忌，一邊搖搖晃晃地推著嬰兒車前進。

在應召站做事時，我常接到平凡的主婦來面試，問：「像我這樣的人也能做嗎？」這些女人多半有賭博、酒精或違法藥物成癮問題，瞞著丈夫借了許多錢，人人口中都是那句老話「我也不知為何會變成這樣」。

就連那些在我看來衣食無缺的貴婦太太，也說自己欠缺了什麼，並且一步步地墜入無底沼澤。來買春的男人也是某個人的丈夫。這個世界究竟是怎麼搞的？

「波波羅——」

耳朵聽見尖尖細細的聲音，望過去的瞬間，我的心臟劇烈一跳。牽著褐色柴犬的小學女生後面跟著一位高挑的女性，以及一位身材肥短如木樁的男性。是角田。

我裝成蹺班的上班族，低頭看雜誌，靜待角田一家通過。

「爸——」領頭的小女孩回過頭，「波波羅大便了，幫我撿！」

角田板著臉孔望向情婦。

「你去撿。」

「她拜託的是爸爸，當然要爸爸幫忙撿呀。」

角田嘆氣蹲下，撿起狗大便。情婦和女兒當前，連黑道大哥的尊嚴都蕩然無存。我置身事外地觀察他們一家。角田憑藉暗地裡的真本事贏得現在的地位，正房替他生了一個接班人兒子，情婦替他生了一個女兒。聽說為人德高望重，人生志得意滿，和我完全不同。我用晦暗的心情，悄悄把手伸進西裝內側。

手指摸到槍身，我沒來由地感到緊張，手心出汗。我隔著距離尾隨在後，女兒喊口渴，和情婦一起走去自動販賣機，角田盤起手臂望著兩人的背影。我吞聲屏息地靠近，用槍口抵住他肥厚的背。

「喂喂，勸你別把事情鬧大。」

他一派悠哉地開口。換作是我被人拿槍指著，恐怕沒有多餘的心思回話。我嚥下唾液，沉默地扣住扳機。角田嫌煩似地咂舌。

「真拿你沒辦法，至少別給她們母女倆看見。」

這氣度真不是蓋的，不能讓他發現我氣勢不如人。我拿槍抵著他，和他一起走進旁邊的公廁，將他的慣用手扭至身後，槍口分毫不差地從背部瞄準心臟。

「真是的，都這種時候了，誰派你來的？」

我沒回答。

「算了，都無所謂了，」角田接道，「我本來想把握最後的時光陪陪家人，但我明白，我確實幹了不少髒事。」

他在說什麼？難不成他生了重病、來日不多了？

「你呢？剩下一個月，你來這裡的目的是什麼呢？」

我不明白他的意思。

「應該有人在等你吧？幹完這一票，你也趕快回到那個人身邊吧。」

我的心慢慢變冷。等我的人只有五島，但他等的不是我，而是我叼回去的獵物。

「你總有父母、太太或小孩吧？」

這番話有幾分訓話的意圖，讓人受不了。

冰冷堅硬的煩躁感湧上喉頭。我知道自己很爛。從小到大，我身邊老是吸引到這種人，他八成也是，功成名就後便跩了起來。

還在底層打滾的人最痛恨聽到什麼話，這傢伙恐怕早忘了吧。單純嫌我笨還無所謂，裝出自己什麼都知情的樣子施捨憐憫，這點最讓人不能忍。被人用溫柔的神情掏挖傷口的疼痛甦醒了，提醒著我：**你的舊傷還沒痊癒**。

「你該不會不知道吧？」

角田想要回頭，我反射性地扣下扳機。就那麼一瞬間，胖似木樁的身軀在骯髒的地板倒下。襯衫的衣背穿了孔，鮮血汩汩流出，暈染的痕跡迅速地擴散。

啪嚓……心中似乎有什麼東西摔爛了、濺得滿地。那份觸感使我害怕，我對倒下的男人又開了幾槍。他已經死了，我卻停不下來。每次都這樣。

走出公廁，情婦牽著女兒的手，茫然佇立著。

「為什麼？」情婦面色蒼白地問，「明明只剩一個月就全部結束了……」

她的眼球宛如易碎的玻璃珠，我聯想到那個腦袋有病的應召女。

只剩一個月、還剩一個月……這些人到底在說什麼啊？

我雙目游移，想尋求解答，結果和抬起脖子望著我的小女孩眼神撞個正著。

「爸爸呢？」

我受不了那雙困惑的黑眼珠，快步離開現場。

前往出口的半途，我又遇到那位推著嬰兒車的媽媽，只見她拎著威士忌酒瓶，恍惚地站在原地。擦身而過時，我朝嬰兒車裡偷看，寶寶在沉睡，身體宛如扭曲變質的生魚片，總覺得沒有在呼吸。

我告訴自己那是錯覺，假裝沒看見地走過去。回到車站時，人潮多到滿出來，許多人攜家帶眷、扛著大包行李議論紛紛，關鍵字不停躍入耳裡。一個月後——小行星——。

我很笨所以聽不懂，拜託誰來告訴我，現在到底是什麼情形？總之，先撥電話給五島，請聰明的他為我解解惑吧。他聽了應該會傻眼嘆氣，叫我「少說蠢話」，然後我只須按照計畫去警察局自首，一切就結束了。

五島沒接電話，真反常。正常來說，他應該正引頸期盼我帶來好消息吧？焦慮節節升高，我反覆重撥，他終於接了。

「是我，我現在——」

「啊——不用殺他了。」

他直接蓋過我的話語。

「我已經解決他了。」

五島嘆氣。

「那就沒辦法囉。」

他只說完這些便結束通話，聲音聽起來無精打采，我來不及請他為我解惑。在此之前不用我多說，什麼重要的事他都會主動告訴我。我感到煩躁倍增。

車站裡有大型電子看板，人潮聚集在看板前。我移動過去，豎耳傾聽我從未聽過的午間八卦社論節目，勉強認得長相的時事評論家說得口沫橫飛，內容三句不離前所未有的天災與昨晚的首相記者會。

哦，原來如此啊，有巨大的石頭從外太空飛來，即將撞上地球的消息是真的。鏡頭切換畫面，一位據說是某某大學教授的男人說明飛來的石頭有十公里大。十公里？確實不小，但頂多摧毀一座小城市，不是嗎？說人類會因此滅亡也太誇張了吧？

男人繼續說明——衝擊威力大約是五千萬 megaton*，能量相當於廣島原爆每秒連續爆炸持續一百二十年。我完全搞不懂這是怎麼計算出來的，但我至少理解人類滅亡的理由了。

本來要去自首的警察局距離這裡三站，離家最近的車站連換車也加進去有十站。我買了十站的車票。世界末日什麼的，我在電影裡看多了，每一部演到最後都能死裡逃生，想必這次也一樣。我將自首一事暫緩，決定先看看狀況再說。

走進家附近的便利商店，一群年輕人在店裡滋事。我常覺得現在的年輕人缺乏狠勁，不過仍有一些傢伙挺敢的嘛。我無視這些人，逕自將啤酒和威士忌放入購物籃，其中一名小夥子朝我一撞。

「老頭，滾！不滾我宰了你！」

他把臉擠上來，瞪大雙目威嚇。煩躁感已在杯口高高隆起，眼看就要衝破表面張力，我從購物籃裡抓起威士忌，當作榔頭朝男人的側頭部敲下去，男人撞倒商品架跌倒，我又踹了他的下巴一腳。男人昏了過去，半開的嘴裡流滿了血，嘴裡可見斷掉的牙根。同夥的小鬼們看了我一眼，反射性地退開。我把購物籃放到櫃檯上，店員卻已逃進員工倉庫，我便提著整籃商品走出去。我沒付錢。夕陽西斜的天空掠過飛鳥的剪影。

回到住處後，我打開積滿灰塵的電視機，每一台都在報同樣的新聞，我才看三十分

＊ 百萬噸，用來計算核武爆炸能量的單位。

鐘就飽了。那些人各個情緒激動，用了好多專有名詞，沒念多少書的我根本聽不懂，越聽越想睡。

關掉電視機，房內頓時回歸寧靜，遠方傳來警笛聲，其中還摻雜年輕人改裝車和重機的噴射引擎聲。新聞雖然說，人類再過一個月就會死，此時此刻街頭巷尾卻熱鬧不已，彷彿節慶前夕，充滿活力和生氣。

不知怎地，我並不害怕。管他是隕石還是小行星，請按照那些聰明的傢伙說的撞上來，把地球撞成兩半吧。反正就算世界和平，我也得去監獄報到。

張開眼睛時，身體異常疲倦。我這人沒啥長處，唯一的優點就是身體強壯，也許是不小心感冒了。住處沒有常備藥，我都靠吃飯當治療，有吃東西感冒就會好，沒好就是生死有命。

泡了泡麵以後，我趁等待期間打開電視，頻道出現深夜時段會播出的七彩畫面；轉台也只看見學者高呼小行星、人類滅亡等。啊，原來不是夢。

我吸著泡麵心想，都快要死了，這些人還在工作啊。看著拚命發表意見的時事評論家與電視台員工，我真不知他們是太認真還是吃飽太閒。希望是後者，這就表示這種時候除了我，也有其他人無事可做。

——應該有人在等你吧？幹完這一票，你也趕快回到那個人身邊吧。

腦中浮現角田的聲音，剎那間，扣下扳機的觸感回來了。槍聲與反作用力。年幼女兒漆黑的大眼睛。不願想起的記憶宛如吃角子老虎機，擅自旋轉、躍出。我忍不住將泡麵砸出去，湯料在榻榻米上濺得到處都是。

心臟詭異地跳動著，冷汗從髮際線滲出。我關掉電視，回到臥室躺平。怪的是，平時總是一秒入睡的我卻失眠了，閉上眼睛，腦子裡也閃爍著討人厭的畫面。這到底是怎麼回事？

我反覆淺眠，中間醒來去上廁所。打開客廳的拉門，油臭味撲鼻而來。泡麵的湯汁已滲入榻榻米，上方還黏著麵條。身體好倦怠，我沒力氣整理，決定裝作沒看見。

上完廁所後，我在廚房灌了幾口威士忌當作吃藥，腦中忽地閃過一樣在公園站著灌酒的年輕媽媽。想起嬰兒車裡姿勢詭異扭曲的小嬰兒，我不寒而慄，逃也似地溜回臥室。

天黑了又亮了，我除了上廁所，其他時間都窩在床鋪。每次醒來，腦中都會閃現類似藥物成癮的討厭畫面。我灌下更多威士忌來麻痺神經，結果頭變得爆炸痛，好像宿醉一般。明明覺得冷，身體卻不停盜汗。

在意識沉入夢境前，我只能拚命想像跟被殺的男人無關的事情。小行星要掉下來，我們統統會死。簡直悽慘到像在開玩笑。匯給母親的錢用不上了。是說，那個酒店小姐有成功幫孩子慶生嗎？

——如果明天就是世界末日，我也要吃玉子燒和鮮蝦壽司。

我回答要吃中華涼麵。為何是中華涼麵呢？

＋
＋
＋

「如果明天就是世界末日，我要跟喜歡的男人在一起。」

睜開眼睛，靜香就在身旁，長長的頭髮被汗水浸溼，有幾綹貼在肌膚上。她用細長、上揚的鳳眼望著我。彼時我們住在廉價公寓，兩人經常赤裸裸地躺在榻榻米上。

「信士，你呢？」

「喝酒、吃美食，和你做愛。」

這是一九九九年七月的古早往事，記憶之所以格外鮮明，是因為日本從一年前便因諾斯特拉達穆斯預言吵得沸沸揚揚，社會上籠罩著「世界末日會在今年降臨」的悲壯玩笑，年僅二十歲的我在五島底下當打手，只是一個擅長打架的小混混而已，尚未獲得加入幫派的資格，卻在家鄉的學弟面前吹牛，假裝自己是一個走路有風的大哥。

靜香也差不到哪去，接近向晚便濃妝豔抹去小酒館陪酒；放假的日子在家中穿著兔子圖案的T恤，素顏站在廉價公寓的廚房，做著蛋黃破掉的荷包蛋和味道永遠不一樣的炒麵。

時序邁入炎熱的夏季，那天中午，我吃了中華涼麵配啤酒，酒足飯飽思淫慾，兩人便在榻榻米上做愛。當天出大太陽，棉被剛好拿去晒了。

「吃飯、喝酒、做愛，那不是跟今天一樣嗎？」靜香笑了出來。

我回「你有什麼資格說我？」，兩人又做了一回，舒服地睡了個午覺。

即使恐怖大王從天而降，我也會喝著啤酒、吃靜香做的中華涼麵、和她上床。**平凡的日常與世界的終結，兩者之間並無分別**。生活雖不優渥，但啥也不缺。我想，當時的我是幸福的吧。

✦　✦　✦

「阿靜——」

我被自己的夢話驚醒。

睜眼一看，身邊沒有半個人。我失神了好半晌，虛脫地告訴自己「也是」。平時起床我都會把夢忘得一乾二淨，唯獨今天覺得靜香的髮香和餘溫殘留在各個角落。

回憶起當年那場舒適的性愛，下半身終於起了反應。這是自從那個應召女喊出「媽」以來首度勃起。自行解決後，總算有一種連帶排毒的感覺。

說也奇怪，我竟然被多年前逃跑的女人救了。靜香離開後，我中間也交過幾個女人，就算偶爾夢見她，也是醒來就忘的程度。

偏偏在只剩一個月的現在——

我對自己感到傻眼，但是不出三秒鐘，對靜香的渴望輕易支配了我不擅長思考的腦袋。看來只有她能帶我逃出這裡。所謂的「這裡」是哪裡？想了也不明白，我決定不去深思。反正，我無法忍受繼續待在這裡。

看了手錶一眼，時間為早上九點，區公所已開。我走過瀰漫泡麵味的客廳，去浴室沖澡。走到洗臉台前照鏡子時，鏡中照出一個狼狽無比的男人。

濃濃的黑眼圈、雙頰凹陷。與其說是憔悴，感覺更像被什麼黑影纏身。我隱約知道原因並為之膽寒，下意識地摸向心臟上方的廉價刺青尋求安慰。真沒用，當它是護身符嗎？

我迅速沖洗完畢，穿上中意的西裝出門。行經前天揍人的便利商店時，玻璃已全數破裂。公所沒事嗎？

我多慮了，公所裡人滿為患，我在領號機抽了薄如發票的號碼紙等待叫號。叫號的速度遲遲沒推進，當我開始感到煩躁時，一位穿著刺眼玫瑰圖案上衣的大媽衝著櫃檯人員叫罵。

「明年我家兒子要大考，這種情況是要人怎麼讀書？」「明年還會舉辦大學入學測驗嗎？」「不辦的話今年的高三生以後怎麼辦？」大媽心急如焚地追問，想盡快得到答案。好個即便人類滅亡仍心繫大考的神經病老太婆。櫃檯人員露出死魚眼，反覆說著「我們不知道哦」。

「死老太婆，滾！少在這裡占用時間！」

我插嘴道，大媽回頭瞪我，雙眼布滿血絲。「你是什麼意思？」她凶巴巴地瞪我，我當著她的面，一拳敲爛顯示叫號的機器，當場折彎了形似標語牌的薄型面板。大廳頓時鴉雀無聲，我手撐櫃檯，朝職員探出身體。

「幫我查一個叫做江那靜香的女人的地址。」

假如公所不肯透露個資，我本來打算用暴力解決，然而這位職員只是語氣平板地複誦「江、那、靜、香」四個音，一面操作電腦。等資料時，我忽然想到，距離靜香逃跑已過十八年，也許她現在冠了夫姓。

——她很可能已經結婚、有了家室。

我對自己的粗心感到懊惱時，職員出聲表示查到幾個同名同姓的人，向我確認漢字。一會兒後，職員說「讓您久等，這是江那靜香女士現在的地址」，把住民票*交給我。姓氏沒變，表示她現在單身。我莫名鬆了一口氣。

「下一位，一百三十三號。」

職員面無表情地繼續叫號，眼神黯淡無光。方才的大媽則跑去其他窗口，繼續大聲

---

* 類似台灣的戶籍謄本，上面記錄了姓名、性別、出生年月日、住址等資料。

嚷嚷兒子的未來，要他們負起責任。

離開公所後，我看著不費吹灰之力得到的靜香地址。當年我搜索了大半天都找不到人，想不到就住在隔壁市。我難得如此走運。

搭電車太慢了，我直接前往租車行，店面卻沒開。無計可施之下，我破窗而入，借了掛在牆上的車鑰匙一用。本來想選賓士或ＢＭＷ耍帥，但好車似乎已被洗劫一空，剩下的車都不怎麼樣。

我坐進老氣、造型不俐落的一般家用自小客車裡，靠著汽車導航，在下午時分抵達靜香家。路上嚴重塞車，花了比想像中更多的時間才到。

我隨便在路邊停車，仰望那棟屋齡目測超過四十年的老舊公寓。看來她的日子過得並不優渥。我從外側生鏽的鐵樓梯上樓，來到二樓最內側的住戶門前。沒掛名牌。我按了按電鈴，耳朵貼上門板聆聽動靜。收保護費時，偶爾會有愚蠢的傢伙想從窗戶逃走。

對靜香來說，我恐怕不是什麼貴客。

「誰啊——？」

門後傳來靜香的聲音。彷彿吃角子老虎機的圖案在最後連成一線，我在內心一陣狂喜，又怕出聲會被發現，只得力持冷靜地再度按下電鈴。當門微微打開一條縫，我馬上把腳尖伸進去卡著。

「是我。」

透過縫隙，我看見靜香訝異的臉。下一秒，她毫不猶豫地想要關門，我則使勁將門推開。靜香忽地鬆手，我用力過猛、煞車不及，整扇門頓時大敞；同時，一支金屬球棒從上方揮下來，我在千鈞一髮之際閃開，瞬間不明白發生何事。

「笨蛋，在這種非常時期，有哪個女人會手無寸鐵地開門啊？」

她喊道，並且接連猛力揮棒，我不敵攻勢、朝後方退開，她見機關門上鎖。我也被她激怒了，大叫「少瞧不起我！」，使出渾身的力氣朝門板一踢，老舊公寓的門就這樣被我踹開，我鞋也不脫便衝進去。

她可能會從窗戶逃走。最好放棄女人不敢從二樓跳窗的天真想法，我面對的可是拿著金屬球棒揮舞的靜香，別看她是女人，身手可是意外地強。靜香潛入洗臉間，趁我通過時從背後發動奇襲。

我出於反射本能地踢擊，幸運踢中了球棒，球棒旋轉著飛出去，砸中餐具架，杯盤砰砰磅磅地碎了一地。我將靜香壓倒在廚房的地板上，強行扯掉廉價的罩衫，露出的樸素胸罩使我興奮到腦充血。

腦中只剩下一件事，就是跟靜香大幹一場。我焦急地解開皮帶，靜香使出腹肌的力量直起上半身，一拳狠狠地往我的胯下打，我頓時痛到差點飆淚，手扶著胯下倒在地上，靜香悠然起身。

「別看我是女人就覺得好欺負！混帳！」

「……你想殺了我嗎？」

「你先踢破我家的門，又穿著鞋子進來，現在還想求我饒命？」

「是你先用球棒打我的吧？」

「面對開門就把鞋尖伸進來的傢伙，這是正確的對應方式。」

靜香毫不留情，踹向我蜷縮的背。我一邊保護痛到發麻的胯下，一邊思忖，這女人跟從前一樣，完全沒變。

「你真是死性不改，老是衝動行事，完全不看時間場合，跟個炸彈一樣。都已經四十歲了，簡直跟血氣方剛的國中生沒兩樣。」

「你有資格說我嗎？暴力老太婆！」

靜香踹了我努力保護胯下的手，我連回嗆的餘力都沒了。我沒見過這麼恐怖的女人。不對，應該說，靜香一直是這種女人。

想當年，悉數繼承了混帳父親的血液，稍微情緒激動便不分男女逢人就揍的我，就是被這個從不因我的暴力而屈服，不但誓死抵抗，有時還會使出更偏激的手段架住我脖子的女人吃得死死的。

——靜香不只能打，腦袋也很聰明，如果生為男人，也許早在道上呼風喚雨。

五島也時常這樣誇讚她。一文不值的我此生唯一獲得的好東西就是靜香，我卻沒有好好善待這樣寶物，難怪最後落到這副田地。

「……雖然老了，你還是跟從前一樣漂亮。」

「客套話就省省吧，記得付我們的修理費和賠罪金。」

可惡，給她騎到頭上了。

「……抱歉，我突然想起你，急著跑來見你。」

我護著胯下舉白旗投降，此生最丟臉莫過於此。不過，從前就是這樣。每次衝動揍了靜香，我都會後悔莫及地向她道歉。

「你還是跟從前一樣自私耶。」

靜香嘆了口氣，我無話可說。緩緩抬起頭，總算看見她的全貌，看起來比以前鬆弛，果然四十歲了。但是，的確就是靜香，和其他女人完全不同。年輕時迷過的音樂一輩子都不會忘，無論經過多久，只要聽見就會扯住耳朵。對我來說，靜香就是這樣的女人。

「你啊，從來不曾想起我嗎？」

靜香似乎有話想說，這時傳來了音樂聲，靜香從運動衫的口袋拿出手機，看了一眼隨即輸入文字。

「男人找你？」

靜香沒有作答。手機再次響起，靜香隨便應了聲便繼續打字。我站起來，從她手中奪過手機，上面顯示著ＬＩＮＥ的對話視窗。

「我想買衣服，但所有店家都沒開，怎麼辦？」

「沒開就隨便拿吧。」

「帶去的衣服呢？」

「發生一些事，弄丟了。」

和她通訊的對象是「友樹」。

「男人？」

「兒子。」

我感覺吃了一棍，此時靜香奪回手機。

「你兒子？」

「不然是誰的兒子？」

「你結婚了？」

「沒啊。」

「他爸爸呢？」

「幾百年前就死了。」

「然後呢？」

「就這樣。」

靜香冷冷回道，開始打電話：

「一些事是怎麼回事？」

她一開口就是質問，通話的對象想必是兒子吧。

「發生什麼事？你說同學怎麼了？」

表情和聲音透露出擔憂，和方才那個揮舞球棒的凶女人判若兩人。眼前的人的確是靜香，但是多了我所陌生的母親臉孔。

原來啊，我總算體會到歲月的流逝。在我毫無長進的期間，靜香已經邂逅了欣賞的男人，和他生了小孩，連他死了以後也繼續守寡——不，中間或許有過交往的對象，但總之她獨自把兒子扶養長大。真像靜香的作風。想必她是真心喜歡他吧。

我脫力地靠上牆壁，失神地眺望靜香和兒子通電話。

「喂，友樹，你有在聽嗎？說話啊。」

靜香心急如焚。

「啊？我在問殺人是怎麼回——」

突然冒出嚇人的單字。

「那種東西去『思夢樂』就有了。」

完全聽不懂他們在說什麼。靜香一連喊了幾次兒子的名字，然後咂舌、放下手機。

似乎被掛電話了。靜香擺出恐怖的臉，一逕地沉默。

「怎麼了？」

「他好像殺了同學。」

「你兒子嗎？」

靜香頷首。

「幾歲？」

中間停頓了一下。

「國三。」

也就是說，是離開我的三年後生的啊。她在這麼短的期間內有了新歡，還喜歡到跟他生了小孩嗎？這些年仍拚命找她的我真夠蠢。

「國三就殺人，你孩子是怎麼教的？」

「你沒資格說我。」

她說的沒錯，我也是個殺人犯。

「反正，現在這樣不用擔心被抓啦，放心吧。」

「不是這個問題。」

看著靜香為他焦頭爛額，我心想這兒子真幸福，但也真不孝，這種時候放母親獨自看家，到底跑去幹麼了？

「怎麼會變成這樣？」

「不知道。」

「啊——？」

「他送喜歡的女孩子去東京，那個女生好像要去參加演唱會，我也覺得這種時候去聽演唱會有點扯，但正因為是這種時候，他才想保護心愛的人吧。感覺是那個女生差點被襲擊，他一不小心就動手了。」

「那不是挺帥的嗎？」

「難說。」靜香五味雜陳地抿嘴。

「然後呢？他逃跑了嗎？」

「應該吧，他說人在新橫濱。」

「會回來嗎？」

「不知道，聽說電車停駛。」

從新橫濱不可能徒步走回廣島。靜香神情苦澀。

「要去接他嗎？」

靜香看向我。

「我開車，可以送你一程。」

「可以嗎？」

「當作是門的賠償金囉。」

想不到成了好理由。

我請靜香坐上溫馨可愛的自小客車，先前往廣島車站。

「你的喜好是不是變了？」

「這不是我的車。」

「那是誰的車？」

「租車行的，其他人先幹了一票，現場只剩俗氣的車款。」

「先幹了一票啊？」

被發現是偷來的了。路上比平時還塞，但車站更加擁擠不堪，售票口前大排長龍，人人大包小包。這些人似乎要去避難，但究竟要去哪裡避難才安全呢？左等右等，地方線終於開始動了，但新幹線依舊雙向停駛。

「聽說在搶修了，希望能搶通。」

「別傻了，世界上哪來的瘋子，生命剩下一個月還在拚命工作？」

「我直到昨天都有去上班哦。」

「你本來就是瘋子嘛。」

我們邊說邊走回車上。我和靜香都是急性子，沒心情慢慢等新幹線修好，隨時做好最壞的打算才是我們熟悉的套路。

還沒上高速公路，前方便出現大塞車，我改走仍保有一點車速的一般道路，利用汽車導航抄捷徑。一路上，我們有一搭沒一搭地聊著。

「才讀國中就殺人啊，不愧是你的小孩，真勇猛。」

「少胡扯，友樹很乖，平時都是他被欺負。」

「他身上流著你的血，怎麼可能被欺負？難道是像爸爸嗎？」

「友樹的爸爸是個好男人。」

靜香不理會我的調侃，淡淡表示。

「具體來說呢？」

「聰明、踏實、誠懇、有毅力、勤勞、不會打女人。」

「這麼呆板啊。」

「說呆板的人才是人渣吧。」

她從我身邊溜走，選了和我截然不同的對象嗎？我瞄向她心不在焉的側臉，似乎懂了。連這麼強悍的女人都會逃跑，想必我是最糟的那種人渣。

——我到底在幹麼？

從前我也時常在想，如果能生在普通一點的家庭，一切是不是會有所不同？一個寫功課時不會有酒鬼父親撕破課本的家；一個不會有人抓著我的頭去撞牆壁，大吼大叫「讀書沒用啦」的家；一個願意付營養午餐費的家。多數學生擁有的「普通」，偏偏我就是得不到。當我明白「朝天空吐的口水，遲早會落回自己臉上」後，我終於訣別了過去，不再為此糾結了。孩子無法選擇自己的父母，我只是單純運氣不好。

我會看一眼在向陽處盛開的花，然後回到自己的暗處，吃飯、賺錢、睡覺，每天就是這樣過活，察覺之時已成為現在的我。

——友樹的爸爸是個好男人。

真是恭喜哦！我賭氣地踩踏油門。

來到神戶一帶，車多但勉強能前進的道路開始出現大塞車。

「前面全是紅的。」

黑夜裡，紅色車燈由點連成線，通往遙遠的彼端。緩慢移動的車流到了大阪終於完全動不了，照這樣下去，即使花個一百年也到不了新橫濱。

「走一般道路已經沒意義了，改上高速公路吧？」

說到一半，肚子發出咕嚕聲，我才想起自己上次吃的東西，就是那碗被我摔爛的泡麵。其實不吃也無所謂，但一旦想起這件事，肚子便不爭氣地開始狂叫。

「要不要先去吃東西？」

「時間會拖長。」

「我肚子也餓了。」

靜香明明很擔心兒子的狀況，這種時候仍和從前一樣，不忘貼心。她抓狂起來也很不講道理，本性卻是個溫柔的傻子。她大可以不必管從前甩掉的男人餓不餓。

我駛離國道，尋找可以吃飯的店，結果不小心在住宅區迷了路，好不容易找到一間有亮燈的蕎麥麵店。有營業嗎？半信半疑地推開大門，一位駝背的老婆婆高喊「歡迎光臨」來應門。走進老舊昏暗的傳統店面，頓時有種與世隔絕的氛圍，使人忘記外頭的紛亂。除了我們，店裡沒有其他客人。

我點了天婦羅蕎麥麵和炊飯定食，靜香點了月見烏龍麵。我在飲料欄位看到啤酒，點了卻被靜香阻止「開車不能喝酒」。

「我不會喝到醉。開一瓶啤酒，兩個杯子，下酒菜要芥末魚板。」

「本店不賣酒給駕駛。」

吧檯後方身穿和服外衣的老爺爺回答。

「這種時候沒差了吧？」

「無論何時，該遵守的規則就該遵守呀。」

老爺爺說話帶有一種關西腔特有的柔軟語調，看上去卻是個頑固老爹。儘管長得完全不像，我卻莫名想起了角田，心裡惶惶地聳肩。

「換作從前，你早就開罵了。原來你的個性有稍微磨圓嘛。」

靜香取笑道，我默默把眼神撇開。我的個性並未磨圓，我只是打破了自己的原則，因為已經沒有繼續堅持的必要。

這家店由待在吧檯內不移動的老爺爺掌廚，再由駝背的老婆婆慢慢端上桌。明明再過一個月大家都會死，這對奇特的老先生和老太太依然正常開店。大概是想法寫在臉上了，老爺爺自己說：

「老實說，咱們本來已經打算要退休啦。年過七十後，腰腿開始動不了，但是聽到只剩一個月，我當然死撐也要做完。」

「他很喜歡打蕎麥麵啦。」

老婆婆取笑道。

「你們夫妻感情真好，可以長年一起工作，真棒。」

靜香羨慕地喃喃說，難道是想起去世的老公了？

飽餐一頓後，我們沒付錢便離開店面。老夫婦說，他們工作是基於樂趣，況且收錢已不具意義。我說，既然如此，幹麼不端酒出來？老爺爺回，這是兩碼子事。好一對頑固老夫婦。應該見不到他們了。走出店門時，後方傳來一句「最後一個月了，路上小心呀」。

「忘了拿手機。」

車開了一陣子，靜香猛然說道，我邊抱怨「真麻煩」，邊將車子掉頭。推開蕎麥麵店的大門，眼前的光景使我們無言。不久前還有說有笑的老婆婆倒在地上，身旁趴著從吧檯後方趕來的老爺爺，兩人倒臥在血泊裡，廚房裡有一名男子。

「喂！」

男人緩緩轉身。他正站著吃東西。

「是你幹的嗎？」

男人不停咬著嘴裡的食物，沒有答腔。他染著一頭黑色髮根長出來的金髮，戴著心形耳環，扮相雖年輕，看上去卻有些滄桑，差不多三十五歲吧。

「是你幹的嗎？」

我又問了一遍。男人無視我，一邊將牛蒡絲放入口中，發出令人不快的咀嚼聲，一邊從冰箱裡拿出啤酒大口灌。我跨大步走進老爺爺的廚房，扯住男人的上衣，他受驚地回頭，甩開我的手，皺眉檢查被我摸過的衣服，一副被什麼髒東西碰到似的，這個舉動觸怒了我。

我衝上去扯住他的衣襟，他發出怪叫，像在說「不要碰我！」，但我聽不清楚。情緒彷彿省略了加溫過程，一下子來到沸點。我輕鬆躲過亂揮的手，賞他正面一拳。男人一屁股跌坐在廚房地板，我再朝他空空的肚子踹了一腳。

男人噴出鼻血、出聲慘叫，扶著流理台搖搖晃晃地站起，想要翻過吧檯逃跑。此時靜靜站在擂台外的靜香加入場外亂鬥，舉起椅子朝他一敲。

廚房角落捆著過期雜誌，旁邊放著尼龍繩，我用繩子綁住昏倒的男人的手腳，男人中途張開眼睛，再次發出怪叫。靜香拿著一捲膠帶過來，劈哩哩地撕開膠帶，想要貼住男人的嘴。

「你先回車上。」

我從靜香手中奪過膠帶。

「為什麼？」

「別問了，快上車。」

我瞪了一眼，靜香起身，沒回車上，在榻榻米上坐下。跟從前一樣，不聽我的話。我用膠帶封住男人的口，扛起四肢無法動彈、像條毛蟲般扭動身軀的男人，把他丟進後車廂。

來的路上有經過一條河，我打開汽車導航，地圖上以藍線標示出河川的位置，我設定好通往最近的橋的路線。奔馳了五分鐘，車子來到路燈稀少的橋頭，我在漆黑的橋中央停車。

「你在車上等。」

「我也要幫忙。」

「不用了。頭不要往這裡看。」

看了會烙印在記憶裡。角田臨終的模樣、那雙如孩童般困惑的雙眼，彷彿成了某種黑色的物體黏著我，任憑我如何甩也甩不掉。我留下不悅的靜香，自行下車。

我繞到汽車後方，打開後車廂，把男人拖出來。男人「呼！呼！」地用鼻子喘氣，唯一自由的脖子拚命地搖，恐懼使他的雙眼充血，全身冒汗到像是泡過水。我讓他靠著橋的欄杆坐下，再朝他的胸口輕輕一推，嘩啦一聲，男人落入黑暗中。

「辛苦了。」

回頭一看，靜香手托在打開的車窗上，注視著我。

笨蛋！這女人真的完全不聽我的勸。

夜裡，塞車終於稍微好轉，我順利開到名古屋；但是一到黎明又開始塞，車子也必須加油才行，只見加油站前大排長龍，無論做什麼都很花時間。一輛輛機車從緩慢的車潮旁呼嘯而過。

「這樣下去不是辦法，還是下高速公路，去襲擊機車行？」

加入等待加油的漫長隊伍後，睡眠不足交相襲來，我幾乎要走神。靜香若有所思，說了句「等我一下」便獨自下車，往隊伍前方跑，並在十分鐘後回來。

「信士，下車。」

靜香身旁跟著一位抱嬰兒的小姐。

「你朋友嗎？」

「不重要啦，快下車。」

我下車後，年輕媽媽坐進駕駛座，將寶寶小心地放在副駕駛座。

「我用汽車交換了重型機車。」

靜香走向隊伍前，一位年輕爸爸正把行李從機車上卸下來。

「啊——謝謝！我們夫妻有小孩，但是只有一輛機車，正在傷腦筋呢。因為必須帶著尿布和奶瓶，行李非常多，您太太的好心提議幫了我們大忙！」

請用。男人把機車鑰匙交給我。是本田的環島機車，而且已經快要加到油。我稱讚靜香聰明，她呵呵笑了笑。

「我會飆車哦，你ＯＫ嗎？」

加滿油後，我讓靜香坐在後座。

「你當我是誰？你才要小心點，別摔車囉。」

「你也是，當我是誰啊？」

我說了大話，其實我從二十歲後就不曾騎機車。起初覺得卡卡的，幸好騎了一會兒感覺就回來了。如同那些現在仍能自然唱出歌詞、我青春時迷過的音樂，風切的飆速感仍活在我的體內，唯一新鮮的是靜香摟住腰的觸感。

「再快一點！」靜香高喊。

真是的，別強人所難，這可不是暢通無阻的馬路啊，縱使車速慢，路上可是塞滿了車。啊——不過十來歲時更考驗技術，當時後面還跟著幾輛學長的汽車，我的任務是騎重機在前方，擔任遇到紅燈時的開路先鋒。

——目力，別閃尿啊。

——衝啊！衝過去！

我在眾學長的鼓譟下，懷抱必死的決心衝過十字路口。在善良的老百姓眼裡，我無異於害蟲；即便如此，我們仍不停犯蠢，像在回嗆「我們也在努力生存」。老大不小如我，依舊是條害蟲，但那又何妨？我催起油門。反正思不思考，最後都不會有好事發生。在哪兒摔倒，結局都相差無幾。

我飆過停滯的車陣，中間令人捏了好幾把冷汗，但靜香都沒有驚慌大叫。女人在過彎時因為害怕而將身體傾向另一側，容易造成車身重心不穩，反而更危險。就是因為這樣，我騎車從不載女人，即使四十歲也——這樣一說，反而變成像在搞笑了。

為了避開車陣，我沿著山路飆車，在經過箱根一帶時發現了被襲擊的便利商店。我們停車休息，順便碰碰運氣，商店裡還留著幾個便當。在空氣清新的山區，一邊聽著小鳥啼叫一邊吃便當，再過一個月人類就要滅亡變得像是一場笑話。

靜香嚼著便當，同時打電話給兒子。聽說兒子正徒步前往品川站。在這種存亡之際，身邊還帶著女人，這小子頗有毅力嘛。

抵達品川站時，時間已近傍晚。因為實在累壞了，加上附近沒有適合休息的地方，我們便在公車總站的角落席地而坐。不愧是東京，混亂程度不是廣島能比的，隨處可見一家人背著巨大的背包逃難。這些人究竟想要逃到哪裡？五千萬 megaton 哦！原爆每秒連續爆炸一百二十年哦！沒有人能活下來。

「山手線發生恐攻？這樣太危險了，不能搭電車。」

旁邊也在休息的家庭裡的女人尖聲說道。爸爸拿著手機，媽媽和小孩分別從螢幕的左右兩側探頭瞧，孩子問：「什麼叫恐攻？」

「有壞人在電車上噴灑恐怖的藥劑。」

「還不確定吧？」

「可是社群媒體上有消息說，現場有疑似波光教幹部的人，不僅如此，大阪、名古屋和福岡也發生了類似的騷動，波光教的幹部遍布國內，不是嗎？」

我想起夏季時天天播到煩膩的新聞。一群聲稱自己是宗教團體的人，製作了危險的藥劑，報導說，他們除了一般信眾，還養了一群受過訓練的武鬥派，簡直不輸黑道。這些人似乎又策動了什麼陰謀。

在確定情況以前，應該先叫靜香的兒子不要搭電車。我看向靜香，她正好在跟兒子說話。

「友樹，你到哪裡了？品川站的哪裡？」

他似乎也在品川站，太好了，時間算得剛剛好。等靜香和兒子會合後，我們又要風塵僕僕地折回廣島，再那之前先休息一下吧。年輕時就算飆一整夜也毫無影響，如今我有四十歲的自覺，不適度休息，疲勞只會不斷累積。

「友樹？」

靜香的語氣驟變。

「喂，友樹？」

轉頭一看，臉色也變了。只見靜香抓著手機往車站衝，我急忙跟上，在通往站內的擁擠電扶梯前追上她。

「怎麼了？發生什麼事？」

「我也不知道，友樹話說到一半，突然發出慘叫。」

可能被攻擊了——靜香說話時，露出我未曾見過的動搖表情。

「被攻擊打回去不就得了。」

「友樹不會打架。」

這麼遜。我在心中朝靜香那沒見過面的兒子吐口水。

「他在車站的哪裡？」

「不知道，他說在排隊領水。」

人多到難以前進，膠著的情形令人咬牙。沒辦法了，我一手攬起靜香的腰，抱著她翻越電扶梯，移動到旁邊的樓梯。

「跑！」

我們一起衝上樓梯。車站大樓內比想像中混亂，要找到她兒子恐怕難如登天。我不抱期望地四下張望，看見了舉著「領水・隊伍尾端」告示牌的站務員，長長的列隊前圍出一個不自然的圓圈。

圓圈中心似乎有年輕人在打架，三個打一個，還有一名女孩哭著大叫「不要打了」，但揍人的那一方浮現笑意，其中一人甚至對倒地的小鬼亮出菜刀。這傢伙不太妙，雖然是外行人，卻有一雙野獸的眼睛。

「友樹！」

靜香吶喊，看來被打倒的小鬼就是她兒子。真麻煩。我攔住欲衝出去的靜香，代替她跑過去、蹬地起跳，直接把揮舞菜刀的傢伙連同菜刀一起踢飛。

「你這白痴！要是菜刀剛好刺到友樹怎麼辦？」

「反正本來就快要被捅，哪有差？」

我順手教訓了一下另外兩個小鬼，他們立刻服服貼貼。

「江那、江那！」

女孩叫喚神智渙散的小鬼。她是個漂亮女生，靜香的兒子則是慘兮兮，身上沾滿了鼻血，被揍到鼻青臉腫，左眼腫到幾乎張不開，無法說出完整的一句話，發出聽不懂的哀號。

「友樹！」

靜香跑過去，漂亮女生警戒地往後縮。

「我是他母親，你是友樹的女朋友嗎？」

「我是他同學，藤森。」

彼此介紹時，那位兒子似乎昏了過去。他的外貌是典型容易被欺負的胖小弟，但是具有不畏利器保護女人的毅力，不愧是靜香生的好兒子。

「他完全倒地了，送他去醫院吧。」

我「嘿咻」地扛起這位兒子，腰部頓時一沉。以國中生來說，他長得很高，但既胖又重。僅剩的體力要用光了，我大口吐氣。

掛哪一科都無所謂，先找到醫院再說，偏偏尋遍車站附近，醫院統統沒開，我們好不容易在有點距離的位置找到一家大醫院。我把兒子放在醫院大廳，自己也累倒在地。燈枯油盡了。

「本院優先收治幼童及重症病患，其他人請稍候。」

護士在人滿為患的大廳忙進忙出，一面大喊。從院內人潮的對話來判斷，品川站附近的平交道發生了重大事故，電車在柵欄未升起的情況下自殺式地衝撞平交道，造成車廂側翻，大量傷者被送進來。

小行星撞擊地球的新聞播出後，全國各地出現騷動，傷患增加了，有開的醫院卻減少了。醫護嚴重人手不足，沙發和擔架上躺滿了等候救治的傷患，輕傷者則靠坐在牆角。時機太糟了。

「這樣下去不知何時能看到醫生。」

靜香急歸急，觸摸躺在地上的兒子的手勢卻相當溫柔。漂亮女生也跟了過來，我們三人圍著兒子靜候叫號。

本來以為要等很久，但醫生馬上就來了，四處檢查了一下並一一點頭，從口袋拿出底端有黑、紅、黃、綠四節顏色的標籤牌，將牌子掛在兒子的右手腕便匆匆離去。

「喂，看仔細一點！」

旁邊隨即有聲音打斷我，一位年輕人大叫：

「醫生，求求您快來看！」

年輕人前方鋪著一床棉被，上面躺著一位老太太，應該是他的母親，臉色相當糟。

「我負責做檢傷分類*，目前紅色優先治療，請各位先在這裡等。」

陌生的詞彙引起我的注意，仔細一看，男子母親的手上也掛了顏色標籤，標籤底部的四節顏色被撕下一段，最下方是黃色那一節；靜香兒子的標籤沒有撕，保留了最底端的綠色。

「我母親患有宿疾，她有心臟病，請把分類改成紅色！」

「我了解您的心情，但現階段是黃色。」

醫生回答到一半被護士叫走。有患者突然病危，醫生趕去急救。男子咬牙目送醫生離去，同時握住老太太的手。

「媽，再撐一下，很快就會輪到你。」

老太太神情痛苦地點頭，當我目不忍視地轉頭時——

「人間地獄……」

坐在斜前方的男人自言自語。他穿著灰色的立領衫，看起來像一般人，但盤腿的姿勢非常標準，置於膝上的拳頭有些變形。這是有練空手道等格鬥技的人特有的手。我好像在哪裡見過他——

「友樹，聽得見嗎？時機不好，你要自己努力恢復！」

靜香緊握兒子的手，不斷對他喊話。

「就是說啊，這點輕傷放著不管也會好。加油啦，國中生。」

「……我是高中生。」

傳來微弱的呻吟，靜香的兒子睜開眼睛了。

「友樹，你醒了？」

「江那，你沒事嗎？」

靜香和漂亮女生一左一右地確認他的臉。

＊ 醫療資源不足時使用的排序制度。日本分為四類，紅是第一順位，表示有致命傷，但有機會存活；黃是第二順位，表示無致命傷，但需緊急處理；綠是第三順位，表示輕傷；黑的順位是零，表示死亡或無存活希望。

「……藤森。咦？媽，你怎麼也在這裡？」

「先看到女朋友才看到我啊？你在電話裡的語氣不對勁，我很擔心，所以跑來接你了。」

「……對不起。」

「有力氣道歉，就別給我當不孝子啊。」

「藤森，抱歉，我也沒有保護到你。」

漂亮女生急忙搖頭，用手背擦眼淚。看到他們三人都沒事，我感慨萬千地吁氣。接下來要護送他們三個回家，但我實在累了。正當我心想「不如在這兒睡一覺吧」，陪母親來的年輕人語氣驟變。

「媽？媽？」

他驚慌地窺視老太太的臉。路過的護士確認脈搏，老太太似乎失去意識，擔架馬上推了過來。

「我不是說過好幾次嗎？她患有宿疾，必須立刻治療啊！」

其他人則用難以言喻的表情目送憤怒的男子陪同母親離去。那表情就像一方面為別人的不幸而痛心，一方面也為自己及家人的幸運而竊喜。

自私又堅強——這就是愛的反面。反面？不對，任何東西都有上下左右，依據觀看的角度不同，有時會像正面，有時會像反面。有些人看起來像令人讚嘆的美麗寶石，有些人像一碰就會割傷手的利器。

我從出生就是不停割傷手的利器。請問我跟前者差在哪裡？出生時有沒有遇到正常的父母，不就像是百家樂的「9」或角子機的「7」，純粹是運氣問題嗎？如此不明確的東西，卻足以影響一個人的大半輩子。我看人類這項產品根本就沒做好品管吧？

「你們很幸運。」

斜前方的灰衣男子再次低語，他的右手似乎抓著東西，手掌一開一闔，一面向靜香母子搭話。

「要是哪裡出現偏差，出事的可能就是你們了。你們母子實為幸運，方才的母子則為不幸，沒有任何法理可以做到兩全其美。」

「喂，說什麼鬼話？」

我一插話，男人轉過頭來，眼神閃爍著奇妙而偏執的光芒。

「我說的是實話。善有善報、惡有惡報並不存在，試問，人究竟該仰賴什麼，才能安分守己地過活呢？」

這個問題跟我剛剛思考的事情很相似。

「誰知道啊？」

男人輕聲嘆氣，彷彿在說「沒錯吧」。

「教主是世上唯一知曉真理之人，如今卻身陷牢獄，世界會毀滅也是必然的，是你們這些傲慢的人自己喚來的悲劇。」

教主一詞令我聯想到新聞說的邪教團體。我會覺得這個男人有點眼熟，應該也是因為這身灰衣。夏天時，電視瘋狂介紹的宗教信徒，就是穿著這種彷彿從前的功夫電影裡拳法家會穿的立領上衣。

「所幸教主慈悲為懷，留下了救世的方法。」

男人緩緩打開開闔的右手，裡面有支細細長長、像試管的玻璃瓶，瓶中裝著透明液體。男人凝視著試管開口：

「我總算能延續教主的意志了。」

他握著試管起身，朝著大廳高聲宣布：

「各位聽著，救贖的時刻來臨了。」

所有人看向男子。

「剩下一個月，如此醜惡的餘生，毫無生命的歡愉可言。」

男人高舉試管，動作帶著展示意圖，語調卻平靜無波，表情不帶絲毫感情，唯有雙眼散發詭譎的光芒。我全身寒毛直豎，反射性地站起來，抓住男人的手，和他在極近距離下眼神交會。

「那是什麼東西？」

「『淨化之光』。」

「啊？」

「從今日起，世界各地都會展開救贖！我本來也要在電車上使用『淨化之光』，計畫卻被愚蠢的人幹的蠢事打斷，只能遺憾作罷。不過，在這裡也無妨。」

男人想甩開我，但我牢牢抓著不放。

「不要妨礙我。」

其他人察覺氣氛不對，開始慢慢後退，與男子保持距離。地上的人一個接一個站起來，有人小聲說「是波光教」，恐怖頓時如漣漪般擴散開來，擠在大廳的人們同時往出口逃，在推擠逃竄中，只有無法動彈的傷患、陪病家屬，以及醫護人員留了下來。

男人在手腕被我鎖住的情況下，輕輕地張開五指，眼看試管從他手中掉下來。雖然不知道裡面裝著什麼，但要是破掉就糟糕了。

我下意識地彎腰接住它，結果吃了男子一記強勁踢擊。我來不及防禦，腹部被踢凹，瞬間連站都站不穩，手扶著地板嘔吐。怎麼會這樣？這不是一般人的踢擊，我想起男人變形的拳頭，新聞說過，波光教有訓練精良的武鬥派。這些傢伙實在瘋了。

就在我難堪地跪地嘔吐時，男人想奪回試管。我立刻把手像烏龜一樣藏在身體下方，緊接著，頭部、背部和各個部位皆受到踢擊，如果只有我在這裡倒下還無所謂，但是這裡還有靜香和她兒子。

「你拿著這東西，無法發揮它的價值，這是救世的唯一手段。」

男人硬將我翻過來，騎坐到我身上，拳頭從正上方降下。這是重拳，嘴巴裡破皮了，我被打得滿口是血，雖然想反擊，但慣用手抓著試管，無法握拳。和恨不得試管破掉的男人相比，我只能屈居防守。卑鄙無恥！我人生還是頭一次想這樣罵人。

「……媽的混帳！」

我腹肌用力，挺起上半身，對男人使出頭搥。骨頭撞擊骨頭的鈍重音傳來。眼看男人失去平衡，忽然有兩個陌生大叔跑過來，從後方架住他。

「趁現在！」

事出突然，我一個閃神，試管不慎從手中滑開，往加入扭打的大叔腳邊滾。我伸長手臂，在千鈞一髮之際重新抓起試管。

「幹！破掉怎麼辦！」

在混戰中突然加入只會幫倒忙。兩位大叔尷尬地愣住。

正當我將試管收進口袋，灰衣男一記掃腿往側腹踢來，我的胃部遭受重擊，意識險些飄遠。唉，不行，打不贏他，更別提我昨天一覺也沒睡就從廣島直奔過來，早就累壞了。

到了這一步，至少要讓他們逃走。我望過去，看見靜香對著兒子竊竊私語，兒子一臉困惑地歪頭，被他媽媽用力拍了一下肩膀，怯怯地開口：

「爸、爸爸，加油……」

細細的聲音使我皺起眉頭。他在說什麼？

「太小聲了，人家怎麼聽得見呢？友樹，大聲一點！」

靜香的怒吼倒是聽得相當清楚。

「爸、爸爸！加油！」

總算聽清楚了。爸爸？疑惑之際，拳頭飛來。拜託不要說奇怪的話害我分神。灰衣男開始朝我發動猛攻。

「爸爸！」

這一次，我彷彿被他的呼喊拉了一把，儘管沒體力了，本來也以為死定了，身體卻自己動起來，閃過了拳頭。

「爸爸，加油！」

靜香兒子旁邊的漂亮女生也跟著一起喊。隔了幾秒，四面八方都傳來加油聲。是那些逃不了的病患，以及無法丟下病患逃走的人。

「爸爸加油！」

「爸爸不要輸！」

多重加油聲迴盪在挑高的醫院大廳。是在耍笨嗎？就算狀況再怎麼危急，你們也不該仰賴平時看不起的流氓吧？這些人真夠自私。

「爸爸加油！爸爸不要輸！」

靜香的兒子吶喊。我沒有家人，你的父親另有其人。假如沒有世界末日，我只是一個短短幾天內就殺死兩個人的重刑犯，應該會被判死刑。怪的是，加油聲卻越來越大。

——現在是怎樣？

這不是我小時候常做的夢嗎？無論情況再怎麼危機四伏，我都是最終正義必勝的超級英雄。但是，每當我接受眾人的拍手與喝采，意氣風發地醒來時，都發現自己躺在髒亂的破屋內，身上蓋著潮溼的毯子，飢腸轆轆。曾幾何時，我不再做夢。

「爸爸加油！」

歡呼聲中，兒子的吶喊聽來格外清晰。

啊——好吵，吵死了。好吧，我就保護你們一下吧。我擠不出多餘的力氣，只能用體重迎擊，同時揮出右拳。男人倒在地上，我撲上去，藉由體重的加持給他一記肘擊。堅硬的衝擊感傳來，他的肋骨應該斷了。

拜託別再站起來。五秒、十秒……確認男人徹底昏過去後，我渾身虛脫，感覺全身的力量都被抽乾。接著，我乾脆直接呈大字形仰躺在地，身旁陸陸續續響起拍手聲。

「謝謝爸爸！」

「爸爸好厲害！」

拍手聲越來越響亮，我都要翻白眼了。

這些人腦袋有病是不是？即便現在得救，一個月後還不是統統得死？但是他們卻發自內心慶幸自己得救。人類這種生物的腦袋到底多笨啊？

「信士，辛苦你了。」

靜香的臉進入我仰望天花板的視野，旁邊還有那個臉腫到像沙包的兒子。

「爸爸，謝謝你救了我。」

「啊……不用演了，都結束了。」

我板起臉孔回答。有那麼一瞬間，我這人渣竟然也有了為人父的錯覺。

嗯，怎麼形容呢？感覺還不賴。

「笨蛋。」

靜香碎念，抓住兒子的肩膀，將他推過來。

「這是你兒子。」

「蛤？」

「友樹真的是你兒子。」

我整個人愣住。

「……什麼東西？」

別騙我了，既然這樣，你當初為何要逃？你看，你兒子也嚇傻了。我想回嘴叫她「別跟我開玩笑」，話卻卡在喉嚨，因為靜香的表情非常認真。

眼前忽然一陣模糊，我用手遮住眼睛。

有生以來，我頭一次喜極而泣。

在一個月後就會死的此時此刻，我竟品嘗到了有生以來最開心的事情。

最後關頭，人生竟然出現大轉折。

怎麼會這樣？怎麼會這樣？我怎麼想也想不通。

原來我比在場的任何人都要笨。

第三章

黃金國度

江那靜香，四十歲。世界上分成兩種人——已經死的人與快要死的人。再過一個月，所有人都會平等地踏進墳墓。不，連墳都沒有。聽起來像鬼話，但這是事實。

✦ ✦ ✦

友樹和他女朋友走到旁邊講話。

「藤森，如果你要去東京，我也要一起去。」

「不行，江那，你回家。爸爸媽媽都來接你了。」

「可是，我爸他……」

友樹的表情複雜又迷惘。我想也是。以為出生前就過世的父親其實還活著，說好的溫文儒雅、聰明老實蕩然無存，是個迎面走來會令人下意識想躲開的可怕流氓，而且初登場就來個大飛踢。

這位爸爸——信士在醫院大廳的沙發沉沉地昏睡，畢竟連夜趕來，接著又和波光教的幹部展開死鬥，就連這個暴力分子也體力不支了。

我在信士身邊坐下，思考接下來會怎麼樣。

四天前，首相召開記者會，天地色變。我耗費大半生努力累積起來的東西瞬間消失，長年任職的公司擅自歇業，退休金變成了青花魚罐頭，兒子差點誤殺同學，然後差點被同學殺掉。

十八年前分手的男人跑來找我，輕輕一腳便踢破了我用細瘦的雙手守護多年的玄關大門，還想強暴我。不過事到如今，都是小事情。畢竟現在可是有關係到人類滅亡的大事正在發生，有小行星朝地球飛過來，我們全部的人都會死。

茫然思索時，友樹和雪繪走了過來。

「決定得怎麼樣了？」

「嗯，藤森要跟我們一起回廣島。」

「很好，演唱會沒關係嗎？」

「這種情況一定不會辦，我真正的目的也不是演唱會。」

雪繪垂下眼簾，我不再追問。每個人都有一兩個不想被別人知道的祕密，友樹也在體恤雪繪的心情。兒子長大了，會替女人操心了。我有點不是滋味地觀察他們，友樹朝我一瞪。

「你在笑什麼？」

「沒有啊。」

我把嘴咧得更開，友樹一溜煙跑了。這小子，竟然給我在喜歡的女生面前裝酷。孩子大了啊，我不禁想起從前生他的回憶。

生小孩真的有夠狼狽，比國中時被學長們痛扁、和信士吵到鄰居報警還要狼狽。友樹出生的方式簡直要殺了我，我也賭上一口氣心想「豈能被你殺掉」，好不容易才苦撐下來。中間我幾度痛暈，接生員依然不停微笑喊話「很順利哦」，我都想問：這叫順利？生下新生命真是不得了的大事。

看見經過一番折騰才生下來、眼睛腫得像青蛙的友樹，我渾身虛脫地心想，差點殺掉我的人，竟是如此柔軟脆弱的小生物。

我先賭上一條命，把友樹從不知名的地方召喚到這個世界，接下來，為了讓這孩子活下去，我能為他殺掉其他生物嗎？不需要理由，我就像隻歡欣鼓舞的猛獸，把臉頰用力蹭向友樹溼答答的小腦袋瓜。

我辭掉酒店，改做正派的工作，但因為高中沒畢業，能做的職業非常有限。帶友樹上超市買東西時，其他有先生陪伴的太太，總是用眼角餘光打量拚命翻找特價品的我，自己則毫無顧忌地伸手拿起沒打折的肉盒。儘管知道不應該糾結，但我好幾次都覺得羨慕。

這種時候，我很討厭想起信士。

當初確定懷孕時，比起高興，我更覺得傷腦筋。我喜歡信士，被他揍也能反擊，但是寶寶不行。寶寶這麼小、這麼柔軟，被信士的鐵拳一揍就掛了。

我心裡藏著祕密不能說，常因一些小事和信士吵架。平時我會毫不猶豫地還手，但是自從開始優先保護肚子之後，我單方面地被踢被揍。腫到只能睜開一半眼皮的視野前方，信士像怪物似地張牙舞爪，我領悟到不能帶著孩子和他一起生活。

——我們為何無法活得坦率呢？

我在家暴當中長大，信士也是。學烏龜縮成一團，不明白為何被揍、只能拚命道歉的童年生活，我一輩子也忘不了。明明知道那有多痛，為何信士老做出跟討厭的父母一樣的事情呢？

孩子就像一棟正要蓋起的新屋，屋子要靠一根根柱子來支撐；支撐我和信士的柱子上刻滿了暴力的痕跡，即使屋子蓋完了，也無法抽出這些柱子，不管屋齡變成幾歲，帶有傷痕的柱子都會繼續埋在裡面。

支撐我和信士及那些壞朋友的柱子相當地脆弱，一有風吹草動，整間屋子便會不安定地搖晃。信士揍人的聲音，與布滿傷痕的柱子發出的吱嘎聲重疊，我會產生一股想把柱子折斷、把自己這棟屋子拆了的衝動。信士失控起來更嚴重，怒氣也向著自己的情人，也就是當時的我。

若說信士是大笨蛋，我就是一般笨，雖然都是在比爛，但我稍微正常點，所以也比信士了解他自己。他一定活得很痛苦吧？一定很寂寞吧？我想為他煮溫暖的飯菜、想為他做更多事，每次想多為他付出，我都察覺自己是真心喜歡他。

我的個性是一旦下定決心就不會反悔，要不是因為懷孕，我應該到死都會陪伴他。但同樣地，因為我愛他，無論如何都想生下他的孩子。於是我逃跑了。為了保護孩子，為了保護信士不殺死自己的孩子，我用盡全力逃亡。

逃走之後，偶爾胸口會出現騷動，感應到信士的氣息。信士的暴力和愛一樣強烈，察覺的瞬間，不管是在工作還是在吃飯，我都會立刻抱起友樹逃跑，不惜丟下工作、住處和家具。持續了很長一段動盪生活後，某一天，我在優點只有房租便宜的老公寓晾衣服時，驀地驚覺……

最近都沒有感覺到信士的氣息。

剛逃離信士身邊的頭兩年，我的住處和工作不停地換。終於擺脫這樣的苦日子了，信士放棄我了，以後可以安心養大友樹了。

想是這麼想，我卻莫名哭了。僅僅兩年，信士就放棄我了。心臟上明明刺了我的名字，還說恐怖大王降臨時要在一起。是我自己逃走的，我卻不講道理地對他生悶氣。

我拿著溼衣服，滴滴答答地掉眼淚，同時看著躺在嬰兒毯裡熟睡的友樹。友樹長得和信士一點也不像，但骨子裡無疑流著信士的血。

接著，我用盡全力拉拔友樹長大。生產前明明覺得只要孩子健康就好；等孩子壯了點，便希望他將來能成為一個聰明、體貼的好男孩；當他開始變胖時，我也曾一度焦慮，心想我和信士都是瘦子，孩子究竟像誰呢？但我提醒自己，個性好比較重要。得知他在學校被欺負時，我氣到快要抓狂，恨不得去痛扁那群愛欺負人的小鬼頭，要他們跪地向兒子磕頭道歉，但我忍住了。兒時被欺負的孩子只是醜小鴨，我相信友樹以後會成為好男人，現在，我只需要靜靜守候。

——結果，世界竟然只剩下一個月就要結束了。

請問，我這努力不懈的十八年該怎麼辦？拋下信士的我，人生最大的期待就是看見友樹成長。神，有種給我站出來！我會讓祢嘗嘗女人賭上一輩子的渾身一擊！

「阿靜——」

忽然被點名，我往旁邊一看，信士還在熟睡。

——他在喊我的名字？

我想起，我倆初識之時，都還只是國中生，彼此並不熟識。自從知道他這個人，我就時常聽到關於他的傳聞。每次聽說他又成功打倒了誰，我都感到很傻眼，心想——他又被學長使喚了。只要是照顧過他的學長所交辦的事，他都照單全收。看見學長私底下也在笑他笨，我感到很不爽。

——你啊，有沒有稍微學乖了？

我對著符合四十歲年齡的滄桑睡臉問。

由於醫院有配給食物和毛毯，當晚我們便在醫院大廳住下。

信士沒起來吃東西，只是一直睡。跟從前一樣，偶爾感冒了就光是睡，藥也不吃，靠著身體的能量自癒，像極了流浪狗。

隔天快要中午時，總算輪到友樹看診，他的鼻梁沒斷，除了全身多處掛彩並無大礙。

信士也終於醒了，我告訴他，大夥兒要一起回廣島。

「那，我去找代步工具。」

信士如吃飼料般，咔哩咔哩地咬著醫院發的餅乾，一口氣喝光瓶子裡的水，接著就晃出醫院，一個小時後開著一輛賓士車回來。是古老的低車身款，車窗貼著防窺膜，一看就是黑道愛用的車。

「這輛車是？」

「我叫他給我，他就給我了。」

信士懶得仔細回答，他的衣服上沾了新的反濺血痕。遇上睡飽飽、體力恢復的信士，那些傢伙肯定不好過，不過，反正會開這種車的也不會是什麼善良市民。友樹和雪繪看似有點遲疑。

「遇上好心人了呢。好啦，你們也快點上車吧。」

我將兩個孩子推進後座，自己坐上副駕駛座。

「肚子要是餓了，後面的食物自己拿去吃。」信士說。

後座放著幾個塞滿食物的塑膠袋。

「哪來的？」

「超市的大叔被一群人圍毆——」

透過後照鏡，我看見孩子們身子一僵。

「他們打完人就把食物掃走，我看時機正好，就請他們把車子一起讓給我囉。我有輕輕摸了摸他們的臉和肚子當謝禮，他們看起來很高興。」

「這樣對孩子的教育不好。」

要做就偷偷做——我在心中加上一句。

「我沒差。媽，你還不是從倉庫偷了青花魚罐頭？」

「我也沒差。多虧阿姨給了江那一把菜刀，我才能得救。」

友樹和雪繪插話助陣，信士皺眉看我。

「你都年紀不小了，不要這麼衝。」

「你有什麼資格說我？」

友樹和雪繪忍不住笑出來。

我們坐上信士開的賓士車，朝廣島出發。我請友樹他們檢查食物的保存期限，發現不少吐司和點心麵包已經快要過期。

「裡面有飯糰，但是已經過期三天，應該不能吃了。」

「吃壞肚子要看醫生很麻煩，吃麵包比較保險。」

「那，這個菠蘿麵包給你。藤森，你喜歡吃菠蘿麵包吧？」

「你怎麼知道？」

「小學時聽你說過。」

「那麼久以前的事情，你竟然還記得。」

「啊……抱歉，我沒有其他意思。」

我在副駕駛座竊笑不止。友樹暗戀人家暗戀得太明顯了，真有趣。

「友樹，你也挑一個給叔叔吃呀。」

呃！友樹和信士同時一愣，車內揚起一股緊張的氣息。

「啊、呃……選什麼好呢？」

「……炒麵麵包。」

信士的聲音比平時渾厚低沉，聽起來超可怕。他們都太在意彼此了。

「沒有，裡面只有奶油麵包、紅豆麵包和巧克力螺旋麵包。」

「……那就，奶油麵包。」

信士勉強擠出這一句，我整個爆笑出來。

「友樹，你爸不吃甜食，給他吃飯糰吧。」

友樹急急忙忙打撈塑膠袋，拿出一個梅乾飯糰問：「這個呢？」信士默默收下它，用單手操作方向盤，另一手抓著過期飯糰吃了起來。

「那個，叔叔……」

後座傳來怯怯的搭話，信士的臉頰抽動了一下。他應該不想被叫「叔叔」吧？我為接下來的發展捏了一把冷汗。

「叔叔你……真的是我的爸爸嗎？」

原來如此。不只友樹想確認，信士也想搞清楚吧。

「天曉得？」

信士也只能這樣回答。男人和實際懷孕生產的女人不同，除非特別去做血緣鑑定，否則沒有方法知道孩子究竟是不是自己的；更別提孩子的出生、成長他統統缺席。我從這對突然相認的父子身上感受到壓力，直截了當地說：

「友樹是你兒子，絕對沒錯。」

透過後照鏡，可以看見友樹的臉頰微微漲紅，信士說：

「有我這種爸爸，請節哀。」

裝酷是為了隱藏害臊？或者他真這麼想？應該兩者都有。

信士雖然孔武有力又能打，心裡的想法其實相當自虐，認為自己腦筋不好，只有身手可取。實際上確實如此，**但這不等於沒有價值，也不表示不值得被愛**，因為信士從小生長在缺乏愛的環境，所以不明白。人無法了解沒吃過的東西是什麼味道。

——可是，信士啊，友樹知道什麼是愛哦，因為我一直有用愛去餵哺他。

「是嗎？果然是真的爸爸。」

友樹的自言自語流露出害羞與驕傲。他在友樹差點被殺時飛踢救人，又在醫院救了大家一命，接受眾人的喝采，即使言行舉止就像暴力分子，在友樹心裡，應該還是正義英雄的形象更勝一籌。

「江那，好好哦，有這種爸爸。」

雪繪也發出羨慕的嘆息。

「是說，你的家人也會擔心吧？有沒有跟他們說一聲？」

「我離家的當天晚上有打過一次電話。」

「這種時候出門，他們應該擔心得要死吧？」

「不，那倒是還好。」

聲音的溫度驟降。後照鏡裡的雪繪面無表情，旁邊的友樹也感到不知所措。

「太不像話了吧？只剩一個月就會死，應該要擔心一下吧。」

信士的粗神經發言，使車內的氣氛一陣尷尬。這傢伙果然很呆。我將導航畫面切換成音響，想聽點音樂，結果廣播節目主持人悲憤地大談末日，還真是無聲勝有聲。

「請問，我可以聽 Loco 的歌嗎？」

我回答「好啊」，雪繪按了按手機，歌聲立刻流瀉出來。

「我知道，這不是化妝品廣告的歌嗎？」

「對，Loco 本人拍的那支廣告。我很喜歡這首歌。」

旋律很舒服，但我喜歡力道更強勁的。不過，只要雪繪聽了心情變好，聽什麼歌都無所謂。

「感覺會聽到睡著，不小心撞車。」

信士的批評毫不留情，雪繪急忙道歉、關掉音樂。沉默再次降臨。這個大白痴！為了緩和氣氛，雪繪主動詢問：「您想聽什麼音樂呢？」和信士相比，雪繪要成熟一萬倍。

「只要是有名的歌手，付費串流平台上幾乎都有。」

「是哦？那，毒藥樂團。」

「啊，我知道，是一個叫布袋寅泰的人唱的吧*？」

「我不是在說他。」

「可是，沒有其他布袋寅泰了啊。」

「就說不是。」

在世代隔閡的耍弄下，車內好不容易響起毒藥樂團的〈Talk Dirty To Me〉，以及信士接連點播的克魯小丑與史奇洛。這些全是我們上一個世代流行的搖滾樂團，但在我們年輕時，總覺得要聽老歌才是內行人。

「哦哦！媽，你們年輕時也會聽歌啊。」

「廢話，我們當年也才十七歲。」

＊　布袋寅泰也剛好有一首歌叫〈POISON〉，所以才會造成誤會。

「好難想像哦。」

「沒辦法，老師和家長給人的感覺就是『生下來就是老師和家長』嘛。」

孩子們愉快地談天說地，彷彿我們現在要去野餐，可惜道路還是一樣塞，途中友樹開始用手機查詢捷徑。

「在下一個紅綠燈右轉，這樣會通往山路，我想應該比較快。」

友樹比汽車導航更懂得怎麼看地圖，信士聽見「山路」，眼睛都亮了。轉眼間，我們來到平時只有當地人敢開的險峻山路，信士速度不減地催油門，後座頻頻傳來驚叫聲。

「呀——」的是雪繪，「哦——」的是友樹。

友樹發出的不是害怕的叫聲，而是興奮的歡呼，一雙眼睛因為激烈的飆速感而閃閃發亮。每次聽見那彷彿小野獸的吼叫，我都再次確信，他果然繼承了父親的血。

我在深夜時分醒過來，這幾天不是坐車就是騎車，有時直接睡車上，全身筋骨都僵了。是啊，我也不年輕了。

我決定下車活動筋骨。車子停在住宅區的一處建築空地，這裡的房子蓋到一半就被棄置，只留下地基和柱子。太熱鬧或太荒涼的地方都很危險，這種地方剛剛好。我朝夜空伸懶腰，發現有道人影坐在房子的地基上。

「睡不著嗎？」

黑夜之中，雪繪的身影如同一抹幽魂。過於細瘦的剪影非但不可怕，看了還有些心疼。我在她的身旁坐下。

「我想打電話給父母，但就是做不到。」

雪繪雙手抓著手機，看起來萬分沮喪。

「他們很疼我，我真是不知感恩。」

「小孩不需要覺得虧欠父母。」

「我是養女。」

我暗吃一驚。哦，原來如此。

「他們收養我之後才生下妹妹，幫她取名叫『真實子』，真正的孩子。」

「還真是不好受啊。」

「父母對我一視同仁，我有受到公平待遇。」

倘若是真的，她就不會使用「受到公平待遇」這種句子了。我想不是形式上的問題，而是本人才能感受到的細微差異吧。

「我的親生父母是東京人，我一直很想見見他們，所以把握最後的機會離家出走。只是，現在問我是否真的想見他們，似乎也不是。我連名字和地址都不知道，根本不可能找到他們。我想，也許我只是不想繼續待在那個家裡。」

「能夠釐清自己的心情，不是很好嗎？」

以結論來說，要想通這件事才是最不簡單的。

「抱歉，把江那捲進來。」

「不用道歉，是友樹自己決定的。」

一個人再怎麼聰明靈巧，許多事不實際做做看是不知道的。友樹自己的判斷和行動，讓他獲得了父母無法給予的寶貴經驗。

「我只是不想承認罷了，因為不敢對父母說實話，所以用『想見真正的父母』來隱藏心情。如今就算明白了這件事，也不能怎麼樣。」

「是啊，世界上無解的事情太多了。」

「離家第一天，我打過一次電話，還傳過一次ＬＩＮＥ，向他們報告我在橫濱，媽媽有回ＬＩＮＥ訊息說『我很擔心你，快點回家』，她大可不必這麼做……這令我很煩躁……」雪繪欲言又止，「所以，我覺得自己不知感恩。」

「不需要這樣責備自己，你比一般的孩子懂事多了。」

如果真的很擔心，父母早就主動打電話了。你沒事哦？有沒有遇到危險？你現在人在哪裡？你什麼時候回來？會這樣瘋狂追問才正常。

「我本來想要默默一個人去死。」

雪繪的剪影抬頭注視夜空。死亡本來就是孤獨的，我想任誰都是如此，重要的是臨終前有人陪伴。這孩子雖然有家人，感覺卻是孤獨的。

「來我們家吧。」

聲音忽然傳來。回頭一看，車窗開著，友樹探出頭。

「來我們家吧。」

友樹又說了一次，語氣充滿男子氣概，就像在說「我來保護你」。不知雪繪會如何回答？身為媽媽，我忍不住替兒子乾著急。此時雪繪的手機響了，我本來期待是她的家長打來，結果只是Loco官方粉絲俱樂部的Instagram發文通知。

「我就知道，Loco的東京巨蛋演唱會取消了。」

「這種時候還發通知，真老實啊。」

「咦？可是上面說，一個月後，要在大阪舉行最後一場演唱會耶。」

「一個月後，不就是小行星落下的時間嗎？」

友樹下車走過來。

「嗯，她說『我要在當天開演唱會，有空的傢伙過來聽吧！』……是本人嗎？語氣不像Loco，她說話不會這麼粗魯，照片裡還拍到一個奇怪的男人。」

我和友樹一起看向雪繪的手機。Loco和一個年輕小夥子勾肩搭背、咧嘴大笑，手指比「耶」，跟我在電視上看到的形象完全不同。

「這是她的男朋友嗎？看起來是一般人。哇，底下好多留言。」

仔細一看，粉絲的留言不斷湧現。「感謝更新」、「我一定會去」、「大阪？」、「我想跟

Loco一起死」、「想看曲目表」。這些人都是年輕人吧？死前照樣衝演唱會的決心太強了。罵人的留言也滿多的，「男朋友好土哦」、「會不會讀空氣？」、「直到最後都自私到家的女人」、「去死」……鼓勵和謾罵穿插在一起。

「……我想去。」

雪繪說。一個月後，街上應該滿目瘡痍吧。

「那我也要去。」

友樹馬上接著說。我「呼——」地吐氣。

「既然這樣，我也去看看吧。」

兩人訝異地望著我。

「這不是當然的嗎？」我說，「全部的人都只剩下一個月的時間，雪繪想看演唱會，友樹想要保護雪繪，我想跟友樹在一起，我們分別做自己想做的事情吧。」

我在內心對於打擾年輕人感到抱歉，若非情況特殊，我並不打算插手孩子談戀愛，但現在是非常時期，兒子，原諒我。我在心裡道歉——

「媽，謝謝你。」

「阿姨，謝謝你。」

兩人異口同聲道，我聽了開懷大笑。我把兒子養成既能守護心愛的女人，也能珍惜父母、堅強又貼心的好孩子了。而且，他愛上的也是一位懂得為別人著想的女孩。

「友樹、雪繪，謝謝你們。」

我起身說完「之後的事情，你們自己決定」，便滾回車上。信士維持跟剛才相同的姿勢熟睡，他向來都是一旦睡著就不容易被吵醒。

「阿靜……」

信士在說夢話。他夢見我了嗎？

「那麼，我也去。」

隔天信士也這麼決定。當時，大夥兒坐在房屋骨架的地基上，把信士搶來的吐司抹上奶油和果醬當早餐吃。

「你確定？這可能是最後一個月哦。」

「管他一個月還是一年，反正不會有人找我。」

也就是說，分開的這些年，信士還是一樣孤獨。

「你們別小看大阪哦，那裡的人平時就很火爆，最後一個月應該不好待。我知道一個方法不會被盯上，記得帶上 One Cup 清酒、賽馬報和紅筆，看起來像醉漢似的，在街上晃來晃去，這樣就會沒事。」

「未成年不能喝酒。」

友樹認真地反駁。

「所以我才要陪你們去啊。」

信士一副嫌麻煩的表情，友樹豁然開朗。

「有叔叔陪我們去，感覺放心多了呢。」

雪繪說道，友樹一臉驕傲地點頭，信士則照例擺出他的凶臉。能夠被孩子們依賴，他分明高興都來不及，真是笨拙啊。

「可是，距離演唱會還有一個月，這段期間要怎麼辦？要是有地方住就好了，問題是，現在旅館和網咖都沒開，還需要準備很多食物。」

「還是先回廣島，等演唱會近了再去大阪？」

「行不通的，現在交通已經夠亂了，之後狀況只會越來越多，馬路上到處是撞壞的車跟屍體，你們要是不介意輾過腐爛的屍體，我是無所謂啦。」

信士用力咬下從吐司邊緣擠出來的番茄醬，友樹和雪繪不禁搗嘴。這男人既笨拙得惹人憐愛，又粗神經到讓人火大。時隔十八年，重新看著我家的男人，我確定了一件事——我仍跟從前一樣，愛他的笨拙，也愛他的粗神經。

「大阪我有頭緒，我們先去看看吧。」

信士說完，計畫總算暫時敲定。

塞車的情形一刻比一刻嚴重，路上，我們差點被失去耐心、開始橫衝直撞的汽機車撞到，好不容易在隔天下午抵達信士說的「有頭緒的地點」。

「原來是這裡。」

透過前擋風玻璃，我眺望著四天前發生凶殺案的蕎麥麵店。因為信士說「有頭緒」，我還以為他在大阪有朋友。不愧是信士，思考迴路絕非常類。我有很多話想說，但這裡現在確實是空屋，只要沒有被搶，應該也保存著食物。

「我們進去看一下，你們先在車上等。」

不能讓孩子們看到悽慘的凶殺現場。我和信士先去店頭看看情形。緩緩推開大門，惡臭立刻撲鼻而來。

我們在血肉腐敗發出的濃重臭味當中前進。老爺爺和老太太維持跟四天前相同的姿勢趴臥著，兩人皆已失去人類應有的樣貌，皮膚如垮掉的黏土，身體下方的血泊也乾掉了，變得又黑又稠。

「還好是秋天，要是夏天，應該慘不忍睹。」

信士用流氓的姿勢蹲下、凝視屍體，伸手輕輕剝掉停在老太太白髮上的小飛蟲，那張沉靜的側臉，令我嗅出一絲端倪。

「你殺過人嗎？」

「前幾天才把一個人丟進河裡。」

「除此之外呢？」

「有。」

「為什麼？」

「五島的請託。」

我下意識地皺眉。我討厭五島，他老是交派危險的工作給信士，對著受傷歸來的信士施予溫情，看似是溫柔地替傷者纏繃帶，實則是用人情將他套牢。五島很擅長抓住人心，他很聰明——我是指負面的意思，他很懂得利用別人。信士不是早就察覺了嗎？

「兒子也不希望有個殺人犯爸爸吧。」

「他有名字，叫友樹。」

信士繼續瞅著老太太的屍體，表情宛如被遺留下來的狗兒。我對他這種偶然流露的絕望側臉很沒抵抗力。

「他要是討厭你，也會討厭我。」

我也用流氓的姿勢蹲下來，與信士肩並肩。

「是我下的手，和你無關。」

信士拒絕讓我幫忙，因為不想讓我背負罪業。我很感謝他的男子氣概，卻也氣到牙癢癢。我倆沉默下來，接著聽見「媽——」的呼喚，來不及阻止，門就被推開了，友樹和雪繪才踏進一步就愣住了。

「呃，怎麼回事？」

友樹震驚地望著屍體。

「……被殺了？」

「不是我們殺的。」

「我們在去接你的路上，認識了這對麵店的老夫婦。當我們吃完飯離開，又繞回來拿忘記的手機時，發現老夫婦被過路打劫的強盜殺死了。也就是說，這裡現在是空屋，可以借來住。」

信士說明，並省略了強盜的末路。

「要住在有死人的屋子嗎？」

「屍體我會清乾淨。靜香，帶他們回車上。」

「我也要幫忙。」

「你陪孩子吧。」

信士起身，嫌麻煩似地對我抬了抬下巴。他打算一個人背負到底。我瞟了他一眼，推著友樹和雪繪的肩膀，帶他們出去。

「……爸爸真的沒殺人嗎？」

回到車上後，友樹小心翼翼地發問。

「沒有。」

沒殺那對老夫婦——我在心中加上這句。後座沒有傳來應答。

友樹和雪繪在害怕。暴力是一把雙面刃，殲滅壞人可以，殺死無辜的老夫婦不行——這麼想很正常。但是，無關善惡。如果只用自己能不能接受、贊不贊同來決定善與惡，實在不能稱作公正。

人都會帶著私心。是啊，我捫心自問，假如友樹感到害怕，不想跟信士一起住，我會再次帶著孩子逃走嗎？我能在最後丟下這個寂寞的男人嗎？身為母親，我的第一優先是小孩，我才是最自私的那一個。

過了一會兒，手機響了，是信士打來的。

「幫我找點花來，什麼花都可以。」

他只說完這句就掛斷了。

我回頭看後座，兩人震了一下。

「友樹，雪繪。」

「我們去找花。」

「花？為什麼？」

我默默下車，兩人也慢慢跟上。

我們三人漫無目標地走在住宅區。車站附近雖然有小商店，但多半拉下鐵捲門，不曉得是小行星騷動害的，還是本來就如此。我們走過死氣沉沉的商店街，沿著流過住宅區的河道走著，眼前突然景色開闊。

「那裡有許多黃花。」

友樹指著河岸。那裡開著一大片加拿大一枝黃花。

「就它吧。」

三人走下河堤。我用之前交給友樹的菜刀砍斷花莖，雪繪突然尖叫「蟲！有蟲！」，一把丟下黃花。仔細一看，花莖上爬滿了紅色、有翅膀的小蟲子。雪繪嚇到飆淚。

「我來拿吧。」

友樹撿起雪繪丟下的花，幾隻紅色小蟲爬到他的手臂上，雪繪看見之後，也急忙檢查自己的手，一邊大叫一邊把蟲子拍掉，一溜煙逃回河堤上方。我和友樹笑了出來，在兩人拿得動的範圍，盡可能地採走黃花。

回到河堤上後，我忍不住回頭。河的下游有一座橋，就是我們把殺害老夫婦的強盜推下去的那座橋。那個男人現在怎樣了？有獲救嗎？還是——。友樹看見我發呆，不解地問「怎麼了？」，我說「沒事」，離開了河堤。

「阿姨，那是不是花店？」

走不同路回去時，雪繪發現了一家花店，門前有幾個打翻的水桶，感覺沒有營業，但鮮花櫃裡的花還很鮮豔漂亮。我喊聲「打擾了——」，住在裡面的人聽見聲音，啪躂啪躂地跑出來。衝出來的是一位阿姨，不知怎地，用焦急虛弱的表情望著我們。

「這些花能賣給我們嗎？」

我瞄了鮮花櫃一眼，阿姨垮下肩膀，顯得萬分失望，有氣無力地說「喜歡的話自己拿」。我們道謝，打開櫃子。

「噯，你們幾位呀。」

阿姨在通往二樓住家的樓梯踏板前坐下。

「有沒有看到我家兒子呀？」

我看向阿姨。

「他四天前出門，就沒回家啦。他聽電視說有隕石要掉下來，整個人變得不對勁，衝著我大吼大叫，我問他要不要吃飯，被他吼說『現在哪有閒情吃飯』，踢了前面裝花的桶子就跑走啦，到現在還沒回家呢。」

「這兒子脾氣真差啊。」

「不是他的錯。這孩子二十歲時罹患了憂鬱症，一直往返醫院看病呢。他平時很乖的，偶爾不順心才會暴怒，失控起來誰也攔不住。都已經三十三歲的人了，還染著一頭金髮、戴著心形耳環呢。」

我感到心頭涼了一截。

「我怕他情緒失控會幹傻事，真的好擔心呀。」

我回過頭，兩個孩子正從鮮花櫃中取出玫瑰花，我阻止道：

「放回去。」

「咦，為什麼？」

「別問了，放回去。」

將所有花都物歸原處後，我低頭說「打擾了」，走出店門。

「別客氣，儘管拿去呀。」

阿姨不解地說，而我什麼話都說不出口。

「你們若是看見我家兒子，幫忙轉告一聲，說家人很擔心他。接下來只會越來越亂，那孩子能放鬆待著的地方只有家裡呀。」

我聽著阿姨的聲音從背後傳來，回程時忍不住低下頭。不能拿她的花。胃部彷彿沉入鉛塊一樣沉重。

「媽，你沒事吧？臉色好差。」

「要不要休息一下？」

兩人擔心地望著我，我回答「沒事」。殺死老夫婦的男人；把男人丟進河裡的信士與我。對老夫婦來說，男人是無情的強盜；同時，他也是母親心中的寶貝兒子。要接受兩個截然相反的事實，真的很痛苦。

到了傍晚，信士來電表示整理好了。我們三人前往麵店，由我率先入內。老爺爺和老太太的屍體不見了，血跡也刷洗得一乾二淨，露出黑色的石地，屋子裡也通過風了。

「變乾淨了，進來吧。」

兩名孩子戰戰兢兢地入內。

「喂，來裡面！」

信士的聲音從屋後傳來。我們通過廚房，經由後門走到屋外。

後院種植了花草樹木，芬芳的香氣輕搔鼻腔。開出橘色小花的金木樨樹下隆起了土堆，與隔壁住家做出區隔的圍牆前放著一支鐵鍬，信士的衣服和鞋子都沾滿泥土。

「花。」

在信士的催促下，友樹交出環抱的大束黃花。

「這不是雜草嗎？沒有更像樣一點的花嗎？」

信士稍微念了一下，說「好吧，就這個吧」，用溫柔的動作，將黃花鋪在隆起的土堆上，然後以流氓的姿勢蹲下，朝著兩人的沉眠之處合掌。

「原來是祭拜用的花……」

友樹低語。我也感到很訝異，原來他是這麼細心的人。

看似粗暴，實則怕寂寞。儘管本人應該沒有自覺，但說穿了，不懂得愛人的方法，因為用情過深而傷人，到頭來也是在傷害自己。這個脾氣來了只能看見眼前事物、宛如流浪狗一般的男人，現在依然沒變，但——。

我回廚房清點存糧。為了做生意而準備的蕎麥粉、烏龍麵、米、肉、乾貨相當充足，可以安心吃上一個月。

我清掉壞掉的料理，煮了一鍋新的白飯，並將老爺爺最後打的蕎麥麵過水煮熟。正當我想著明天得自己揉麵時，友樹和雪繪走了過來。

「關於爸爸……」

我心頭一驚。

「他幫忙做了這麼多事，我竟然懷疑他，對不起。」

「我也要道歉，我太害怕了。」

看到兩個孩子一臉愧疚的樣子，我頓時放鬆到差點腿軟。

「沒關係，在那當下，會誤會很正常。」

「也是，電影常常把屍體跟父親放在一起。」

「你剛剛明明嚇壞了，一知道沒事，馬上就得意忘形。」

我故意損他，友樹斂起表情。

「以後這種事只會越來越多，總不能動不動就大驚小怪。」

友樹在強裝鎮定，雪繪也一臉嚴肅地抿著嘴。這幾天發生的事情，對他們來說太殘酷了，也讓兩個才十幾歲的孩子被迫長大。

「那麼，把這個拿給爸爸，跟他說聲『辛苦了』。」

我從冰箱拿出啤酒和杯子，交給友樹。

「啊，還有，別跟他說花店阿姨的事情。」

我盡量佯裝冷靜。

「為什麼？」

「不要問，反正別說。」

信士獨自將金髮男丟進河裡、獨自埋好老夫婦的屍體，連我本來應該承擔的部分也一併搶走，所以，這次換我幫他背負重擔。我不了解屍體的重量，不了解埋葬的墓穴有多深，但我體會了現實的重量──那個金髮男也有關心他的家人。

信士躺在店裡的榻榻米座位上休息，友樹把啤酒端去。我問雪繪要不要一起去，她瞥了座位一眼，笑著說「我才不想打擾那兩人」。

「欸，爸。」

信士大大震了一下，看著友樹的眼神既像威嚇又似害怕。不能怪他，這是他在醫院展開死鬥以來，第一次被友樹喊爸爸。他究竟能不能扮演好「父親」呢？我吞下口水，緊張地觀望。

「爸，今天辛苦你了。」

友樹又喊了一次，緊張地將啤酒托盤放在桌上，信士也動作彆扭地坐起來。接著，友樹拔掉瓶栓，以生澀的手勢將酒倒進杯子裡，信士喝了一口說「你也喝吧」，並替友樹倒了一杯。

「啊，我未成年，不能喝酒。」

「反正也不會成年了，沒差吧。」

哪有人這樣說啊？這男人是神經斷掉了嗎？友樹猶豫地試喝了一小口，下一秒，整張臉皺起來。對十七歲的舌頭來說太苦了啊，我心想。信士盯著他的臉。

「那個，你叫友樹，對嗎？」

「是。」

「高二嗎？」

「是。」

「是嗎？高二，真好啊。」

對話結束。信士，你這樣是要友樹怎麼回？拜託稍微做個球，問他喜不喜歡念書啦、有沒有加入社團啦、學校好不好玩啦之類的！

「學校好玩嗎？」

這就對了。我鬆了一口氣。

「是，啊……不是，不太好玩。」

「對哦，靜香說你被欺負。」

友樹瞪了我一眼，眼神像在說「幹麼把這麼丟臉的事告訴爸爸」。唉唷，抱歉抱歉，我當時沒想到會變成這樣。

「名字和地址呢？我去宰了他！」

信士在奇怪的地方展現父親的威嚴。

「爸，你已經在品川站幹掉他了。」

「就是他啊，我沒控制力道，也許他真的死了。」

「死了也不值得同情。」

友樹淡淡回應，我感到些許訝異。之前我還覺得友樹太乖了，但也許是因為我不希望他像爸爸，才把他教育成這樣，他只是一直在壓抑。我不禁好奇，如果解開了束縛，他會變成怎樣的青少年呢？

「江那的感覺變了呢。」

我隨興地煮著高湯，雪繪在我身邊喃喃自語。

「怎麼個變法？」

「他的個性比較靜，平時校園裡的惡霸叫他做什麼、他就做什麼，但是，偶爾會有驚人之舉。」

「你和友樹很好嗎？」

雪繪搖搖頭。

「我們只在小學的時候好好說過一次話。那天，我前一晚才因為妹妹的事情而傷心，想去東京見親生父母，江那主動和我搭話。」

聽說，雪繪當時心煩意亂，對友樹愛理不理，本來想用冰冷的態度打發他走，結果卻收到一顆暖暖包。

「暖暖包好溫暖，我當場就哭了。我平時絕不在人前哭，江那也沒有特別提我哭的事情，我覺得好安心。」

我在心中鬆了一口氣。看來友樹沒有遺傳到信士的粗神經。

「結果，我卻對他做了過分的事。」

雪繪的聲音沉了下來。

「新學期的開學第一天，我當著其他同學的面無視他。我們約好要一起去東京，江那為我查了很多資料，開心地找我講話，我卻假裝不知情。我覺得很可恥，一直很想忘掉那段記憶。」

「有時候，人要對不熟的人才能敞開心房。」

我也有這種經驗。原來大人和小孩是一樣的。

「我明明最討厭霸凌，卻做了傷害江那的事情，在江那受傷時默默看著，還想利用欺負江那的人帶我去東京。結果，那些人想要對我不利，我又被江那救了。我到底在幹什麼……」

對不起——雪繪小聲道歉。

「謝謝。」

「咦？」

「人都想忘掉曾經傷害別人的事吧，而你卻一直放在心裡，還有好好道歉。」

沒有人不會犯錯。太過輕易地原諒錯誤，或是太過嚴厲地苛責錯誤，都不是件好事情。這孩子對自己感到可恥，她有堅強的外貌，也有一顆纖細的心，友樹看上了一個好女孩啊。我朝當事者一瞥，他緊張歸緊張，仍有好好地在跟信士說話。

晚餐吃月見烏龍麵和飯糰。我找不到現成高湯包，人生初次使用了昆布和鰹魚乾熬湯。我沒自信煮得好，但孩子們連續數日沒吃到溫熱的飯菜，吃得津津有味。飯後由孩子們負責洗碗，我去打點睡覺的地方。

店鋪二樓是居住空間，走上樓梯看到的第一個房間是客廳，與客廳相連的和室是老夫婦的臥室。另一間是西式房間，看起來從前是孩子房，現在裡面只擺了張書桌，牆上貼著有年代的棒球選手海報。這個家的孩子現在過得怎麼樣呢？他若是回來了，我們就好好交代老夫婦的臨終情形，誠心道謝及道歉，趕快離開這裡吧。

──在那之前，先借我們住一下。

我對著棒球選手海報雙手合十，然後回去鋪床。老夫婦使用的臥室壁櫥裡收著棉被，收納箱裡也有寢具和衣物。我和雪繪借用婆婆的睡衣，信士和友樹就穿老爺爺的。友樹還沒什麼問題，但信士身高將近一九〇，穿起來袖子和褲管都太短了。

「好小件，我穿內褲就好。」

「笨蛋，別忘了雪繪也在同一個屋簷下。」

「別在意，你們也可以只穿一條內褲睡覺啊。」

「我反對。」

友樹先我一步舉手。信士皺了皺眉，最後不敵友樹「唯有這點死不退讓」的氣勢，心不甘情不願地套上過小的睡衣。我在兩個房間鋪好被子，表示要信士和友樹睡一間，我和雪繪睡一間。

「咦？」

友樹和信士異口同聲道。

「大人睡一間、小孩睡一間不就好了嗎？」

「怎麼可能讓友樹和雪繪一起睡？」

信士用力板起臉孔。

「你從剛才就跟學校老師一樣，淨說些屁話。他們不是在交往嗎？十七歲一定很想做吧，就讓他們——」

我踢了他的小腿，讓他閉嘴。

「友樹，爸爸就交給你照顧了。」

我把友樹推到信士面前，帶著雪繪前往孩子的房間。

「抱歉，那男人神經斷掉了。」

我低頭道歉，雪繪笑著搖搖頭。

「很明顯啊，叔叔在意的不是我跟江那有沒有交往，他只是害怕跟江那一起睡，因為會緊張。虧他外貌這麼凶悍，現在看來簡直就像一個新手爸爸，其實滿可愛的。」

連高中女生都看得出來啊，我不禁苦笑。

「他們會聊什麼呢？」

「要不要去聽？」

「偷聽不道德……但，走吧！」

我倆互相竊笑，輕輕推開紙門，躡手躡腳地走到信士他們的房間。說話聲從本來就關不緊的紙門縫隙間漏出來。

「你真的沒跟雪繪交往嗎？」

詢問的聲音隱隱傳來。

「藤森不可能把我當成對象啦。」

然後是一句自虐的回答。

「雪繪是女神級的嘛。」

「嗯，她是我們學校最受歡迎的女生。」

雪繪在昏暗的走廊害羞地垂下頭。

「靜香從前也很搶手哦。」

「不會吧？」

臭兒子！我掄起拳頭。

「爸，你跟媽為什麼分手？」

大概是愚蠢的話題起了作用，友樹的語氣自然多了。

「靜香是怎麼提的？」

「什麼也沒提，她說你在我出生前就死了。」

「也只能這樣說吧。我想，原因八成出在我太爛了，說來就是一個不成氣候的混混，沒一件事情做得好，有天靜香終於受夠我了，就離家出走啦。」

「媽說你溫柔又聰明，而且很強哦。」

「讓你失望了。」

「才沒有，」友樹果斷否認，「爸，你一直都知道有我這個兒子嗎？」

這個問題像在問：你明知道有我，卻生而不養嗎？

「我不知道。」

「真的嗎？」

「真的。抱歉，長年放任不管。」

信士有聽懂友樹的訊息，並且給出了答案。

「既然不知道，那就沒辦法啦。」

友樹的聲音流露滿滿的安心，我在心中向他道歉。

抱歉，兒子，我每天光忙著過日子就心力交瘁了，三餐主要在意吃不吃得飽，沒顧到營養均衡，其他孩子理所當然拿去上補習班的錢，我也會優先留下來當作日後的伙食費。因為我和家裡鬧翻的關係，友樹沒有外公外婆協助照料，寒暑假都待在狹窄的公寓看家。每次看到兒子一成不變、毫無亮點的暑假圖畫日記，我都覺得自己扼殺了他的童年，做了無可挽回的錯事。

這些年來，我還滿努力的。這是實話。

即使如此，我依然只有做到最低標。這也是實話。

假如當初沒有逃家，我和信士及友樹三人，能過上安穩的日子嗎？我思考著兩種可能，一種是意外光明的未來；一種是家暴肆虐的家庭地獄。

話說回來，我始終覺得「家暴」這個詞怪怪的，暴力不管用在哪裡都是暴力，不需要賦予意義，也不需要找理由——這點我切身明白。

我被母親呼了巴掌，又被父親扯著頭髮四處拖行，最後在某個寒冷的冬日被丟出屋外。我曾百思不解，為什麼有時犯錯不會被打，有時卻被打到慘兮兮？後來才察覺，沒有什麼特殊理由，一切全憑父母當天的心情決定。這個事實令我啞口無言。

我一方面愛著流有我的血脈的友樹，一方面也知道，由血緣建立的家庭不是絕對牢靠。也許，我真正害怕的不是友樹變成受虐兒，而是自己心中無法抹除的，對於家庭的恐懼吧。

所以，我像個成天猜測父母心情而擔心受怕的孩子，想趁悲劇發生以前逃跑，想將這條以暴力串起的劣質項鍊狠狠扯斷；但同時，我是否也由於自身的膽小，硬生生地從友樹身邊剝奪了父親，從信士身邊剝奪了兒子呢？明明是自己的事情，我卻有許多地方想不明白。

「爸，你到現在還愛著媽、從來沒變心嗎？」

「怎麼可能，她逃離我身邊，都過了十八年。」

「那你怎麼會突然跑來？」

就在這時，遠方傳來玻璃破碎的聲音。噪音持續響起，並且逐漸靠近。

我趕緊抱住雪繪，下一秒，屋子的窗戶應聲破裂。雪繪發出尖叫，信士父子連忙衝出來，身子探出破掉的窗戶察看屋外的情形。似乎沒看見人影，信士咂舌。友樹問：「有沒有受傷？」我和雪繪都沒事。

「太好了。是說，媽，你們在這裡幹麼？」

我總不能說，我們是來偷聽新手爸爸和兒子對話。

「有人朝窗戶丟東西，」信士從碎玻璃中撿起石頭，「這樣無法安心睡覺，我去外頭守著，你們三個一起睡吧。」

「不行啦，我不能跟藤森同寢。」

「要是真的發生事情，你們三個在一起，我也比較好保護。」

信士用不容反駁的語氣說完，急忙走下一樓，我留下來清掃破掉的玻璃。友樹拖著自己的棉被，來到我和雪繪住的房間，他的頭低低的，臉紅到耳根。

「呃，我睡角落吧。」

「三人一起並排睡啦。」

雪繪主動提議，友樹聽了，怯怯地往後縮。

「我躺中間哦。」

我擠進兩人之間，友樹大大鬆了一口氣。他真的太正經了，雪繪也了解他的個性，才會主動說要大家一起睡吧。能讓女孩子安心，就是好男人。

即使狀況有異，我依然陷入熟睡，醒來時已經天亮。

友樹和雪繪分別在我的左右方，發出安穩的鼻息。

能讓女孩子安心就是好男人，能讓孩子安心就是好爸爸。

我靜靜離開棉被，走去一樓，沒看見信士的身影。推開店面拉門，信士背對門口盤腿而坐，交抱雙臂打著瞌睡。

「……哦，天亮啦。」

信士邊打呵欠邊回頭。

「守夜辛苦了。」

「兩個小鬼呢？」

「熟睡中。」

「是嗎。」

信士對著朝陽瞇細雙眼。

「已經早上了，你也去躺著，好好睡一覺。」

「睡前我想先吃飯，肚子好餓。」

「我馬上做，你想吃什麼？」

「能吃就好。」

我回到店裡，去洗臉檯洗了把臉，然後借用應該是婆婆在用的 CHIFURE 牌化妝水拍了拍臉，但牙刷實在不敢用別人的，所以我把牙膏擠在手指上，隨便搓了搓牙齒。白飯昨天還有剩，就在我用油豆腐煮味噌湯時，友樹他們也下樓了，我使用大量進貨囤放的雞蛋做了高湯雞蛋卷，由孩子們端送到客席。

「開動——」

所有人雙手合十，齊聲說道。友樹和雪繪綻放笑容，因為有普通的早餐可吃而感動。信士眨眼間就扒完一碗飯，伸手要我再添一碗。

我在陌生的城市，住進了慘遭殺害的老夫婦家裡，與十八年前分手的男人，以及兒子和兒子心儀的女生，圍坐桌前吃飯，而世界再過三週就會毀滅。眼前的狀況真的很異常，但是，為何我卻感到莫名踏實呢？

飯後，我把整理餐桌的任務交給孩子，悄聲和信士討論今天的行程。信士用手枕著頭部，側躺在榻榻米座席，大概是填飽了肚子有些想睡，眼皮沉沉地垂下來。

「信士，你先睡，等你睡醒，陪我出去買東西。」

「去偷去搶嗎？」

「你要這麼說也可以。我知道現在不該奢侈，但至少要有牙刷和內褲，電池和瓦斯罐也要備起來，誰知道何時會停電停瓦斯。」

「我們也想去。」

兩個孩子跑過來。

「不行，外面太危險，你們留下來看家。」

「有爸在不用怕。」

與此同時，刺耳的破裂聲響起，店頭拉門上的玻璃被砸碎了，一個瓶子叩隆隆地滾進來，瓶口塞著捏成長條狀的紙，前端還點著火。肯定是那個吧。正當大家愣住時，信士眼明手快地衝下座席，抓起瓶子、赤腳衝出去。數秒後，傳來劇烈的爆炸聲，整棟建築物都在搖晃。

「爸！」

友樹嚇得跳起，追著信士跑出去，我也想跟過去，但雪繪嚇到站不起來。

「雪繪，你沒事吧？」

輕輕搖晃她的肩膀，她張著大眼，一連點了好幾下頭，似乎沒辦法說話。我摩挲她無力的雙手，告訴她「沒事、已經沒事了」。

「我、我沒事，叔叔他……！」

「看我宰了你！」

馬路邊傳來信士的怒吼。

「看樣子很好。」

「太好了。」

我們一起拍撫胸口。

我拿著信士的鞋子走出店門，走沒幾步就看見一個男人被信士揍倒在馬路邊。柏油路一片焦黑，上面四散著碎玻璃，到處竄起火苗，男人的衣服著了火，額頭到下巴的半張臉燒成紅色，大概是被信士扔回的汽油彈波及，要是直接命中，肯定不只如此。

「信士，停，再打下去會出人命。」

「管他去死，他是那個邪教團體的人。」

信士揪住男人的衣襟。仔細一看，男人身上穿著新聞播過的波光教立領制服。醫院當時的騷動重回腦海，使我不寒而慄。

「你也想要散布奇怪的藥劑，是嗎？」

「只有幹部級的人才有『淨化之光』，我只是一般信徒。」

「一般信徒會拿著汽油彈朝別人家裡扔嗎？別騙我你只是睡昏頭，你們家的混帳教主是個瘋子，那算哪門子救贖？」

「不准汙辱教主！」

信士毫不留情地甩了男人一個巴掌，燒傷的皮膚從臉上剝落，男人發出慘叫。

「昨晚也是你朝屋子扔石頭嗎？」

「不是我，還有其他信徒，是他們下的手。」

「聽你在放屁。」信士回嗆，看著我說：

「聽見了吧？現在要是放過他，他會再來搗亂。」

「大概吧。」

「那還不如現在幹掉他。」

信士殺紅了眼。唉，又來了，血氣一上來就不講道理。想要壓抑怒氣卻遏制不住衝動是信士的壞毛病，為了不被矛盾的情緒擊潰，或者想要快點被擊潰，信士才會失控傷人。

「信士，放過他吧。」

「就算放過他，他也活不久。」

「是啊，所以不用刻意去殺他。」

信士連我也瞪，像要把我嚇退。

「我這麼說不是為了他。」

聽不懂也沒關係，即使如此，我還是想說。

暴力就只是暴力，儘管看似會因為情況不同，被賦予各種意義，實際上根本沒這回事。我和信士承受了來自父母的暴力，那個耳環男對老夫婦使用了暴力，波光教以淨化為名的暴力，以及眼前的信士施加的暴力，這些就只是暴力而已，不是正義也不是惡。花店阿姨憂心兒子的模樣在腦海閃現，她的兒子早已被暴力殺死，許多畫面在腦中如旋轉門般不停翻面、旋轉。

「信士，收手吧，不要再做這種事了。」

我不知如何表達內心的百感交集，只能請他住手。

「反正都要死，就別再增加無謂的重量了。」

就算把自己被揍的怒氣發洩到別人身上，我們所承受的痛苦也不會因此抵銷。如果年輕時能想通這些，也許我會選擇不一樣的生存方式。可是，要理解到這些事，需要相當的人生經歷才足夠，所以人們往往只能回顧過去的失敗，做好停損，並努力不再重蹈覆轍。聽起來很不講道理，**但這就是我們所能做到的成長**。

「停吧，拜託你。」

我露出困窘的眼神，信士狠狠放開男人。

「下次再來，我一定殺了你。」

男人趴在人行道上，好不容易才爬起來，連滾帶爬地跑走了。信士輕舔手肘內側，我才發現他燒傷了，不禁一陣心疼。

沒有信士奮勇抵抗，也許我們早已全員死在這裡，結果我卻替這位凶手求情。我對信士說聲抱歉，他瞥了我一眼，說道：

「你是對的。」

我微吃一驚，信士把頭撇開。

「我也搞不清楚原因，反正我總是很笨。」

信士對著燃燒的柏油路吐口水，手插口袋走回店面。我是第一次看見信士揍人到一半中途收手。

有鑑於這場汽油彈騷動，後來信士獨自外出打劫。

我原先設想由大人組外出補給物資，孩子組留守看家，誰知道大白天就有神經病朝屋子丟汽油彈，我們判斷只留孩子在家太危險。最後，我將修理門戶的工作交給孩子，把需要的物資寫在紙上交給信士。這是中午的事情。

「我不是說，如果晚歸要通知一聲，你連電話也不接，到底在幹麼？」

信士回來的時候，已經是晚上八點多。

「電池沒電了。是說，不是才八點？」
「現在是非常時期，孩子們很擔心你，沒吃晚餐一直在等。」
信士看向友樹和雪繪，他們的肚子從剛剛就在咕咕叫。
「是嗎，那就趕快吃飯吧。」
也不想想是誰造成的？我氣呼呼地走進廚房，點燃瓦斯爐。
「我辛辛苦苦打獵回來，她那是什麼態度？簡直是鬼妻嘛。」
客席間傳來信士的抱怨。
「媽很擔心你哦。」
「少多嘴！」
我生氣大吼，友樹縮了縮肩膀。他們兩個只知道信士戰無不勝的一面，所以才能這麼悠哉，事實上，信士只要被人拜託就會胡亂逞強，我明知這點，卻還這樣拜託他，想來真氣我自己。
「有了這些東西，應該勉勉強強過得去。」
信士在榻榻米上展示他的戰利品，有電池、牙刷、內衣，竟然還有巧克力。顯眼的大型超市應該已被打劫一空，他到底去了哪裡？有沒有逞強？我仔細檢查他的衣服上有沒有新的濺血，眼角餘光瞥見友樹和雪繪崇拜地大喊「太強了」，信士趁他們沒注意時悄悄走下座席。

只見他默默將回來時隨手置於櫃檯的報紙捲挾在側身，從後門走去院子。從氣窗偷看，信士在金木樨旁蹲下、攤開報紙，把枯萎的玫瑰花輕放在老夫婦沉眠的土丘上，雙手合十地閉上眼。

我見過那個玫瑰花。

用餐完畢後，信士去洗了澡，速速就寢。孩子們在座席開心地享用信士帶回來的點心，因為久未吃到甜甜的巧克力而興奮吵鬧，然而，當他們拿起手機，旋即換上嚴肅的表情。

——這種時候蒐集資訊很重要。

友樹常把這句話掛在嘴邊。聽說發生大型災難時，社群媒體上有許多實用資訊，不過這幾天似乎連網路都變得很難連線，雪繪沉著臉說，可能是伺服器被塞爆，不知多久才能恢復連線。關於網路，我和信士都不熟。

「我也失敗了，傍晚前明明還能用。」

「工程師已經盡力了吧，現在大家光照顧自己就忙不過來，這些人還願意修復就很感激了。」

「江那，NHK開始播新聞囉。」

雪繪打開電視機。距離首相記者會已過八天的夜晚，電視台只剩NHK仍勉強在早晚時段播新聞，由不是主播的一般工作人員口齒不清地念著政府和對策室的新聞稿，內容跟昨天大同小異。

如今全國各地都發生了恐攻等級的暴動，移動時請務必小心。集體自殺一再發生，請國民懷抱希望、互助合作。——與其說是新聞，感覺更像心靈喊話。面對世界末日，所有人都變回了手無縛雞之力的幼童。

「你們兩個，網路不要看太多，不然會瘋掉。」

我一邊洗米，一邊朝座席大喊，友樹轉過頭來。

「不全是壞消息，裡面也有 YouTuber 上傳的搞笑影片，還有藝人開的 Instagram 直播，一般人也能用 OpenChat 鼓勵彼此，裡面最有用的就是推特，可以按照區域查詢最新資訊，不過也很多假消息。」

「拜託你說日語。」

「媽，你太無知了，掌握消息很重要耶。」

「掌握之後沒有對策，還不是一樣。」

「不然，媽，你都在幹麼？」

「看也知道，在弄明天的早餐啊。」

友樹嘆氣搖頭。這幾天他真的給我騎到頭上了。面對即使努力也束手無策的浩劫，我們能做的只有盡量延命，除此之外別無他法。要活命就要吃東西，我已經做好即使犧牲別人也不會讓孩子餓肚子的覺悟。

我趁孩子們上網時去二樓鋪床。為了不吵醒信士，我盡量輕柔地鋪著棉被，他翻了個身說：

「……你們要睡了嗎？」

我說「嗯」，信士馬上起身，脫下過小的睡衣，換上襯衫與長褲，我問他要出門嗎？他說要去守夜。

「我趁打劫時去附近繞了繞，發現波光教的分會離這裡很近，走路就能走到。」

我想起午間的騷動。

「不要過度樂觀，情況只會越來越糟。」

信士告訴我，棄置在國道上的事故車輛多到無法忽視，漸漸擋住去路，使塞車情況加劇。除了車子，還有被撞死的屍體。車站附近充斥不良分子，攜帶大包行李的避難家庭慘遭暴力集團打劫、搶奪食物。連寧靜的住宅區都開始淪為失序地帶。

當天夜裡，友樹睡走廊對面的和室，我和雪繪睡小孩房。等雪繪的鼻息變得規律，我悄悄溜出被窩。

我走到廚房，打開冰箱拿出啤酒，在托盤上放了兩只玻璃杯。推開大門，隨即看見盤腿席地而坐的信士背影，模樣挺像守城的武將，害我忍俊不禁。

「怎麼了？」

信士回頭，我回「沒事」，抱膝在他身旁坐下。信士看見啤酒和杯子，揚起嘴角。我們沒有特別乾杯，一起喝了啤酒。今晚很明亮，澄澈的夜空上浮現橢圓形的白色月亮。

「你那玫瑰花是從哪找來的？」

突然被問，信士並未流露詫異，皺眉說「那個啊」。

「附近的花店找來的，我查看店內時，發現鮮花櫃裡有像樣的花，本來想直接拿走，結果一個老太婆衝出來，問我有沒有看見她家兒子。」

我嘆氣。

「是他吧，被我丟到河裡的傢伙。」

「大概吧。」

「她說昨天也有一組家人來找花。」

這次換我皺眉，猶豫該怎麼回答。

「因為這樣，你白天才叫我不要再殺人，對吧？」

我垂下脖子，不知道該怎麼說。

信士沒有追問，我倆沉默地喝著啤酒。

「本來今天有更多食物，但我留在花店了，老太婆見了眉開眼笑，說櫃子裡的花統統送我，我明明沒跟她要。不過我想，如果被她兒子殺死的老夫婦的墳墓上，能供上他母親送的鮮花，或許能稍稍減輕兒子的罪孽吧。」

「你也算是做了一件善事。」

「哪裡算？那老太婆要是知道自己跟殺死兒子的凶手道了謝，肯定很想一頭撞死。」

才不會。但我沒說出口。

「而且說到善行，我想不管我做得再多，都是杯水車薪。」

「信士，不會——」

「畢竟，我一共殺了兩個人。」

信士的視線往下落到盤腿的地面。

「那天，是那傢伙女兒的生日。」

那天是指哪一天？我心想，但沒有追問。

「我在公園埋伏，然後在公園的廁所裡殺了他，走出來時，撞見他的情婦帶著女兒。他女兒才讀國小，疑惑地探頭問『爸爸呢？』，總覺得她跟花店的老太婆有點像，不，其實完全不像，但微妙地重疊了，」信士皺眉，「真奇怪啊。」

也許他真的不清楚，但本能性地嗅到了不相似的兩人，身上散發出相同的氣味。信士大概意識到了自己的罪，就算沒有太多自覺，今後這股罪惡感也會繼續折磨他吧。

儘管時間只剩下一個月——

「我很笨，很多事都搞不懂。」

「我也是啊。」

「比我好多了吧。」

「我也這麼以為，但似乎不是，」我飲盡杯中剩下的啤酒，「我從父親身邊奪走了兒子，也從兒子身邊奪走了父親。」

「沒辦法，有我這種暴力父親，你也——」

「不，我會逃走不是你的錯，是我自己太軟弱。我也是直到最近才發現，我仍擺脫不了兒時家暴的陰影。」

平時明明忘記了，有時記憶卻會如同浮沫般，從心裡深處浮現，裡面還摻雜了自己的天真與不足，想必在我有生之年，這些浮泡都不可能撈完。

「這是當然的啊。」

信士維持盤腿坐姿，手向後撐地，仰望夜空。

「就跟幸福的傢伙常常談起快樂的童年一樣，他們也只是忘不了。幸或不幸，都只是記憶罷了，差別只在回想時會開心或生氣。無論是我還是你，或是其他人，會永遠記得這些事，應該很正常吧？」

儘管感到不公平，但不管說再多都無法改變過去。我們只能背負起這些東西——曾有一個男人被我們丟進河裡、那個男人也有關心他的母親，以及我們曾被雙親毆打的事實，繼續活下去，如此而已。然後拚命地游、拚命地游，努力游到臨終的岸上。

「我不希望友樹和雪繪也需要背負這些。」

「他們不會。」

「難說，友樹從小寂寞，雪繪的父母不是親生父母，他們從很小開始就背負重擔，其實很可憐。」

「重擔嗎……」信士苦笑，「那麼，由我們替他們扛吧。」

「有辦法說扛就扛嗎？」

「誰知道？不過，我們畢竟是做父母的啊。」

我從未想過會從信士口中聽到這些話，因此吃了一驚。如今，我們肩並著肩，抬頭望著白燦燦的月亮。原來我們已在不知不覺間，來到如此遙遠的地方。我心裡感到莫名欣喜。

異常的日子過久了，也會漸漸培養出習慣和節奏。

夜裡，我會趁孩子睡著時悄悄溜出房間，和信士聊著孩子白天時的模樣，與從前的大小回憶。除此之外，三餐大家一起吃，我找時間做家事，信士負責調度物資，孩子負責蒐集情報。

今天吃完午餐後，兩個孩子又啪噹坐下，上網搜尋新聞。每天世界各地都會發生暴動，波光教引發的恐攻只是微不足道的其中之一。

「這些人主張的『淨化之光』，根本救不了任何人啊。」

「可是具體來說，神的救贖到底是什麼呢？難道不是破壞嗎？」

「不是有一句話叫，有形之物終有毀壞的一天？」

「諸行無常，佛教說的。」

「所以，波光教其實是對的？」

「不對吧，不過，也許可以用諸行無常的變相版來解釋。」

電視台的無線電波已失效，網路也一下連線一下斷線，相當不穩定，還能用的智慧型手機和電腦成為人們不惜廝殺也要搶奪的物資。我們家雖然備有電池與太陽能式的充電電池，但我提醒孩子，上網務必節約使用。是說，昨天東京發起了高中生革命，友樹和雪繪似乎相當興奮。我在深夜的啤酒時間跟信士聊著這些事。

「已經沒有需要打倒的政府，革命要幹麼？」我說。

「我們年輕時也常做沒意義的事啊。」

「正確來說，是老做不該做的事。」

我和信士相視而笑。即便在這種時候，孩子們仍想試圖改變什麼。我的心情莫名暢快，一次喝了兩瓶本來說好只喝一瓶的珍貴啤酒。

隔天下午，友樹賣力地替老夫婦的墳墓周圍除草，我和雪繪一邊揉著晚餐要吃的蕎麥，一邊用蜂蜜和砂糖熬煮信士帶回來的過期乾蘋果。

「媽、藤森，你們看，有蟬耶！」

友樹從後院飛奔進屋，雪繪發出尖叫逃到榻榻米座席。

「不要把蟲拿進廚房。」

「抱歉，因為很難得啊。看，已經秋天了還有蟬！」

「不用給我看，所有昆蟲都是蟑螂的親戚。」

「啊——啊——啊——」雪繪躲在座席摀住耳朵大叫，似乎很害怕聽到蟑螂一詞。

友樹不滿地嘟嘴，把蟬收進口袋，我很想叫他別放進口袋，萬一放到忘記，我在洗衣服時跑出來怎麼辦？

「媽，你在煮什麼？我在後院都聞得到一股酸酸甜甜的味道。」

「糖漬蘋果。」

「借我吃一口。」

我有點在意口袋裡的蟬，不過仍用湯匙舀了一口餵他。

「好吃，是甜點。」

「我會在三點的點心時間端出來，配著儲備的鹹餅乾吃一定超好吃。」

我一說，友樹馬上綻放笑臉。

「最近的媽好像『媽媽』啊。」

「嗯？」

「三點的點心時間啊。」

友樹邊傻笑邊走去院子。望著友樹十七歲的背影，我想起了還是小寶寶的他、幼兒期的他、小學生的他，以及國中生的他。

——好像「媽媽」啊。

是啊，儘管遲了這麼久。我喜極而泣。過去的我忙於工作賺錢，沒有好好陪伴友樹的童年。友樹總是獨自返回空無一人的公寓，等我回家。我一次也沒替他做過三點的點心。

——雖然遲了點，但還好有趕上。

我輕輕攪拌鍋裡熬煮的果實，加入一小撮鹽巴提味。

傍晚時分，信士回來了，肩上扛著一大塊硬邦邦的冷凍牛肉。不知不覺混出感情的打劫夥伴告訴他，郊外有一座食用肉品管理倉庫，他便去了一趟。

「太強了，感覺可以來烤肉耶！」

友樹和雪繪的情緒嗨翻了天，他們和四十歲的大人組不一樣，還在飢腸轆轆的發育期，只吃蕎麥麵和飯糰大概不夠吧。這種時候有得吃就該心存感激，不過看到一大塊肉，還是很讓人興奮。

「爸，你看你看，這是我的戰利品。」

友樹遞出一個小盤子，盤子上面罩著玻璃杯，裡面有隻蟬。雪繪再次發出尖叫逃走。

「這種時候還有蟬啊。」

信士好奇地打量被困住的蟬。我不知道那有什麼好看，只覺得很噁心，並叫友樹快點把蟲丟掉，結果——

「女人就是女人。」信士嘆氣搖頭。

「女生不懂昆蟲有多帥。」友樹一搭一唱。我把頭一撇，不看那隻微微震動的褐色昆蟲，這對父子在我身邊大談蟲子的話題之後，信士說「好啦，把牠放走吧」，友樹不滿地大叫「咦」。

「沒辦法啊，這也是蟬的倒數一個月。」

信士拿著裝蟬的盤子站起來，友樹理解之後跟了出去。

「不知道他們在幹麼，跟我家爸爸一點也不像。」躲在座席角落的雪繪膽顫心驚地說。

我端著煮好的糖漬蘋果和茶來到座席。

「你爸爸是醫生，對嗎？」

「對，祖父和曾祖父也都是醫生。」

「那當然不一樣啦。」

「是這樣嗎？」雪繪看似不滿地捏起糖漬蘋果。

「你後來還有跟家裡聯繫嗎？」

「有，用LINE。」

她有個別跟爸爸、媽媽，以及那個名叫「真正的孩子」的妹妹傳訊息。媽媽問她為何不回家，爸爸訓她到底要不要回家，妹妹傳了哭臉貼圖求她快點回家。這些是雪繪垂下眼簾告訴我的。

「光看文字其實挺窩心，感覺爸媽和真實子是真的愛我，我們就像真正的一家人，我還滿高興的，」雪繪頓了頓，「所以，我不想聽見他們的聲音，不想看見他們的臉。」

我默默聽她說下去。

「因為實際聽到聲音、看見臉孔，會得知多餘的資訊。」

愛情也需要保持適當的距離，有些人離得越近感情越好，有些人則不然。與其變得憎恨彼此，不如別見面。

「我很高興有江那和叔叔阿姨陪伴，」雪繪托腮微笑，「如果沒有你們，我就孤苦伶仃了。」

她保持微笑，一滴水滴沿著長長的睫毛，啪嗒地滴落桌面。

我輕摸雪繪的黑色秀髮。她是我的寶貝兒子所心儀的女孩。手掌傳來與友樹不同的柔順髮觸。每當雪繪發出抽噎，水滴便啪嗒啪嗒地連續掉落。後門打開，兩人來到座席。

「咦，藤森，你怎麼哭了？」

「這是在欺負媳婦嗎？」

我拿起桌上的抹布丟信士。

「藤森，你沒事吧？我媽真的在欺負你嗎？她其實面惡心善，不過請放心，我會站在你這裡哦。」

友樹努力安慰，雪繪擦了擦眼角，笑說「不是啦」。

距離小行星撞擊地球還有十天。

世界朝著混亂及破壞的方向急速下墜。

最近屋外飄著濃濃的臭味，因為沒人收垃圾，路邊堆滿了腐臭物。廚餘和湯汁倒還好，屍體的臭味讓人無法忍受，友樹和雪繪出門時會用絲巾圍住口鼻代替口罩，信士照樣若無其事地出門亂晃。

殺人和自殺變成家常便飯。我們所在的區域還沒斷水斷電，中間曾一度中斷，不過很快便修好。我很訝異這種時候還有水電廠的員工在搶修線路，聽說有人做了自動更換的修復系統。

「最後能仰賴的還是機器啊。」

「但如果被破壞的是電線桿或水管的頭尾就完蛋了，而且網路伺服器當掉，也只有工程師能修復，真的超感謝他們。」

友樹和雪繪做出膜拜手機的動作，彷彿手機是此時此刻的神。

對這些網路世代的年輕人來說，網路是足以和現實世界匹敵的另一個世界。在網路上不用在意現實中的身分，能跟沒見過面的名人在社群上互動，還能擅自加入各種議題來刷存在感。

「那種人叫網路小白。」

「不過，當現實世界崩潰時，還能在虛擬世界收發資訊，很厲害啊。」

雪繪崇拜的女明星 Loco，也持續在一個叫 Instagram 的社群媒體開直播，公開最後一場演唱會的最新進度。不只 Loco，全世界的明星，甚至連羅馬教皇都在開直播，我隨口說「教皇唱什麼歌啊」，害他們笑出來。

正面的活動挺多，消極的活動也不少，以比例來說是後者居多，不斷有笨蛋開自己的死亡直播。如果只是跳樓就算了，聽說還有那種開車撞人、把電線桿撞斷，拿附近的電路供應陪葬的麻煩製造者。

今天我們也在附近散步，沿著河堤走，順道去採供奉老夫婦的加拿大一枝黃花，結果在茂密的草叢間發現了已經不能稱之為人的物體。一對年輕情侶用繩子綁住彼此的手腕倒在河堤邊，變成灰色的皮膚上聚集了大量蒼蠅。

信士啪沙啪沙地撥開花叢，友樹和雪繪害怕得皺眉，但仍保持冷靜，默默跟在信士身後。即使不願意，所有人多少都適應狀況了，或者該說麻木了。

「藤森，這裡超多蟲，你別過來比較好，在那邊攤開報紙吧。」

「嗯。啊，江那，右邊那束比較漂亮。」

雪繪聽從友樹的指示行動，友樹也聽從雪繪的指示行動，兩人的默契好得不得了，我面帶微笑地望著兩人，屁股突然被人拍了一下，信士抬了抬下巴要我過去。我跟著信士走到一邊，同時提醒不要離孩子太遠。

「反了啦，拜託離遠一點，你也稍微顧慮一下孩子的心情，」信士厭煩地回頭瞪我，「你整個白天都在家，晚上又讓他們分開睡。」

「你有意見？總不能讓他們一起睡吧。」

信士咂舌，從「我說啊」破題。聽說，他前天調度物資回來時，偶然在附近公園瞥見友樹和雪繪，他們一起坐在熊貓彈簧搖搖椅上，一人各戴一支耳機，用手機愉快地聽音樂，一邊輕搖彈簧。

「模樣看起來有夠呆，不過，讓人想一直看下去。希望他們可以永遠像個小朋友，開開心心地玩搖搖椅。」

我想告訴他，這就是珍愛的心情。

「我發呆了一下，他們往反方向的出口走去，走路的時候，友樹做出奇怪的動作，一下伸手、一下縮手，我馬上看懂，差點大叫『快上啊』。磨磨蹭蹭了大半天，他才握住雪繪的手。」

我吃了一驚。握手啦？然後呢？

「雪繪讓他握著手，兩人並肩散步。」

真的假的？我學年輕人雙手扶臉，信士也難得感到害羞。

「我很高興多了個女兒，不過照這樣看來，應該是多了媳婦吧。」

「你想要女兒嗎？」

我光把友樹一個兒子帶大就累慘了，如果多了個女兒，生活會是什麼模樣？我想像了一下自己和信士、兒子、女兒共組的四人家庭，這些都只能是夢了。

煮晚餐時，友樹來到廚房。

「媽，我想商量一下。」

他說話扭扭捏捏，不知在幹麼。

「那個，今晚啊，可以交換房間嗎？」

結果飛來一顆直球。

「雪繪說ＯＫ嗎？」

以防萬一，我確認道，怕是友樹自己先偷跑。

「嗯，是雪繪提議的。」

意外大膽啊。我被迎頭敲了一記，不過事到如今，也沒有理由反對。

「明白了，那從今天開始交換房間吧，信士那邊由我去說。」

「那個，若是不方便，我們也可以睡樓下座位哦。」

「說什麼蠢話，不管怎樣，第一次都不能在座位吧？你也替雪繪想一想。」

「想一想？」

「你們不是要親熱嗎？」

友樹的眼睛張到最大。

「不是啦，我是在說你跟爸啦！」

「什麼東西？」

「你不是每晚偷溜出去跟爸聊天嗎？剛剛在河邊氣氛也很好啊，我和藤森有在顧慮你們哦。」

正當母子雙方都感到無奈時，信士從二樓走下來。

「友樹，走，去特訓。」

「啊，好——！媽，反正就是這樣，你不要亂誤會！」

「那是我要說的吧？是說，什麼特訓？」

「我請爸爸教我怎麼打架。」

「學那要幹麼？」

「為了變強。」

明明只剩十天——我把無謂的話語吞回去。

「最近藤森情緒不太穩定，剛剛也是話講到一半就哭出來，所以我下定決心，絕不讓她感到害怕，為了再保護她十天，我必須變強。雖然沒辦法保護她活下來。」

「你自己不怕嗎？」

「當然怕，可是，跟之前和平的世界相比，我比較喜歡現在的自己，之前我常有想死的念頭。」

友樹輕描淡寫丟來的話語深具重量，衝擊我的心。

「現在我已經不想死了，可惜也只剩下十天了。我很難過，也很害怕，儘管情況不樂觀，我還是覺得自己稍微進步了。如果世界沒有變調，也許我能活到七老八十，但可能到死都無法體會這種心情吧，」友樹害羞地摸摸鼻尖，「這樣到底是哪邊比較好呢？」

我無法回答，友樹也不是在跟我尋求答案。

「反正都要死了，媽，你就不用再顧慮我們，好好跟爸親熱吧。」

目送友樹踏著闊達的步伐走出去之後，後門打開，雪繪探出頭。

「阿姨。」

她剛剛在打掃院子，替墳墓供上新鮮的黃花，手上拎著裝了枯萎玫瑰的塑膠袋。

「我也會替你跟叔叔加油。」

雪繪微笑說，我只能把雙手舉在胸前表示投降。

不管剩下十天，還是剩下一秒，**正因為他們能夠專注看著須臾的未來，才令人感到**

無比耀眼。我覺得很驕傲。友樹和雪繪就是我和信士的太陽。

距離人類滅亡剩下四天時，我們準備出發去看Loco的演唱會。

本來預定開車過去，但不久前有人縱火，引燃汽油發生爆炸。如今也沒有正常的路可以走，有車恐怕也派不上用場。大馬路上塞滿了事故車的殘骸，以及無人收拾的屍體，現在連住宅區也淪陷了。

花店隨後發生了火災，燒得只剩下柱子。不知是被縱火，還是引火自焚，現場遺留燒焦的痕跡及人形黑炭。我和信士請孩子看家，拿著塑膠布將可能是阿姨的黑炭小心包起，放入那條阿姨的兒子被推落的河川。我們沒有資格為她禱告，只是目送她被河水帶走。

昨晚，信士打電話回老家，沒接通。我家也是，不知是手機沒電，還是死了，也許只是喝醉睡著了。

我和平時一樣做了早餐，大夥兒一起雙手合十說「開動」。這是最後一頓溫暖的飯菜。飯後，大夥兒一起打掃了屋子，把樓梯到柱子都仔細地擦過一遍，最後將附近採來的雜草供在老夫婦的墳前。

「老頭子、老太婆，這段時間受你們照顧了。」

「爺爺、奶奶，謝謝你們的幫忙，讓孩子們有了溫飽。」

「蕎麥和米都很美味，感謝招待。」

「這裡是很舒服的家，謝謝你們。」

信士、我、友樹和雪繪，依序向老夫婦合十道謝。

接著按照信士、友樹、我和雪繪的順序，將座席上的四個大背包由大到小背起，背包裡塞滿了四天份的儲糧及日用品。演唱會會場就在隔壁市，距離並不遠，但我們假定中途會遇到狀況，所以抓了較長的移動時間。

「那麼，出發！」

走出去時，友樹說。這句話比再見更動聽。

我們行過廢棄的街道，沿路盡是遭到破壞、室內裸露的房舍，有些區域甚至被嚴重縱火，燒盡了整排的房屋。燒剩的木材可以用來炊飯，除此之外遺留無盡的垃圾，沾了汙泥又被風乾的塑膠袋隨風翻飛。

——才一個月，就變成這副德性。

停水之後廁所無法沖水，街上被穢物的臭味覆蓋。因為也不能洗澡，體臭和屍臭混在一起。我們用衣服代替口罩遮住口鼻，只有信士不以為意地走著。

一位小女孩獨自坐在燒毀的屋子前，臉上和衣服都被燻黑，附近沒看見她的家人。

小女孩抬頭望著我們，伸出雙手。

「飯。」

她的雙眼空洞無神。

「媽，可以給她東西吃嗎？」

友樹停下腳步。我奮力咬牙。

「餓肚子的孩子到處都是。」

信士說。是啊，我們無法分給所有人。

「我的份就好。」

友樹從背包取出預備的便當，女孩一把奪過，拆開包裝。一共是三個梅乾柴魚飯糰。女孩用漆黑的雙手抓著飯糰，如野獸般無言地狼吞虎嚥，幼童應有的可愛已不復見。

我們繼續前進。信士沒說錯，到處都是餓壞的人，走到一半，友樹和雪繪便低下頭，盯著自己的鞋子前進，似乎明白了不管再怎麼給，自己擁有的食物都不可能夠用。

信士擠著眉頭，不時轉頭、朝旁邊威嚇，保護我們不受危險侵害，其中包括乞討的孩子。平時負責上街調度物資的他，想必一直看著這副光景，但在孩子的面前，他只說一些無關痛癢的事。

我發過誓，絕不讓孩子挨餓。早在世界變調之前，我便如此發誓。如今，我越想保護自己的孩子，就越需要捨棄其他事物。

走在崩壞的街頭，我不禁思考，和平世界所宣揚的無私之愛到底是什麼。那種半吊子的東西無法拯救世界，因為這樣，人才有了信仰，認為這是神的職責，如今神明卻背棄了街頭上的所有人。

不，這是在推諉塞責。擅自期待、擅自崇拜，知道沒用就惱羞成怒。自私如我，只能用力握緊背包的背帶。

我會盡力保護被神捨棄的我家孩子，直至最後一刻。

下午，我們選了杳無人跡的地方吃飯，因為友樹把便當分給了小女孩，所以我們四人平分了三人份的便當。信士單手抓著飯糰，一邊將手機地圖亮給雪繪看。

「會場在這裡沒錯嗎？這是大阪治安最差的地方耶。」

「不會錯的，這件事在粉絲之間很有名。」

Loco 並未公開本名和生平資料，靠著一股神祕感走紅，但上網搜尋不難查出她的資歷。聽說 Loco 曾用櫻庭美咲的名字當過偶像，我聽了頗訝異。她似乎還會邊跳舞邊露內褲呢。

「Loco 總是面無表情，臉色又差，那樣要怎麼當偶像啊？」

友樹說。但雪繪回「她唱歌的時候力道很強勁哦」。

「我看過她在偶像時期的影片，當時她很愛笑，還會穿可愛的蓬蓬裙呢。」

「欸——真的啊？不知道哪邊才是真正的她。」

四天後就是世界末日，兩人卻聊著喜歡的歌星。不過，我和信士也是啊。一九九九年，恐怖大王即將降臨的七月天。

——如果明天就是世界末日，我要跟喜歡的男人在一起。

——喝酒、吃美食，和你做愛。

當時我們還年輕，信士是個只會打架的小混混，我則是廉價的陪酒女。距離當時又過了好多年，這次世界末日真的要降臨了。我側眼望著信士，理所當然地，他老了。我忍不住問：

「信士，臨終前你想做什麼呢？」

「喝酒、吃美食，陪在你跟友樹和雪繪的身邊。」

信士無所謂地回答著，答案和從前一樣。「會實現的。」我笑了。背包裡裝著為了迎接最後一刻而準備的壓箱啤酒與下酒菜呢。

「你呢？」

換他問我。我也給了差不多的答案，和喜歡的男人與孩子在一起。

感覺我們辛苦地繞了好多圈，最後回到了原點，真傻啊。不過，這一圈若是少了任何巧合，恐怕都無法促成「現在」吧。我感到既諷刺又覺得珍惜，此時，一個男人從馬路對面走來。

他用衣服包住整張臉，一靠近我們便突然衝過來，我反射性地護住友樹，信士將他踢倒。包住臉的衣服翻起，露出燒傷的臉頰及脖子，發皺的深褐色皮膚還勉強黏在臉上。

「我好心饒你一命，你是特地來向我道謝的嗎？」

是那個朝店內投擲汽油彈的波光教信徒。

「你們汙辱了教主，神絕對不會原諒你們的！」

男人趴在地上，毛細血管破裂的一雙紅眼瞪著信士。

「不原諒也沒關係，反正四天後全部都要結束了。」

「閉嘴！你們以為愚不可及的自己，如何能以幸福家庭的形式邁向死亡？是教主隻身扛下了世間的所有罪業——」

「幸福的家庭？」我忍不住反問，「你說，我們看起來像幸福的家庭？」

我蹲下來，扯住男人的瀏海，逼他抬頭。

「現、現在才想請求原諒是沒用的！」

「不需要。快回答我，我們看起來像幸福的家庭，是嗎？」

我再次逼問，男人困惑地眨眨眼。

我凝視這個臉爛掉的男人，心裡有一股難以言喻的情緒湧上來。

為了討生活、抱憾長大的兒子，兒子愛上的女孩，以及十八年前分手的暴力男。如此荒謬的組合，在這個男人的眼裡竟是幸福家庭，而且他還自稱是神的從僕。我聽了更加愉快。

孩提時代，我曾經有過夢想，長大之後要離開垃圾場般的家，與深愛的男人結婚，假日時全家一起去動物園或海洋館玩。這只是極其平凡的夢想，時常出現在一般人的暑假圖畫日記裡，於我卻遙不可及，就像一次也沒玩過便收進玩具箱裡的夢。時至今日，我才驀地回想起兒時的夢，不禁抬頭仰望澄澈的青空。

再過不久，巨大的石頭會從天而降，我們統統會死。

可是臨終之際，我的身邊有深愛的男人及孩子。

——這樣到底是哪邊比較好呢？

友樹的問題，我現在仍回答不出來。我也害怕死亡，認為這是最差勁的死法，心裡也依然認為血緣的羈絆並不可靠。

但是，即使如此，此時的我卻感受到無上的幸福。

在正確又和平的世界裡，我最想要又最憎恨的東西，慢慢在這個瘋狂的世界融合在一起。在神創造的世界裡無法實現的夢想，竟然在神想摧毀的世界裡實現了。神啊，祢也太矛盾了吧？

來到緊要關頭才滑壘成功，這是慈悲，還是懲罰？我並不清楚，但卻開心得想笑。實際上我真的在笑，一邊大笑，一邊感到無窮歡喜。我對著男人說：

「幫我跟神說聲謝謝。」

臉爛掉的天使畏怯地看著我。

第四章

臨終之際

山田路子，二十九歲，殺死了自己的情人。

這人當真是我的男朋友嗎？事到如今，她只感到迷惘。身為一個擁有一切的歌姬，為何會感到如此寒冷？

+ + +

我在大阪一個治安不佳的地區出生長大，家庭並不富裕。還記得七歲生日那天，我跟父母要了鋼琴，他們給了我一台口風琴。我要的不是這種鋼琴——！即便我捶胸頓足、任性哭鬧，家裡也不可能變出錢來買給我，沒辦法，我只好用口風琴噗噗叭叭地亂吹，吹著吹著還真吹出了興趣來。小女孩就是如此單純。

我們是五人家庭，家裡有在居酒屋當店長的爸爸、在餐館當計時人員的媽媽、當起混混有模有樣的哥哥阿卓、預備當太妹的我，以及同樣預備當太妹的妹妹麻子，每個人都是自我主張強烈的大嗓門，一家子聚在一起，總是熱鬧到像在吵架。而我成功把種種缺點化作優點，日後闖出了一片天。故事是這樣開始的，某天，青梅竹馬波奇邀我：

「欸，我們來組樂團！路子，你嗓門超大，就當主唱吧。」

當時我剛升國中，正想效法「在混混界蔚為傳奇的卓哥」，走向極道之路。受卓哥影響，我常聽搖滾樂，加上個性也喜歡引人注目，所以二話不說就答應了。

我主唱，波奇吉他，小直貝斯，阿優打鼓。我們從小玩在一起，每個人都很愛現，因為懶得慢慢練習，演奏簡直遜斃了。不過，在當時地方舉辦的搖滾音樂節，我們依然開開心心地大鬧一場。模仿美國古早硬式搖滾所作的曲子就是酷，加上我們誇張的舞台表演，得到的掌聲比裝文青的花草系樂團更加響亮。這幾個人真白痴欸——大阪人就愛這一味，我們因此大獲全勝。

上高中以後，儘管演奏還是一樣矬，但我喜歡大聲唱歌，享受被舞台燈打亮的瞬間。吉他手波奇與貝斯手小直努力嘗試背帶可以拉多長（聽說越長越酷），鼓手阿優則拚命練習如何華麗地旋轉鼓棒。

高二即將放暑假前，我們成為日本高中生樂團大賽的大阪Ｂ區代表，一群人洋洋得意，覺得自己天下無敵。但天下哪有這麼好混，我們最後沒得獎就算了，也沒想到應該反省一下練習不足的問題，只知道把握第一次的東京觀光機會大玩特玩，就在那時候，一位可疑的大叔向我搭訕。

「小妹妹，你的歌聲很有力量，膽識也夠，在舞台上很亮眼。」

「你變成我的歌迷啦？要不要幫你簽名？」

大叔苦笑了一下，說「我是做這行的」並拿出名片。想不到大叔是某音樂製作公司的星探。四人頓時很興奮，結果大叔看中的只有我。

自稱高遠的大叔年約三十後半，說話速度很快，邊說邊不時用手帕擦汗，看起來實在不像會發掘未來巨星的狠角色，感覺倒像會在地下偶像的演唱會上出沒、大搖螢光棒的偶像宅，我不禁想像「想當巨星就要陪睡」的套路。

「高遠先生，你會付路子多少錢？」

波奇問。沒錯，先搞清楚簽約金再說。現在很多那種欺騙想進演藝圈的小女生，從她們身上把錢榨乾的無良公司。高遠說，因為還沒跟老闆談過，暫時無法回答，但他們給錢的方式不是簽約金，而是薪資。

「薪水大概領多少？」

波奇繼續問。「談錢絕不能馬虎」的浪速*商人魂持續炸裂中。

高遠一面冒汗，一面耐心說明。據說現在連在大型公開徵選會拿下優勝的超級新星也領不到簽約金；進修費、服裝費和雜費基本上由經紀公司負擔，薪水多寡則交由營業額來決定。儘管聽起來超級寒酸，但他不停搬出「你很有才華」、「你一定會紅」賣力說服我。單純如我，被人這樣一誇，漸漸就感興趣了。但是，這全是在指我的情形，跟其他團員無關。

「有夥伴能出道很棒呀！」

第一個祝福我的人是波奇。

「是呀，路子，去當超級巨星吧！」

「對呀、對呀，去大賺一波，請我們吃燒肉。」

小直和阿優也鼓勵我。

「去新地†吧，在超高級的店裡狂點高級牛肉，給他吃到飽。」

當時我們所能想到最高級的店，就是新地的燒肉店。吃肉的話題成功解除了尷尬，不知怎地，大夥兒擊掌約定以後要去吃燒肉。

「好，管他是新地還是銀座，我都帶你們去吃。」

包在我身上──我挺胸道，其他人如同被雷劈到，愣了兩秒才高舉雙拳，對著天空歡呼「銀座──」。見我們這麼呆，高遠先生也笑了。

接著，高遠不辭辛勞來到大阪拜訪我的父母，家人回答「既然這樣，我們就放心地把路子交給你啦」、「來乾杯」，現場馬上開起慶功宴。我的家人和任何人都能打成一片。

「那麼，我高中就不讀啦。」

做出宣言的當下，媽媽有小小抱怨「剩一年就畢業了耶」，但家人大多不在意，說「也沒啥不好呀」，事情就這樣定案。卓哥雖然也是高中退學，但透過學長介紹，進入當地的土木建設公司上班，目前是實習木工，可以期待未來加入高薪族群。

＊　大阪古稱。
†　大阪鬧區。

「路子，上電視時一定要打電話回家呀，媽媽幫你用力宣傳。」

「你要大紅大紫，幫家裡蓋一棟豪宅哦，路子大人。」

「到時記得委託我們公司蓋啊，我會把它蓋得金光閃閃。」

「姐，幫我跟Dorisora的遠藤俊要簽名。」

啟程當日，家人們來月台為我送行，七嘴八舌地說著自己想說的話，驚人的大嗓門聽起來像在吵架，路人紛紛瞥向月台，我早已習慣。

「不管有沒有上電視，我都會打電話回家的，交給路子大人吧！卓哥，房子蓋太閃很醜哦！麻子要簽名嘛，好！姐姐去幫你要個幾百張回來。」

我依序回覆，朝站在家人後方的樂團成員看了一眼。之前明明開開心心地說要去吃燒肉，此刻大家卻都淚眼婆娑，波奇還流著鼻涕。

「路子，要是感到辛苦，隨時都可以回來哦，我們樂團的主唱只有你呀。」

波奇從以前就喜歡我，但我只把他當成臭氣相投的童年玩伴，這件事其他人和波奇本人都知道。我用力豎起拇指。

「謝啦，我去一發致富啦！」

我朝著新幹線的窗戶揮手，告別了生我養我的大阪。

——第一章　山田路子時代　劇終

接著，第二章——偶像櫻庭美咲的黑暗時代揭幕。

「嗚哇，好彆扭的打扮。」

我看著鏡中的自己，哈哈大笑。超級蓬蓬袖、加了裙撐弄得輕飄飄的迷你蓬蓬裙、做為壓軸的大腿襪。我因為這套誇張的蘿莉塔服而大笑，走出試衣間，等候多時的高遠見了，「哇」地張大眼。

「太可愛了，美咲！」

高遠雙眼閃閃發亮，拿起擺在桌上的巨大玫瑰髮飾，戴在我頭上，接著退後一步，盤起手臂連聲說「很讚、太讚了」，一邊瘋狂點頭。

「呃，這是認真的？」

我問。他不假思索地回「當然啊」。

「為什麼啊？不是要玩硬式搖滾嗎？」

「放心，當然是搖滾。外貌宛如蘿莉的甜美偶像，玩道地的金屬樂團，這不是很棒嗎？不過一定要組團哦。」

「硬式搖滾、搖滾、金屬樂和組團全是不同的東西吧？感覺設定也是抄別人的。」

這已經不是炒冷飯，根本連飯都不是了。然而高遠說，公司已經敲定方向，團員共三人，成員也選好了，沙羅和真奈美是十二歲的在學國中生，美咲是團長，「要對外宣稱自己十五歲哦」。

「要和國中生組團？是說，我十八了。」

「美咲很可愛，說十五歲完全沒問題哦。」

「我知道啊，問題是，媒體去我的家鄉一問，馬上就破功了。」

「這就叫『公開的祕密』嘛。」

「遜斃了，拜託不要。」

可是，合約就是這樣規定的。高遠愉快地說著今後的規劃，我恍惚聽著，同時捏了捏輕飄飄的迷你裙。我竟然要以這身俗氣扮相，跟國中生同台唱歌跳舞，還要自稱十五歲？家人和朋友看到電視，不知道會怎麼想。我忍不住嘆氣。

——果然第一印象是對的。

初次見面時，我便覺得高遠是在地下偶像的演唱會上大搖螢光棒的人。實際問問這位我現在的經紀人，他說自己從青春時期就是偶像宅，夢想親手培育頂尖偶像，於是投身演藝公司。但我認為，愛做夢的人，通常不會太成功。

一如所料，偶像團體「Rabbit・Ra美rinth」*一點也不紅。

首先，名稱太俗氣了，只有「美」寫成漢字，完全不像令和時代的命名風格，甚至也不是平成會用的，有股濃濃的昭和味。就是要故意弄得俗氣可愛啊——高遠倒是洋洋得意，但我和沙羅及真奈美一致認為只是單純俗氣罷了，社會大眾應該也這麼想。

在家鄉許下的諾言，我一個也沒達成。本來以為很快就能上電視，結果被高遠痛斥

「太天真了」。多如繁星的偶像團體，全為了電視上那少少的名額而擠破頭，連我以為不會賣的深夜時段寫真偶像，銷售成績都比我們好。

回家掃墓及過年時，朋友們說完場面話「繼續加油哦」便轉移話題，點頭之交把我當白痴，只有家人和波奇這群好友瘋狂大笑「豈止不紅，根本不存在吧」。我真的愛死了自己的家人和波奇他們。

「美咲，來幫新曲試裝。」

日子毫無起色地過，唯有服裝的布料面積越來越少。洋裝上下分開，裙子短到不管如何遮掩都會露出內褲，上面接近比基尼泳裝，只能勉強遮住胸部。

「沙羅和真奈美是真正的國中生，不能穿太露，美咲，你是團長，請你多加油！這次再不行，就無法續約了，這裡一定要撐下去。」

老實說，我寧可被解約，但就是拗不過高遠拚命拜託的模樣。高遠是老派純潔偶像路線的信徒，賣肉不是他的本意，即使如此，他仍努力想把我們捧紅，基於人情道義，該還的總得還。於是，我努力露內褲、陪笑臉，結果還是不如人意，我痛切明白到幾個道理。

其一，努力不一定會有收穫。

＊ 把「兔子迷宮」的「迷宮」（labyrinth）套上諧音漢字「美」，語感類似「兔子美宮」。

其二，演藝圈只有鬼神能待。

其三，那些鬼神裡面，有一大堆不值得信任的傢伙。

「Rabbit‧Ra美rinth」被解約後，不知為何，只有沙羅個人的合約有更新。我們三人裡面，最受歡迎的分明是真奈美呀？太奇怪了。等「拉比拉美」最後的工作結束後，我在休息室安慰咬牙落淚的真奈美，她憤恨大叫：

「沙羅明明只會陪睡！」我愣住了，真奈美不悅地朝我一瞪。「美咲姐，你太悠哉了，沙羅跑去色誘高遠，你不知道？」

不會吧？沙羅是我們裡面最文靜的孩子，而且才國中耶？

「美咲姐，虧你年紀最大，也太單純了。」

「我才十九歲耶。」

「已經是老太婆了。」

真狠毒。真奈美邊哭邊咒罵沙羅，接著休息室的門被「砰」地推開，沙羅進來了，後面還跟著臉色鐵青的高遠。

「聲音大到走廊都聽得見，你說誰陪睡？」

「當然是你啊，不然還有誰——」

話聲未落，沙羅便走過去，甩了真奈美一巴掌，兩人互相對罵。高遠雖想居中制止，卻被真奈美怒罵「蘿莉控，少碰我」，嚇得往後退。我輕蔑地望著他，心裡在意的不是蘿莉控啦、公私不分啦，或是對未成年少女下手等正當理由，而是更令人火大的事情。

——搞了半天，你叫我脫，是想保護自己的女人？

縱使品味差、業務手腕乏善可陳，我還是想報答高遠發掘了我、曾對我有所期待。結果，他糟蹋了這份心意。這在演藝圈是家常便飯，真奈美說，有很多比高遠惡劣的人。鬧劇落幕，我只能慢慢接受體悟，學習變得更加成熟。

——第二章　櫻庭美咲時代　劇終

接著是第三章——流光傾瀉的 Loco 時代揭幕。

神話往往從本人沒意識到的地方開始。

做為櫻庭美咲的演藝生涯結束後，我依然繼續待在東京角落。人生初嘗慘敗，我沒有臉以落敗者的姿態逃回家鄉。就算無法一炮而紅，我也想抓住任何勉強算得上成功的機會來守住面子。

在櫻庭美咲時期，我為了吸睛不惜犧牲色相，曾經在地方活動和聯誼派對「當假客人」、負責炒熱氣氛。此外，我也開始在圈內人御用的高級酒吧打工。擅長帶動氣氛的我，成為受歡迎的酒店妹。就在某一天晚上，我接待了時下爆紅的新人樂團。

這個樂團在東北地區的獨立音樂節如彗星般奇蹟亮相——這是對外的宣傳詞，實際上，他們是某家音樂製作公司挑選長相和演奏實力尚可的新人，把他們的自創曲編成時下流行樂，由唱片公司重金打造、重磅推出的「企劃樂團」。

外貌看起來很時髦，成員感覺也彬彬有禮，但圍繞他們的工作人員不是普通沒品。這些人狂摸小姐的胸部和屁股，害大家只能尷尬地笑著，在心裡翻白眼。

「喂，你是『拉比拉美』的櫻庭美咲，對吧？」

滿臉通紅、酒氣沖天的男人湊上來打量我的臉，我裝傻說：「那是誰呢？」

「不惜露內褲還是紅不起來，真慘呢。不過，你會來圈內人出沒的酒店工作，想必還沒放棄明星夢吧？只要泡過一次演藝圈，之後就出不去了，我懂我懂。」

男人一邊摸著介於腰和屁股之間的位置，一邊感嘆著。

「我有朋友很喜歡『拉比拉美』哦，要不要幫你介紹工作？」

「真的嗎？」

我瞬間高興了一下，怎知下一個句子卻是「AV可以嗎？」，桌前發出爆笑聲。我沒有動怒，輕輕搖頭說「欸，AV真的不行啦」。

「可是，感覺可行哦。」

「你生著一張男人喜歡的臉孔呢。」

那到底是什麼臉？我還不宰了你！我在心裡咒罵，臉上笑容可掬。要是為了這種事情動怒，可當不了酒店妹。這群人裡，有個看似無聊、不停滑手機的男人喃喃說了聲「是嗎」，其他人突然靜下來注視他。

「對嘛，我就覺得好像在哪看過你，原來是『拉比拉美』的成員。」

男人坐在上座，應該是職位較高的人。

「素材本身很棒，但行銷手法太差勁。你運氣不好，沒遇到好的經紀公司。」

男人說著起身，儀態像個大人物，身材卻偏矮小。

「跟我出來一下吧，附近有好吃的壽司店。」

其他客人連忙跟著站起，男人氣勢十足地伸手一擋，示意他們繼續坐，接著牽起我的手，如同護送公主一般帶我出場。其他人滿心疑惑，那個羞辱我的男人格外忐忑不安。活該！我感到洋洋得意，只因為這點理由，當天晚上就跟男人上床了。我做夢也想不到，這會是神話的開端。

男人叫泉雅弘，是知名音樂製作人，也有經手幾個人氣偶像團體及樂團，那天晚上來酒店的樂團，也是在他的操刀下走紅。

「該怎麼說呢，花大錢包裝反而不紅的孩子還挺多的。」

「真的嗎？」

「大紅的機率只有〇・〇一%，普通紅的機率也只有一〇%，剩下那些失敗的，都是錢往水溝扔。」

「這麼難混啊。」

「當然啦，不過一旦大紅，賺到的錢也會以倍數往上跳。」

泉愉悅地笑了笑。我們泡在飯店的豪華浴缸裡，他從背後抱著我。這個大理石浴場跟我住的雅房一樣大，我還是第一次看到貓腳浴缸，忍不住學著貴婦，優雅地朝雪白香氛的泡泡吹氣。

「我也想大紅。」

「好好加油走紅哦。」

「答應我，你一定會讓我走紅。」

我半開玩笑半帶認真地說。自從在酒店和泉相遇後，我的命運產生劇烈變化。身邊不缺美女的重量級音樂製作人泉，不知為何對我情有獨鍾。

「想要我的愛，就要讓我大紅，不能食言哦！」

明年，由泉親自操刀打造的我，將以Loco的藝名重新出道。

「我有預感，Loco會紅。」

泉用一種意外平靜的語氣說著，我詫異地回頭，發現他換上音樂製作人的臉孔，眼睛盯著蒸氣裊裊的天花板。比起男人身分的甜言蜜語，這樣的保證更令我安心。

「要幫我寫出超酷的搖滾樂哦。」

「你為什麼喜歡搖滾？」

「沒有『為什麼』呀，我在大阪一直都有組樂團，被挖角時，我以為可以玩樂團才來東京的，誰知道最後變那樣。」

「你組的是哪種樂團？」

「模仿『毒藥』和『克魯小丑』那樣的風格，自己作曲。」

語畢，泉突然大笑，讓我很不舒服。

「太老氣了，Loco 這個世代的樂團不是這樣玩。」

「老才好呀，你只是覺得搖滾很俗氣吧？」

「不是，我年輕時有以搖滾樂團的身分出過唱片。」

「真的啊？」

我好奇地反問，結果——

「不過放到現在來看，硬式搖滾已經過氣了。」

他流露平時的淺笑，輕描淡寫地帶過。泉對任何事物都很冷靜，我想，那一定是個缺乏溫度又臭屁的樂團。

二度出道前，我被刪除了過往的人生經歷。

我出生於大阪治安不佳的地區、在家鄉組過白痴樂團、曾以櫻庭美咲的身分當偶像、穿蓬蓬裙唱歌跳舞露內褲這些事，統統都被當作不存在，我成為了神祕的女歌唱家Loco，脫胎換骨地出道。其實，我只是稍稍換了本名路子的念法，但我認為這種輕巧的命名方式，比什麼「櫻庭美咲」要帥多了。

「可是，隱瞞也沒用吧？只要上網搜尋不就穿幫了嗎？」

「如果你問我會不會穿幫，答案是會，你過去所有的經歷都會被人挖出來，現在這時代連畢業紀念冊都會放到網路上，大家看了照片就會發現眼睛的大小和鼻子跟現在不太一樣。」

「與其到時被攻擊，不如一開始就直接坦承，不是比較好嗎？」

「就算被肉搜出來，也只會在網路上引起迴響，你就忍耐一下吧。」

「最近還有藝人因此自殺耶！是說，那些人憑什麼亂罵人？會在網路上攻擊別人的人，在現實世界裡一定好不到哪裡去，還真好意思啊！」

「好了好了，別氣了，」泉安撫道，「舉例來說，某某某有整形是昭然若揭的事情，但會刻意去說的人並不多，對吧？因為不用說大家也知道啊，別人頂多回句『哦，對啊』就結束了，就算稍微說得惡毒了些，也不會引起話題。演藝圈人人都在整形，況且現在連一般人也拚命秀出用APP修過的照片，到處去說『臉長得不一樣』，只會惹人反感吧？」

政治人物和一般老百姓，也想隱瞞對自己不利的事實啊——泉笑著說。隱瞞謊言最好的方式，就是指出對方也騙人。這就是大家同罪的道理。

聊過以後，我在泉介紹的唱片公司經紀人的陪同下，去了整形專科。醫生說我本來就很可愛，稍稍整理一下會更美，為我開了眼頭、整了鼻梁，結果真的變成美得不像話。

「你誰啊？」

整形過後，我第一次和波奇視訊通話時，他嚇了一大跳。

「很美吧？」

「我比較喜歡原來的路子說。」

我不後悔整形，但得知世上至少有一個男人喜歡本來的我，莫名令我鬆了一口氣。

「是說，你過年要不要回來？叔叔阿姨很想你欸。」

「沒辦法呀，我年後就要立刻出道，現在正是關鍵時期。」

以櫻庭美咲的身分滑鐵盧慘敗後，我未能在過年時帶任何值得驕傲的東西返鄉。但即使是露內褲的時期，每逢我推出新歌，家人和波奇他們都會買好多張ＣＤ，並且鼓勵我「路子很努力了，路子最可愛，今年一定上紅白」。

「波奇，等著吧，明年我一定請你們吃新地最貴的燒肉。」

出道曲由泉親自操刀，此外，泉還包辦了所有企劃、組了新團隊。我成了一位充滿神祕感、華麗精緻、眼神深處埋藏孤獨的女歌唱家，即將被推出市面販賣。已經砸下重金包裝，要是失敗就完蛋了。我只能全力以赴。

在偶像時期習慣一看到鏡頭就會甜笑的我，這次收到的指令是「不能笑」、「要帶著一絲憂愁」。這實在不符合我的個性，但我努力適應。真正讓我痛苦的是減肥，儘管我一點也不胖，仍被命令要減十公斤，才能營造脆弱與憂愁的形象，為此我二十四小時都在餓肚子。

「必須懷抱把平凡的幸福統統賣給惡魔的覺悟，才有可能大紅。」

我認同泉的觀點。想要一樣東西，就要交出一樣東西；想要一百樣東西，就要交出一百樣東西，不付出犧牲就想成功的想法未免太天真。我想起在休息室五十步笑百步互咬的真奈美與沙羅，一邊努力吸著能量補充飲料，成功瘦下十公斤。

「還有，從今天起，禁止說大阪腔。」

即使達成一個目標，依然看不見盡頭。

「為什麼啊？」

「太有親切感，就不神祕了。」

我沉默下來。好吧，這理由我接受。為了防止放鬆時不小心冒出大阪腔，我盡量減少說話次數，加上因為全天候在餓肚子，我自然變得有氣無力，回過神來，我已成為能夠輕易鑽進團隊打造的容器「歌姬 Loco」的女孩。倒映在鏡子裡的 Loco 身上，僅剩些許山田路子的殘影。

「哦，對了，以後第一人稱不要再用『あたし』（atashi）了，要用比較得體的『わたし』（watashi）哦。」

最後，終於連「我」都消失了。

「我還以為會更有爆炸性呢。」

我將下巴泡在飯店浴缸的泡泡裡，不自覺地咕噥著。

「已經夠亮眼了，不是嗎？」

泉身披浴袍，端著客房服務點的香檳和水果進來。我凝視從細長的杯腳浮起的金黃色泡沫，啜飲一口。

「只是『以新人來說』成績不錯。」

「但Loco的確是新人，不是嗎？」

泉將一顆草莓丟進我的杯子裡，試圖安慰我。

公司雖然砸下重金行銷，但為了保密身分，基本上還是從口耳相傳去慢慢發酵，慢慢將這位傳聞中的「Loco」推上市面。在口碑加持下，我被評為「正統派」與「實力派」，出道曲也破例大賣——以新人來說。

在「拉比拉美時代」盼也盼不到的「上電視」，「Loco」輕輕鬆鬆便達成目標。在名主持人擔綱的黃金時段音樂節目登台那一天，我上了推特熱門話題排行榜第一名。看見的當下，我欣喜若狂，但得知許多帳號是公司花錢請人弄的之後，心情盪到谷底。

「Loco年紀不小了，還很純真呢。」

泉說了和真奈美一樣的話，我有點受傷。

「舉例來說，現在只要用推特搜尋『Loco』，就會一起出現『漂亮』、『可愛』、『Oricon公信榜』等關鍵字對吧？這是因為有很多人用這些字下去搜尋，不過早在一開始，公司就請那些合作帳號使用這些具有加分作用的字下去搜尋。」

除此之外，公司還請那些合作帳號用「個性差」、「討厭」等字眼去搜尋我的對手。

「大家都在做這種事嗎？」

「不是所有人，但這就是網路時代會動用的行銷策略吧。」

「可是，泉，你不是叫我不用在意社群媒體嗎？」

「是啊，身為話題的製造方，你什麼都不用管，就讓那些被釣中的人去跟風。控制與被控制、製造話題與隨之起舞，世界是由雙方所建立的。」

泉把一團白色泡泡抹在我的鼻頭。我闔上眼，告訴自己——我只需要接受泉的施予，我被人所愛，無須擔心。

——我過去所以為的世界其實充滿了謊言。

——泉給我看的才是真實的世界。

我有神一般的泉做為強力後盾，接下來必定一路順遂。然而，滿懷期待發行的第二張單曲也未能摘下公信榜冠軍，紅是紅了，但終究無法擺脫「以新人來說」這句枕詞*。要是發片時間沒有撞上資深樂團和國民偶像，應該早奪冠了。

「只是時機未到。」

「你說的時機是幾時？每天都有新人冒出頭呢。」

「對，我了解你的心情，Loco和她的粉絲的確應該焦急一下。」

我本來想找他理論，他卻只是微微一笑。我不懂他的意圖，快快不樂地將淡粉紅香檳一飲而盡。面對這瓶名字拗口、要價數萬元的高級酒，我已沒有絲毫感覺。我渴望品嘗更多甜美的滋味。

出道一年後發行的第三張單曲，我總算奪下心心念念的公信榜冠軍。這次發片日有刻意和強勁對手錯開，我拿下第一名也在預料範圍，高興歸高興，但感覺等到頭髮都白了，到手的寶座也蒙上了一層灰。

——終於啊。

這是我的真實心聲。為了營造神祕感，儘管人氣如日中天，我卻不常在媒體前露面，每次在社群上看見歌迷嚷著「好想多看Loco上電視」，我都會懊惱地暗忖「我也想啊」。每次電視廣告傳來銷量比我差的藝人的歌，都會加深我對泉及團隊的不信任。然而，聽說這全是行銷策略的一環。

＊　和歌裡用來冠在前面的詞，作用是補足音節、調整語調，並做修飾及聯想。

泉的計畫是慢慢餵養我和歌迷的期望，當期望膨脹至極限時，乘勢讓 Loco 一舉奪下公信榜冠軍，並且一口氣端出壓箱已久的全面企劃。

如今回想，宛如一場大爆炸。

產生的光之能量無可計量。

我化身光之洪流，世界被捲進耀眼的漩渦裡。

接下來的數年間，我的記憶曖昧不清。

本名與私生活成謎的神祕歌姬──連這老套的宣傳詞，放在 Loco 旁邊都顯得清新脫俗。發片當週登上公信榜冠軍是天經地義，巡迴演唱會門票連粉絲俱樂部的會員都是一票難求。連續兩年奪下唱片大獎，連續三年獲選為年度話題藝人，在 CD 難賣的年代連創百萬銷售佳績。等坐穩第一名之位後，又迅速減少曝光，利用飢餓行銷哄抬 Loco 的藝人身價。

我反覆著微整形，每次返鄉都被家人和波奇取笑「根本是別人」。

──女王也是意外會累的呢。

感覺就像一天二十四小時都穿著高跟鞋，起初旁人的目光能帶來快感，漸漸地，每走一步路，疼痛都會加劇，腳尖受到擠壓，久了連骨頭都會變形。即便如此，化身為時下女孩嚮往的歌姬，依舊令我暢快。對二十幾歲的女孩來說，這就像是某種藥物成癮，會產生抗藥性，需要更多的刺激。

食髓知味後，我開始自己作詞，把收到的曲子填上詞，用手機錄音，交給專業的編曲家編曲。連專業人士也稱讚 Loco 很有天賦，儘管知道是客套話，我也沒有餘裕感到羞恥。

無論如何揮霍，錢還是源源不絕地進來。我奢侈地追求著夢幻泡影，同時蓋了一棟豪宅送給父母，工程當然發包給卓哥的公司，這次不只幫麻子要了偶像簽名，還有偶像本人親自傳訊息給她；不用說，也請波奇他們吃了新地的燒肉。

名字和臉孔兜不起來的朋友大量湧現，我也一一回應他們的乞討。人們對我耳提面命，拘泥於小錢有損巨星風采。

也有人提醒我，富豪不能只是花錢，還要做社會貢獻。我開始捐錢給受災地區與慈善團體，因為找到有意義的花錢管道而如釋重負，此時又冒出許多聲音，說我偽善，我忍不住在社群上抱怨「那些愛找碴的人，自己捐錢了嗎？」，隔天這件事被媒體大肆渲染，回過神來，我成了網友口中的「炎上女王」。

所有事物都過剩了，但又似乎帶著一絲匱乏，而我無法停下腳步細思那是什麼。多數事物在尚未釐清的情況下，就被湍急的水流沖走了。

奇妙的是，我的腳不痛了，難道是因為腳底板的骨頭已經變成高跟鞋的形狀了嗎？抑或是我再也無法辨識疼痛了？我也變得不再笑了。人家說我態度傲慢，但我只是單純感受不到樂趣罷了。於是，我開始急切地尋找消失的樂趣。

我是眾星拱月的歌姬，應該會活得更快樂啊。

我每天都過得不開心，但這沒道理啊。

每天每夜，我縱情享樂，反覆尋找快樂的事物，黑眼圈也變得越來越深，漸漸地再也無法消除。

今年的全國巨蛋巡迴演唱會再度展開，這張票神聖到連加入粉絲俱樂部都難以抽到，形式上發行的一般門票更是秒殺。有人對我恨之入骨，有人愛我愛到無法自拔，兩種人於我都是陌生人。

「路子，大阪巡迴辛苦啦，謝謝你送我票，真的超讚啊！」

「謝謝捧場，幫我跟大家問好。」

上週剛結束大阪公演，我返回東京住處，準備迎來東京巨蛋終場演唱會。我已累到無力出遊，打了一通電話給波奇敘舊。和我仍保持聯繫的昔日舊友，如今僅剩波奇一人，阿優和小直開始上班後，和我漸行漸遠。

「南實感動到哭了耶，說要一生追隨 Loco。」

南實是波奇的太太，聽說兩人是職場戀愛，南實被派遣到波奇的公司之後主動告白，兩人遂開始交往，懷孕後順勢結婚。南實是個相當可愛、性格討喜的女孩。

「是說，你是不是又瘦啦？」

「相反，我吃太多，胖了一公斤呢。」
「那不是很好嗎？」
「才不好。」
「我不喜歡看到皮包骨。」
「你的喜好才跟我無關呢。」
「說話的語氣也很不舒服欸，超級做作。」
「你也差不多該習慣了吧。」
「習慣不來，路子還是說大阪腔比較帥。」
邊聊，我邊將視線投向窗外，外頭能望見東京鐵塔閃爍的紅燈。這裡位處東京都心，夜景璀璨耀眼，房租一個月要價六十萬元，這些錢對現在的我來說不痛不癢。我在豪華大樓的客廳裡，孤單地抱膝。
「波奇，答應我，永遠都不會變，好嗎？」
「那還用說，我永遠是路子的朋友。」
「既然這樣，為何把我的消息賣給八卦雜誌？」
「蛤？」
我拾起散落在長毛地毯上的黑白列印紙。這些紙是下週即將發售的週刊報導樣稿，上面刊登了我和某當紅演員的接吻照。如果只是這樣，頂多是篇隨處可見的熱戀報導，

問題是——對方已婚。藝人爆出不倫向來都是罪該萬死。

「跟他交往的事情，我只有跟波奇你一人說。」

「等等，不是我啦，難道不是那個男人去爆料的嗎？」

「怎麼可能？他有家室了，行事比我還小心翼翼。雜誌社的人跟我說，是從我的老朋友那裡挖來的。」

「真的不是我。」

「無所謂了，我只是想最後一次和你說話才打給你，」黑白樣稿從我手中輕輕滑落地面，「以後多保重，我不會再打給你了。」

我掛斷電話，本想直接刪除波奇的電話號碼，但怎樣也下不了手，最後只好把他設為拒接名單。如何設定我早已滾瓜爛熟。

自從私下出遊拍攝的照片在網路上流傳，我就變得不相信人性。把照片流出的傢伙或許沒惡意，只是把出賣照片當作和我吃喝玩樂的附加利益。那些人只想炫耀，未曾真正把我放在心上，這件事我早已領教到不想再領教。想要相信別人的心情，如同脆弱的樹枝，啪喀、啪喀地被一一折斷。八卦是人的天性，我能接受，但我沒想到連波奇都一樣。

——好想和人說話。

我滑著手機，通訊錄上有數不盡的電話號碼，然而當我真的感到寂寞時，卻沒有一個朋友能說話。無可奈何之下，我打電話回老家。

「喲，路子，好久不見，怎麼啦？」

電話那頭傳來爸爸熟悉的沙啞嗓音，以及嘈雜熱鬧的背景音。爸爸如常詢問「最近好嗎？有沒有吃飽呀？」，我也順勢回答「很好啊，有吃飽」。

「店裡生意好嗎？」

爸爸說「好得不得了呦」，語氣聽來應該是真的。

去年，父母實現長年的夢想，在老家一樓開了御好燒店。改建、重新裝潢和其他費用都由我出，和老家重建時一樣，交給卓哥的公司處理。卓哥已自立門戶，開了自己的公司。資金也是我出的。其他還有妹妹厤子的大學學費，以及其他不認識的親戚債務……林林總總的錢都是我付的，我無法一一記住，只是不停掏錢。即使如此，我也不感到心痛，反正賺的錢比較多，所以我也放棄思考。

「爸煎的御好燒是全天下最好吃的御好燒，要是東京也有分店就好了，我可以出資啊。爸、媽，你們也搬來東京，和我一起住嘛。」

我好寂寞——話語尚未脫口，爸便回我一句「阿呆」。

「大阪人才懂什麼是好吃的御好燒，東京做的那東西，稱得跟什麼似的，還一堆人搶著吃，那些人不識貨啦！再說，爸和媽的朋友都在大阪呀，朋友可是一輩子的寶藏，要好好珍惜哦！」

我剛剛才失去最重要的朋友。

「是嗎，那好吧。啊，下週終場演唱會的門票收到了嗎？」

「收到啦，你要在東京巨蛋唱歌嗎？」

「那叫演唱會，我已經幫你們訂好當天的飯店了。」

「謝啦，但我們不會去。」

「為什麼？」

「我們做餐飲業的，怎麼能假日休息呢？」

「一天而已，沒關係吧。」

語畢，爸爸態度丕變，壓低音量嚴肅地叫我「路子」。

「你是用這種敷衍的態度工作的嗎？」

「才不呢，我每天都很拚命。」

「聽好囉！路子啊，你是因為有許多人相挺，才有今日的成就，要好好感謝歌迷，不要人紅就得意忘形哦！每天懷抱感激的心認真打拚，爸爸就是用這種心情站在吧檯前，演唱會當天，我會在心裡為你加油。」

「可是，爸……」

來不及說完，爸就喊了一聲「歡迎光臨」，似乎有團體客進來，他匆忙丟下一句「好啦，加油啊」就掛斷電話。

我把喪失作用的手機捏在手裡，臉埋進膝頭。

我是大明星、有錢人、坐擁一切的時代歌姬、日本女生爭相模仿的範本。我被大家所需要，然而……

為何我會感到如此寂寞？

我用力咬牙，牽動的肌肉擠出淚水，沁染膝頭。如今只剩一股自尊心在支撐我，但是就連這股自尊心，也不像是我的東西，那是Loco的自尊，Loco是泉創造出來的。那麼，這裡的我究竟是誰？

手中的手機發出震動。

「等一下可以去找你嗎？」

我茫然地望著泉傳來的訊息。下週，雜誌將刊出我的不倫戀，想必風聲已傳入泉的耳裡。我和泉的關係業界人士都知情，我讓泉的面子掛不住，不知他會採取什麼反應？我會被捨棄嗎？

我在空調發威的房間裡冷得發抖，心變得好脆弱。我再三確認波奇有沒有打來。剛剛用那種方式結束通話，照理說他應該會打來道歉。但是，沒有。

就算被我設為拒接來電，應該也會留下紀錄。以防萬一，我解除設定，等他打來。最後，波奇沒打來，沒有其他任何人打來。

不久後螢幕自動上鎖，畫面轉黑。

等泉過來的期間，餐廳送來外燴。是泉安排的，餐點之外還附上香檳與玫瑰花束，感覺不像要來向我興師問罪。

「你怎麼了？眼睛紅成這樣！」

泉抵達之後，用著往常的態度輕撫我的臉頰。我無聲地擺好料理、打開香檳。因為不是在慶祝，所以我們沒有乾杯。

泉旋即打開電視。泉很喜歡看電視，熟知業界內幕的他，覺得看看表面是一件很有趣的事情。他會邊看邊笑，嘲諷「一般人什麼也不知情，那樣看電視哪裡有趣？」。泉盯著螢幕的雙眼十分冰冷，我甚至懷疑，他其實厭惡那些藝人及節目製作人。

「真罕見，是歌手『鯨魚』。」

夜間的正經新聞時段在播鯨魚特輯，單元叫「了解時代趨勢」。我沒上過這個節目。「鯨魚」是最近崛起的女性創作型歌手，留著黑直長的日式公主頭，穿著一條老土的牛仔褲，有一張彷彿擺在魚眼鏡頭下的大餅臉。

「自詡為清流，不是走大眾路線，不過感覺差不多要認真跑宣傳了？」

「不可能吧？她看起來是真的排斥人群，出道前放的都是自彈自唱的影片，不曾辦過現場演唱，認識的人跟我抱怨，光是要讓她接近主流市場就累慘了。」

此事我也略有耳聞。鯨魚乍看不起眼，個性也死氣沉沉，但她和自稱作詞作曲，實則得仰賴別人編曲的我不一樣，全部都是自己動手來。略帶沙啞的低音和鯨魚自己寫的

R&B曲風很搭，自彈自唱的吉他也技術了得。

我討厭鯨魚。啊——不只鯨魚，所有可能威脅Loco地位的新人我都討厭。我不是笨蛋，知道此刻的榮華不會持續到永遠，總有一天，我要把這頂王冠交棒給下一位歌姬。但我原先以為，那會是好幾年以後的事情。

鯨魚竄升的速度比我想的要快。我很焦慮，鯨魚卻依然故我，極少在媒體前露面，接受採訪時也只讓人刊登看不清長相的照片。好不容易累積了一點人氣，真傻啊。看著她時，我一方面感到安心，一方面也因為她漸漸受到部分客群喜愛而焦慮。

鯨魚在採訪裡說，自己害怕人群、不善言辭，所以只能透過歌唱來表達自我。在Instagram上放的照片不是便利商店的甜點，就是平凡無奇的散步風景，樸實無華的作風，與我帶動女子時尚的路線完全相反。

我聽團隊成員說，現在是鯨魚這種「一般系」受歡迎的時代，女歌唱家已經過氣了。一般系？那不就是本來的我所擁有的特質嗎？為了配合團隊策略，我扼殺了本來的自己；每當路子失去一樣東西，空洞便由Loco綻放的光來填補。我的不安與日俱增。

有一段時期，我急遽發胖，焦慮一來就暴飲暴食。管他甜的鹹的，是米其林星級的法國料理抑或便利商店的便當，眼前有食物我就一股腦地塞進嘴裡，等肚子飽了便覺得一切都無所謂了，不用再去思考那些麻煩的事情。我的生活周遭每天都有許多事情發生，內容已超載，我處理不來，也逐漸喪失了自制力。

不用多久，網友就把我罵翻，用豬啦、劣化啦、過氣等字眼攻擊我，刻意找出臃腫的醜照瘋狂轉貼。人們享受完Loco這項商品所帶來的樂趣，接著又享受起把它玩壞的樂趣。這是登上寶座發光之人，必然要付出的代價。

「Loco，這個很好吃哦。」

泉朝我遞出卡波納拉義大利麵，焦香酥脆的培根與濃稠的蛋黃使人食指大動，我道謝接過，吃了乳酪滿滿的高卡路里義大利麵。

——沒關係，吃完再吐掉就好。

自從上次爆肥之後，我花了一個月只吃高麗菜加能量補充飲料瘦回來，同時學會了催吐的訣竅。把小湯匙探進嘴裡、用圓圓的那面壓住舌根，再重複短促的呼吸，很簡單就能吐出來。

我還買了嘔吐專用的湯匙。那是一支小巧精緻的古董湯匙，本身帶著一個美麗的童話寓言「含著銀湯匙出生的寶寶一定會得到幸福」，要價六萬元。我把它當作護身符，隨時帶在包包裡，吃完飯就去廁所催吐。

今晚我也悄悄前往廁所，把銀湯匙插進喉嚨，目送才剛吞下、還呈現美麗黃色的義大利麵被漩渦帶走。回到客廳時，泉不見了，香檳和酒杯也不見了，應該在浴室吧。我也拿起酒杯，去浴室找他。

泉喜歡泡澡，看上這間房也是因為浴室寬敞。我們談過是否要買下它，按照自己的喜好重新裝潢，但泉說考慮到搬家，還是租屋比較方便，買房子等結婚以後再買也不遲。當時，我理所當然地認為我們會共結連理，後來才發現，泉從未提過「和我結婚」。

「對了，下一張單曲幾號發片？」

我在脫衣間解開內衣，隔著浴室的門板問。

「下個月三號。」

我一愣，停下正要脫內褲的手。

「那不是會跟鯨魚的新歌撞期嗎？」

「咦，有嗎？」

泉蓄意裝傻。避免與競爭對手同時發片不是常識嗎？其他藝人也都這麼做，大型演藝公司的情報網是互通的。腦中燃起火苗，為了不使火勢加大，我努力深呼吸。

「Loco 寫下的新曲冠軍紀錄，可能要在這裡止步了呢。」

我邊說著不著邊際的話語，邊將令人厭煩的蕾絲內褲從腳尖褪去。這件內褲上有著性感的刺繡，實際上卻毫無作用。即使我們一起洗澡，也很久沒做愛了。

第一次發現泉出軌時，我氣到和他大吵一架，哭著說要分手。泉努力挽回，我們和好後還去西班牙度假，感情變得比之前更好。但隨著泉一再出軌，我連生氣都懶了。

儘管花心，但他並不打算和我分手。儘管我們的感情已進入倦怠期，但我依然是泉打造的最強歌姬——在此之前都是。

今年因為多了鯨魚這個強力對手，我的聲勢不斷下滑，以前發片皆以壓倒性的差距穩坐冠軍，如今差距逐漸縮小，公司也盡量避開同期競爭。難道是覺得終於避不掉了嗎？或者——

「鯨魚是下一位歌姬嗎？」

「她不是當歌姬的料吧。」

「所以是艾美囉？」

我問，同時將浴室門推開。泉悠哉地泡在雪白的大浴缸裡。這裡的格局仿照國外，淋浴間是分開的，浴缸旁的矮桌上放著香檳與酒杯。

「泡澡喝醉有可能會死掉哦。」

我將腳尖探入滿是白色泡泡的浴缸、慢慢坐下，泉一如既往，從後方抱著我。我們沒有做愛，但經常一起泡澡。

「噯，下一位歌姬是艾美嗎？」

泉吶，其實我全都知情。知道你迷上一個叫艾美的模特兒，她立志當歌星，你讓她試唱，發現效果很好，便計畫讓她出道。人們都在傳，她跟你之前偷吃的對象不同，你是認真的。

我會出軌也是為了遷怒。泉總是在偷吃，而我才第一次出軌。面子被自己一手創造的人偶丟盡，泉會有什麼反應？我一方面感到恐懼，一方面也暗暗期待泉會吃醋、發狂。

在歌姬地位即將不保的現在，也許我有機會以女人的身分被愛——

「你想把艾美打造成下一位歌姬，所以想搞垮我，對吧？」

我希望他否定，於是故意咄咄逼人地說著。

「現代人喜歡像鯨魚那種自然的類型，但鯨魚不是當歌姬的料，你沒有插手的餘地，所以對她不屑一顧。好的解決方式是讓我們互打、弄得兩敗俱傷，艾美就能乘勢崛起，對嗎？」

「是你先看我不順眼，不是嗎？」

他發出至今不曾聽聞的冰寒聲音。

「雜誌說要刊登你的不倫報導。」

現在提這件事當作籌碼？我咬緊下脣。

「我把自己擁有的一切資源，都灌注在 Loco 上了，你不會不知道吧？是我發掘了清湯掛麵的你，把你打造成 Loco 的。」

是啊，泉表面是在開導我，實則如造物主般高高在上，隨心所欲地擺弄我。

「沒什麼好擔心的，Loco 是我傾力雕琢的心血結晶，不會被半路出家的歌手突然打敗，你已經不需要我了。」

「你在向我提分手？」

「有聚終有散，公主時時刻刻都該表現得像個公主。」

「我現在還是公主嗎？」

長相、個性、胸部大小、身高、社會地位、財富……要喜歡哪項是個人自由，但泉愛的是女人的才華和潛在可能，一旦打破平衡，關係就結束了。

泉愛過我的才華，這份才華是否已經毀了呢？

或者，他判斷我不會再成長。

頃刻間，我明白了一件事——他愛的不是身為女人的我。

我不停攀升、不停攀升，如今終於來到頂點，這理應是幸福的頂點，我卻彷若失去了一切。當然，這只是被害妄想，我有的是錢，距離從歌姬的寶座退位也還有一些時間。我不會直直下墜，只會逐年下滑。眼前漸漸發黑，貧血造成的。

我閉上眼，口中默念「沒事」，我可以重新結交值得信任的朋友和情人。然而，朋友要怎麼交呢？戀愛要怎麼做呢？每個接近我的人都極盡溫柔，我無法相信這些人。

我偶爾會想，還是愉快做夢的時期比較開心，當時的我自由自在、朋友環繞。但我立刻搖頭否定。因為，倘若我犧牲了本來的臉孔、語氣、親情、友情才換得這一切，最後卻發現還是原來比較好，那不是太慘了嗎？

「欸，泉。」

「嗯？」

「我的不倫報導，是你去向雜誌社爆料的嗎？」

「怎麼可能。」

否定得太快了。啊——原來如此，原來是這樣。我笑了。

波奇，抱歉，都怪我自己笨，竟然懷疑了你。此時此刻，泉的手依然從後方溫柔地環抱著我，太奇怪了。我從浮滿泡泡的浴缸起身，拿起置於矮桌上的香檳。

「乾杯——」

我將裝入液體的沉沉酒瓶高舉頭頂、慢慢翻轉。酒咕嚕咕嚕地流出來，潑在我的頭髮上。我瞄準泉發呆的後腦，用力揮下酒瓶。

強烈的衝擊傳來，我不禁手滑，酒瓶掉落地面。

泉的脖子往前垂下，扭成奇異的角度，看起來很噁心。

紅色的液體在純白的泡沫裡徐徐擴散。

我跨出浴缸，拾起滾落地面的酒瓶，嘴對瓶口，一邊將剩下的香檳喝光，一邊走回客廳。接著，我裸著身子，盤腿坐在長毛地毯上，任由昂貴的酒水從髮梢滴落，用手捏起凝結變硬的卡波納拉義大利麵、放進嘴裡。

快點填滿胃袋，吃撐了就不會想東想西。

如此一來，Loco 殺死知名音樂製作人男友、被雜誌爆出不倫戀的消息，似乎也無足輕重。不，這件事會在全國鬧得沸沸揚揚。未知的恐懼如同吹氣球、不停膨脹。我滿嘴塞著義大利麵，伸手抓起烤牛肉片。

沿著臉頰滴落下巴的液體，落在粉紅色的牛肉片上，我分不清那是酒是淚。好可怕，誰快來救救我。手機裡有數不盡的電話號碼，身上也有許多名片，而我無法打電話給任何一人。爸爸、媽媽、哥哥、妹妹、波奇，大家都只把我當成搖錢樹。為什麼？幾時開始變成這樣的？

——泉，把我也殺了吧。

驀地，反胃感猛烈襲來，來不及掩嘴，義大利麵便灑進烤牛肉的盤子裡。唉，為什麼呢？我必須盡快果腹啊。焗烤、醃魚、燉牛肚……不管怎麼吃都會吐出來。無須用上銀湯匙，我的身體早已變得無法進食。因為每次我都自己催吐，所以才沒有發現。

恢復意識時，我發現自己如同胎兒，蜷曲在長毛地毯上。

衝入鼻腔的臭味使我皺眉。我裸身倒在嘔吐物裡，不知是昏倒還是睡著了。空調應該沒失靈，我卻冷得嘎吱打顫。好想泡熱水澡，然而那裡——

我走去廚房，從酒櫃取出香檳、拔開瓶栓，連著微微冒出的碳酸煙霧一同含入口中。吃東西會吐出來，而香檳雖具刺激性，卻好好留在了胃裡。我反覆灌酒、嗆到，藉著酒力前往浴室。

怯怯地朝浴室偷看，泉垂著脖子泡在浴缸裡，我領悟到這不是夢，全身乏力地靠在門板上。怎麼辦？好像也不能怎麼辦。

總之，先將屍體拖出浴缸。好重，跟他上床時明明沒這麼重。垂往奇怪方向的脖子在我拖行時詭異地搖晃。好不容易把形同長頸鹿的泉逐出浴缸，我重新放了一缸熱水、倒入中意的蘭花沐浴精。血味和花香混合在一起。我側眼望著戀人的屍體，泡著香氣逼人的熱水澡。

身體變暖和了，心卻逐漸發黑。

我殺了泉、失去了不惜一切換來的寶座。

我被放逐於世界的光芒之外，只能去死了。

回過神來，我如野獸一般咆哮，哭了又哭，直到指尖也被絕望覆蓋，心才恢復平靜。細胞一顆顆地沉澱下來。

「要怎樣死？」

不自覺脫口而出的，竟是消失已久的家鄉話。我還以為路子已經被 Loco 吃掉了呢，真頑強啊。我揚起嘴角。廢話！我當然還在呀！「路子」嘲笑「Loco」。

——已經夠了啦，你很拚了。

——嗯，也是呢。既然如此，最後再寫下絢爛的一筆吧。

心中的 Loco 和路子初次握手言和。

——真虧我能撐這麼久呢。

——是啊是啊，很拚了啦。

——可是，我想貫徹Loco的身分，直到最後一刻。

——反正都到最後啦，你愛怎樣就怎樣。

——具體來說，我該怎麼做呢？

——想個勁爆的死法，當永遠的星塵，怎樣？

——星塵聽起來有點老氣呢。

——但傳說不都是老掉牙的故事嗎？

——有道理。

——去個沒人會來的地方吧。

我泡在熱水裡，持續呢喃絮語。

Loco提議吞安眠藥在浴室割腕，被路子抱怨太俗套而且不起眼；路子主張從摩天大樓跳下來，但Loco說想要死得美美的，不想變成番茄醬。兩道聲音在內心拉扯，我始終拿不定主意，決定先休息一下。

我一邊灌著香檳，一邊打開嵌在浴室牆壁的電視機。社會上每天都有大新聞，政治人物貪汙、當紅女演員吸毒被逮、模範夫妻有一方出軌……諸如此類。不過很遺憾，隨著Loco殺死戀人接著自殺的新聞報出來，這些新聞眨眼就會被蓋過去。

——我可是家喻戶曉的大明星呢。

——對啊，我是時代歌姬耶！

打開電視，首相在講話，我無趣地轉台，出現的還是首相。他又幹了什麼事，需要這樣公開說明？我不停轉台，統統一樣，所有頻道都是緊急插播，也太誇張了吧？

我盯著畫面老半天，聽不懂內容。聽起來像是一個月後有小行星要撞擊地球，人類將瀕臨滅亡。會不會是綜藝節目的整人企劃？或是電視連上了某個影音網站，正在播出災難電影？我把遙控器按來按去，確定是一般的電視台沒錯。

「這是怎樣？」

腦容量用完了，我緩緩沉入水裡。

睜開眼睛時，我發現自己這次有好好躺在床上睡覺。上完廁所後，我順道偷看浴室，裡面果然還躺著泉裸身的屍體，膚色看起來變得暗沉。

我嘆氣關門，原來屍體只要多看幾次就會習慣。打開客廳的電視，新聞還在播小行星撞地球的報導。事已至此，我仍難以置信，於是撥電話給經紀人。我一路排休到下週的巡迴演唱會結束，但應該會有一些小工作進來。經紀人馬上接起電話。

「不要問了，我不知道！」

我突然就被罵了。「巡迴演唱會、新歌發片，計畫全亂了！」經紀人快嘴說完，倏然靜下來，唐突地說「我的老家在熊本，現在只有爸爸自己住在鄉下」，說到一半，他又猛然回神，向我道歉，說之後再聯絡，不等我回應便掛斷電話。

我在沙發坐下，沉思接下來該怎麼辦。事實上，我只是擺出思考的動作，腦袋一片空白。我並不緊張，大概是因為早在地球毀滅之前，我的人生就先毀了。比起恐怖，我更氣自己喪失了最後在歷史留名的機會。

成功的話，殺死戀人再自殺、背負罪孽、為愛殉情的傳說歌姬 Loco，應該會深深地在時代上刻下幾筆、歷久不衰，死後還會出很多改編電影和書吧。人類若是滅亡了，今後由誰來講述 Loco 的星塵傳說？

況且，直徑才十公里的石頭，就撞那麼一下，人類當真會滅亡嗎？總覺得有點誇張。好萊塢的電影最後不是都會出現英雄、拯救大家嗎？泉也說了，再怎麼荒誕不經的故事，也要有現實的碎片做為依據。人類不可能真的無中生有。

——泉，你說是吧？

只要有個「萬一」，世界就會延續，所以先看看狀況吧。在此之前，我必須先活著。我無力地望著高聳的天花板，用這個姿勢打起了瞌睡。

自從當上明星，我在哪都能睡。工作馬不停蹄，我只能找空檔補眠。移動的車廂裡、做頭髮時、美體時、美甲時，甚至連在拍 MV 時，我都曾倚著步道的護欄不小心睡著。跟拖著行李睡在路邊的人一樣呢。身為巨星、身為富豪的我，忍不住失笑。猶記當時突然大笑，害周遭的人不知所措。

再次清醒時，肚子餓了，我前往食物儲藏間。我有請定期來打掃的管家盡量多囤點食糧，每當她羨慕地說「真好，吃再多都不會胖」，我都在心中回答「因為被我吐掉了」。

我拿著酒、火腿塊、泡麵和零食回到客廳，眉頭一皺。臭味撲面而來。昨天我在客廳反覆進食及嘔吐，這是食物和嘔吐物的臭酸味。空氣清淨器開著，想必無力負荷。

我想請人來打掃，但狀況應該不適合。我拿起多年沒碰的掃具，把嘔吐物清掉、擦了地還洗了碗。當上明星後，我不再碰水做家事，但其實我很擅長打掃。孩提時代父母都在工作，我從小幫忙做家事，還在相當注重環境衛生的速食店打工過。

我對變乾淨的屋子滿意地點點頭，但不要忘了，最棘手的還在後頭。泉要怎麼辦？在確定人類是否滅亡前，我必須先活下去，要是這段期間浴室裡一直有一具屍體，可就傷腦筋了。

我嘆氣前往浴室，在仰躺倒地的泉身旁蹲下，觸碰他的臉。又冷又硬。我望著宛若灰色人偶的泉發呆。

與泉感情還很好時的記憶浮上心頭，悲傷與憐愛交雜。然而，我不認為自己做錯了，因為泉也想殺死我——殺死歌姬 Loco。他明知道，對現在的我而言，Loco 即一切。

用決鬥來比喻的話，我是勝者，泉是敗者。但我沒有獲勝的快感，反倒覺得自己輸了。殺死泉意味著我永遠失去了扳倒他的機會。我抓住泉的腳，把他拖去平時沒用的雜物間。雜物間裡塞滿了至今獲得的無數獎杯及用不到的物品，全是泉賦予我的。我把泉跟它們擺在一起。

——這樣丟著會腐爛吧？

我心中的路子問著。有道理。我把空調的冷氣開到最低溫、反手關門，走去廚房燒熱水，準備泡泡麵。

站到流理台前，我忽然愣住，忘記自己要幹麼，稍稍思索了一下。啊——燒開水。那燒完水呢？我再次愣住，這次想了好半天，才想起要泡泡麵。我無法掌控自己了，連接身與心的某樣東西，似乎斷掉了。

隔天，我打電話給經紀人，怎樣都打不通。下週的演唱會該怎麼辦呢？整個團隊裡沒人接電話，也沒有任何人打來。來電紀錄和ＬＩＮＥ也靜悄悄的，沒人關心我怎麼了。包括波奇，以及我的家人。

我感受不到情緒波動，打開電視，沒有節目，畫面上出現彩色條紋。沒播的電視台比昨天更多。沒辦法，這種時候只有笨蛋才會工作吧。不過也多虧這些笨蛋，我這超級笨蛋才能獲得情報。

隔天的隔天，我關在房裡斷斷續續地睡眠。打電話給經紀人時，一位陌生男子接起電話，說了一句「這已經是我的了」就掛斷電話。難道經紀人的手機被搶了嗎？

殘存的電視台，今天依然只有播小行星報導。節目播出到一半，主持人哭到不能自已，名嘴神經斷裂。換作平時，節目會因突發狀況而暫停，今天卻荒腔走板地繼續播著，相較之下，一般人在社群媒體上的發文還比較有用。

大眾運輸工具頻傳事故及疑似恐攻的化學藥劑臭味，幾乎所有線路都停擺，想要移動只能開車、騎車或走路了；但也有許多人提醒，如今不法分子在街頭晃盪、四處擄掠女人，請年輕女性不要輕易出門。不少民眾聽信鄉下地方比較安全，於是攜家帶眷地逃難；也有不少民眾聽信都市才有安全的核災避難所，於是從鄉下地方攜家帶眷地往都市擠。

而我沒有逃亡的必要，我只是事不關己地看著世界在混亂中逐漸沉船。**人不害怕死亡，便無所畏懼**。我明白了什麼叫做無敵。聽說，人加諸於人的最大懲罰便是「死」；同樣的道理，只要能從死亡的恐懼當中解放，人將所向無敵。但是，這跟白白送死有何兩樣？倘若死亡才是無敵，那麼死去的泉贏了嗎？我其實輸了嗎？

我吸著醬油豚骨拉麵口味的泡麵，晃到陽台。從月租六十萬的都心豪宅望見的街景冒著一叢叢黑煙。火災嗎？還是暴動呢？東京因為享有地利之便而眾星雲集，即使人口已達飽和，這個骯髒又美麗的都市仍接納了那些多餘的人，向來如此；如今，這座城市逐漸毀壞。

我曾於心中祈禱，一切正如電影所演，最終美國會把小行星擺平，世界再度恢復和平，我將成為不朽傳說——那個淒美、自我了結生命的歌姬。然而此時此刻，我竟然覺得，不像故事和電影演得那樣也無所謂了。

我原本以為人們過得很幸福，所以，我不希望只有我獨自黯然離場。為此，我要成為凡人所無法企及、同時獲得無上之罪與愛的女神，在世人尊崇的幸福上用力刻下幾筆，永駐在人們的記憶裡。

然而，眼下的世界呢？

人們非但不幸福，還充斥絕望。

在這個世界裡強調「美麗耀眼的Loco」並無意義。

我站在陽台，把泡麵連湯喝光，隨即吐了出來。還來不及消化，泡麵就化為仍飄著香氣及熱氣的嘔吐物了。唉——我在陽台躺下。再怎麼拚命地填滿，最後皆一滴不剩。吐出一切的我，又變得空空如也。

——為什麼會變成這樣呢？

我不認為自己的選擇全是錯的。孩提時代，我說想學鋼琴，得到一台口風琴。我家並不富裕，但吹奏口風琴的「路子」是幸福的，與波奇他們組樂團的「路子」也很開心。明確的人生岔路，大概是被高遠發掘時？然而在那個當下，我是幸福的。所以，是自從遇見泉嗎？不，當時的我也是幸福的。

——我不知道、我不知道、我不知道、我不知道。

我在陽台縮成一團哭泣，連穿三天的睡衣口袋響起手機鈴聲。經紀人嗎？我看了螢幕，是波奇。

「路子！」

接起的瞬間，波奇的聲音震動耳膜。

「路子，是我！你還活著嗎？沒事嗎？」

「還活著。」

「哦哦！太好啦！我還以為再也無法跟你講話了。」

「我一直帶著手機哦。」

「是我的手機沒電啦，不知哪個阿呆撞斷電線桿，我們這裡瘋狂停電，多虧村上叔去偷電才得救。我也不曉得原理，你知道嗎？他把電線跟外頭還能用的電線接在一起，就通電了！我本來以為他只是個手腳不乾淨的傢伙，想不到這麼神！」

腦中浮現村上叔的臉，他從以前就什麼都偷，明明不是沒錢買東西，真不知他去偷滋露巧克力要幹麼。長大後，我才知道那是一種病，還為此訝異。我一邊聽著波奇講話，一邊吸鼻涕。

「幹麼哭啦？你怎麼了？」

來不及騙他「我沒哭」，電話那頭突然換成爸爸的聲音。

「路子，你沒事吧？是爸爸啦，我們這裡停電，大家的手機都沒電了。你一個人待在東京，一定很害怕吧？抱歉，現在才打來，剛剛是波奇堅持要先跟你講話。」

「路子啊，是媽媽啦。你快點回家！」

「叔叔阿姨，我話才講到一半欸！喂，路子，你上次說的那個外遇的傢伙，真──

的不是我說出去的，你一定要相信我，我不要在被你誤會的情況下死掉啦！」

「姐，我啦我啦！啊——還好有接通。」

「路子，是哥啦，老爸立刻去那裡接你，你先等一下，馬上就到哦。」

卓哥和妹妹麻子也在後面跟著亂喊，每個人都是大嗓門，害我聽不清楚他們在說什麼。我躺在陽台，一放鬆下來，眼淚的水龍頭就滴滴答答停不下來。

三天後，爸爸和波奇開車來東京載我。此時新幹線和電車都已停擺，公路也大癱瘓，聽說他們花了比想像中還久的時間才抵達。

玄關門一開，爸爸用力抱住我，耳邊傳來碎念「幸好還活著」、「怎麼瘦成這樣啦」，越過爸爸的肩膀，我看見波奇在後面哭。我也哭了。

「我還可以回家嗎？」

「說什麼鬼話！那是你家呀！」

「可是，我已經幫不上大家的忙了。」

爸爸睜大雙眼，吃驚地望著我。

「因為，有再多錢也沒用了。」

「錢？什麼錢？」

「你們不是一直推說很忙很忙，不想來聽我的演唱會嗎？」

爸爸呆立不動，後面的波奇朝我大吼「呆子」。

「叔叔他們是怕給你添麻煩才不去的！」

「添麻煩？」

朝爸爸望去，他尷尬地低下頭。

「你知道嗎？叔叔他們是怕被人發現Loco的家人是粗俗的鄉下人、怕會破壞Loco的形象！他們是因為這樣才不來東京，最近更別提什麼演唱會。可是啊，叔叔阿姨和你的家人，統統都在為你加油欸！」

「……搞什麼。」

我埋怨地看向爸爸。之前我完全沒想到會是這樣子。

「路子，網路上有很多人在說你壞話吧？」

Loco的經歷沒有公開，但這年頭藏不住祕密，藝人過去的畢業紀念冊、偶然入鏡的照片、與朋友的紀念合影，統統都會被挖出來；更別提我還有「櫻庭美咲時期」，上網隨便都能搜到我穿著迷你蓬蓬裙、裙襬飄起的照片。

「網路上也有我和媽的照片，底下的留言寫得亂七八糟，什麼很俗氣啦、絕非善類啦、是不是之前混黑道啦、Loco的形象被破壞啦、要退追之類的啦，我們覺得對加油的路子相當抱歉，為了路子，我們總得顧一下形象嘛。」

我還是第一次看到爸爸失落地垂下肩膀。

「每次見面，感覺你都跑到更遠的地方，很寂寞啊。」

我明白爸爸說的。我在父母送我的臉上動刀，遣詞用字和動作表情都逐漸改變，我在成為Loco的同時捨棄了路子，家人一次也沒責備過我。

「爸，對不起呀。」

大阪腔自然流瀉，我高聲大哭。我一直都好寂寞，儘管這是我自暴自棄、太過自私所招致，我還是相當寂寞。

「回家吧。」

爸爸說。我以濡溼的臉頰用力點頭。

我們開始整理行囊，我把隨身物品逐一塞進行李箱，爸爸也將食物儲藏間的儲糧逐一塞進另一個行李箱，原因是「現在食物很珍貴」。波奇嚷著「好酷、好酷」，在屋子裡大探險。

「喂——路子，過來一下。」

波奇喊道，我和爸爸來到走廊，波奇呆立在一扇打開的門前。當作倉庫使用的小房間裡，塞滿無數獎杯和一具屍體。

「路子，有個裸體大叔倒在裡面耶，」波奇困擾地指著房間裡面，「是不是應該處理一下啊？」

我思索該如何解釋，但隨即放棄。

「不用了，他死了，被我殺死的。」

波奇和爸爸瞠目結舌。

這幾天，我刻意不去思考這件事。不知何時，我學會了暫停思考，並為此感到慶幸。吃下去、吐出來，把一切不安沖進馬桶，裝傻、遺忘。就只是這樣而已。

設定成最低溫的冷空氣從房內飄出，夾雜擋也擋不住的腐臭味。爸爸掩住口鼻，戰戰兢兢地走進去。

「這是泉先生嘛。」

我和波奇也入內。四天不見，泉變成灰中帶綠的奇妙顏色，看起來攤開得更平，彷彿柔軟的黏土。

「怎麼發生的？」

在爸爸的心裡，泉是提攜我的重要恩人，同時也是女兒的男朋友，我有交代始末的必要，殺人凶手必須供出動機。我思索著該從哪裡開始講，只見爸爸蹲下來、雙手合十。

「泉先生，對不起呀，我很快就會過去，到時再好好跟您道歉。」

說完，爸爸「啪、啪」地拍了兩次手。好像不太對，又不是在拜拜——我心想，但爸爸旋即說「走吧」，直接起身。波奇也拍了兩下手，低頭說「請節哀」。他們為何如此冷靜？連一句話也沒責備我，淡然地接受了現況。

整頓好行李後，三人一起離開我在東京的家。這是新聞播出以來，我首次出門。一樓大廳外停著一輛金光閃閃的改裝暴走卡車。

「你們開這個過來嗎？」

掛滿誇張燈飾的卡車上，貼著不妙團體的標誌貼紙。

「別小看這輛車哦！」

爸爸沒有否定，逕自將行李一件件扔上貨物台。「來，走囉！」波奇朝我點頭，我坐進去，當車子朝大阪出發，我忍不住張大眼睛。

「這是……怎麼會……」

從卡車的擋風玻璃居高臨下地望出去，見到的景色已不是我熟悉的東京。面向漂亮行道樹與大馬路的名牌精品店櫥窗全數破碎，路上到處停放著事故車輛，卡車一邊閃過障礙物，一邊霸氣挺進。我立刻明白了爸爸開這輛車的用意，一來不容易被欺負，二來就算稍微遇到擦撞也不怕。

「那個，好像有人倒在地上？」

「是人啊。」

我在窗邊問，駕駛座上的爸爸與被夾在中間的波奇異口同聲地回。由於卡車沒有後座，我們三人同時擠在前面。波奇表情平靜地說：

「沒人幫忙整理，事故車輛和屍體只能留在馬路上。」

我不寒而慄。明明從陽台看見城市竄起黑煙、從網路上得知世界發生暴動，但直到此刻，我才深深受到震撼。從大阪來東京的一路上，他們都看著這一切。

「屍體也看習慣了，應該說，麻木啦，」波奇說，「因為這樣，看見泉先生的屍體時，我也沒有太大的感覺。」我懂他說的。不管再恐怖──不，也許越是恐怖的事情，人腦越快習慣吧，因為這是最簡單的逃避方式。

「那個隕石啥鬼的，當真會掉下來嗎？」波奇遠眺被事故車輛撞倒的行道樹，喃喃自語，「我們當真會死嗎？」

我無法回答、靜靜無語，波奇用力嘆了一口氣，難受地說：

「我當真見不到孩子出世嗎？」

波奇的小孩預定今年十二月出生，因為預產期接近耶誕節，夫妻兩人都很高興。如今這些那些，已成遙遠的泡影。

「想成是我們要在另一個世界出生就好啦。」

爸爸邊開車邊說。

「啊──這樣想不錯欸！只要能見面，在哪個世界都好啊。聽說是女兒，我多帶點澎澎裙和緞帶過去吧。」

「早知如此，就把我家的首飾和洋裝一起打包帶走。」

「謝啦，我收到你的心意了。」為了趕跑鼻酸的氣氛，波奇朗聲問：「路子，你想帶什麼東西過去？」

「沒有特別想帶的。」

「不可能沒有吧？你這麼拚死拚活地工作欸。」

是這樣嗎？我眺望著破敗沉淪的東京街頭。這裡曾如此繁華，結果竟然一眨眼就沒了；我不惜一切換得的榮華富貴，也同樣不堪一擊。

「努力不具任何意義。」

每當獲得什麼，就會失去什麼。我明白自己參加的遊戲規則，卻不知道當我後悔時已無法逃離，只能不停對抗眼前出現的敵人，擲骰子朝終點邁進，有時繞遠路，有時後退。結果才僅僅一晚，遊戲便付諸流水，難道就到這裡為止了嗎？

「有沒有努力過，已經不重要了。」

我自暴自棄地說，想結束話題，結果被波奇罵「搞什麼啊」。

「以前的路子要帥多了！」

我笑說「抱歉哦」，但波奇沒有停。

「現在的你俗爆了！」

波奇難得說了重話，我收起笑容。

「是說，你也整形過頭了吧？每次回來都變一張臉，我還以為是哪裡來的魯邦咧！說話方式也噁爆了！現在連唯一剩下的毅力都沒了，還真是一件好事都沒有！」

我愣怔地注視波奇，他的表情很認真，不像是開玩笑。

「你……一直都是這麼想？」

「也沒有一直都這樣想，只是，有時我會懷疑，這人當真是路子嗎？會不會是別人裝成的啊？上次也很扯欸，說我大嘴巴去爆料，我當下差點理智斷線，心想，唉，不行，這人腦子壞了，她一定不是路子！老實說，當下很想跟你絕交。」

腳底化作沙地，分崩離析。從小喜歡我、即使小直和阿優已失聯依然持續和我當朋友的波奇，竟然這樣說我。視野逐漸模糊。

「啊，不對，我只是想一想，睡一晚就好啦。南實還凶了我一頓，說當歌星很辛苦，我和你從小認識，更應該好好體諒你的心情，我覺得她說的很對，所以有反省了一下。」

我本來很討厭被安慰，也不喜歡用哭來博取同情，但——

「該怎麼做，我才能變回跟從前一樣帥呢？」

我忍不住吸著鼻子問。

「路子就是路子呀，做你自己就很帥。」

「但，現在的我也是我，不是別人。」

「嗯，抱歉，是我不對。我沒有好好了解你，就擅自指責。」

「不用道歉，波奇，你只是說出實話。」

「不，我錯了，不管你現在是什麼樣子，路子就是路子呀，我喜歡路子。」

被他這麼一安慰，眼淚加倍決堤。我彷彿回到孩提時代，可以盡情撒嬌哭泣。乾枯的心靈得到灌溉，埋藏在土裡勉強沒死的根慢慢地恢復生機、向上攀爬。待春天一到，又能抽出新芽，把強勁的生命力延續到夏季。然而，下一個春天已不會來。

「……我想唱歌，」失去春天的新芽，毫無脈絡地從嘴裡迸發，「我想完成最後一場巡迴演唱。」

「你想回東京嗎？」

我搖頭。

「不用辦在巨蛋，只要能唱歌，哪裡都好。」

我原以為自己失去了一切，怎知，仍有細微的東西留下來。

我把萬眾欽羨的歌姬地位、數十萬元的高級大衣、洋裝、高跟鞋、名牌包、珠寶首飾全部留在東京；還留下了創造出 Loco 的泉。在世界邁向終結的此刻，我尋回了失落的寶物。

「波奇，我想和你們一起演唱。」

臨終之際，我想帶上的行李就是它。想和波奇他們一起組樂團，想和波奇他們一起蹩腳地模仿古早的搖滾樂團，沉浸在最暢快的氣氛裡。回想起令人發噱的青春時光，我感覺自己行經了漫漫長路，終於到家了。

「來辦吧，」波奇說，「路子的終場演唱會，在大阪和我們一起辦！」

「我想不會有人來。」

「我們自己開心就好呀。」

多麼單純又完美的提案啊。可是，我無法答應。

「我在想，我有資格做這種事嗎？」

「怎麼啦？」

「因為、我是、殺人凶手……」

每當我多說出一個字，便漸漸從惡夢當中甦醒。汙濁的意識被水洗淨，我和世界突然對焦。

「我殺了泉，」我究竟做了什麼？身體開始細細發抖，「不行，我不能唱──」

「已經沒人會去制裁你了。」

爸爸驀地開口，語氣平靜得不像是平時的他。豎耳傾聽，「世界的終結」正從四面八方悄悄地蔓延。

「現在說什麼都為時已晚，路子呀，你自己看，外頭全是罪孽啊。」

瞥向窗外，馬路上事故車輛和屍體四處橫躺，被撞死的、被輾過的，統統留在路面，無人清理。一般善良老百姓所犯下的死罪，就充斥在眼前的景色當中，我再次感到心中的某些認知逐漸崩塌。

「剩不到一個月，你們愛怎樣就怎樣。若是對泉先生感到抱歉，就把這些內疚統統扛著，帶去另一個世界。等你在另一個世界遇見他，再好好下跪道歉。爸也會陪你一起道歉呀，還有媽媽也在。」

眼中盈滿淚水，滴滴答答地落下，打在手背上。

「叔叔，還有我哦。」

「怎麼，波奇，你也殺人啦？」

「南實肚子裡的寶寶。」

「那不叫殺人吧。」

「一樣，我沒能讓她在這個世界生下來。」

波奇的聲音也帶著哭腔。

「波奇，我會陪你跟寶寶道歉。」

「謝啦，路子，我也會陪你跟泉先生道歉，我們打勾勾。」

正當我們兩小無猜般地勾起小指時，卡車「砰！」地震盪。

「糟糕，輾到了。」爸爸說。

輾到什麼呢？會動的東西嗎？還是不會動的東西呢？這樣的問題，如今已失去意義。

金光閃閃的卡車駛過荒廢的街頭，一路朝西奔馳。

——第三章　Loco時代　劇終

緊接著迎來最終章，令人訝異的山田路子時代II，揭幕。

返回大阪的三天車程裡，我們多次差點被失控的車輛撞到，實際上也真的撞到了幾次，也因為打滑的關係，輾過好幾個人。卡車由爸爸和波奇輪流駕駛，我意外發現，波奇比爸爸還會閃躲障礙物。

途中，我在Loco停止更新的Instagram帳號上宣布東京巨蛋演唱會取消，最後一場巡迴演唱，將在人類存活的最後一天，於大阪開唱。地點是老家當地的公民會館，容納五十人就會塞爆的陳年建築，換作Loco一定抵死也不想在這種地方表演，但是山田路子不這麼想——她很中意這個場地。

「應該不會有人來。」

「難說哦，我們從國中起就是當地的人氣天團。」

「人類存活的最後一天，誰會專程跑來聽素人的演唱會啦。」

回到大阪的一路上，遺忘多時的大阪腔漸漸復活，流暢地說著懷念的家鄉話，我也漸漸恢復自由。這和必須小心維持形象，為了不落人口實，總是在人前死氣沉沉、靜默不語的Loco時代完全不同。

公布終場演唱會的消息時，我上傳了和波奇一起比「耶」的照片，讚和留言瞬間湧入。「感謝更新」、「我一定會去」、「大阪？」、「我想跟Loco一起死」、「想看曲目表」……表示支持的留言數和罵人的留言數不相上下。「還沒死哦？」、「白痴才會去」、「會不會讀空氣？」、「直到最後都自私到家的女人」、「男朋友好土哦」、「去死」。

「路子，你的 Instagram 還是一樣恐怖耶。」

波奇從旁偷看。

「可是，看了滿開心的。」

「有人叫你去死耶？」

「還不是有人罵你很土？」

「管他去死。」

有段時期，我嚇得不敢更新 Instagram。無論我更新什麼，貼文都會被汙濁的留言洗版。旁人叫我不要放在心上，但少白痴了，我當然會在意。人們好意提醒我，一旦認真就輸了，所以我也只能努力麻痺心靈。結果變成，我遇到任何事都不痛不癢，不會哭也不會笑。如今回頭想想，那樣是不對的。

為什麼被丟石頭的人，要假裝自己不痛呢？惡劣的不是那些丟石頭的人嗎？但無所謂了，此時此刻，別人加諸於我的愛與恨，都令我欣喜若狂。

「因為在這緊要關頭，還有人想到要關注我啊。」

波奇一愣，然後笑了。

「路子果然很有巨星風範。」

「幹麼突然誇我？」

「美空雲雀也是超多人愛她，也超多人討厭她。」

「波奇，你聽美空雲雀？」

「不，過世的曾祖母很愛她，有跟我說過類似的事。」

「曾祖母啊，真不愧是昭和歌姬。」

「咱們路子是平成歌姬！」

「平成歌姬也過氣了，現在都是令和時代了。」

「令和也要結束啦，路子是貨真價實的日本最後歌姬。」

最後歌姬——很酷嘛。我輕輕笑了。

這不正是世界失序以前，我最後想達成的願望嗎？

從東京一路往西，我發現越接近都市的地區情勢越亂，其中最嚴重的莫過於出發地點東京，距離東京越遠，情況越趨穩定。然而當車子駛入大阪的瞬間，我彷彿窺見了末日景象。

「不愧是大阪吶，混亂的程度不輸東京。」

櫥窗破碎已成理所當然，包括小商店在內，所有店家都被洗劫一空，如今只剩下寂靜飄蕩。

「能帶走的東西全被掃光了，聽說現在連家族相簿都會被搶。」

「拿走別人家的相簿要幹麼？呆子認真起來真不是普通呆呀。」

當我們閒聊時，車子駛入家鄉地區，景色再次翻轉，不僅那些老舊的小商家有開，竟然連便利商店都正常營業。

「很猛吧？町內會組了義警隊。」

放眼望去，店門左右各站一名拿球棒、相貌凶惡的大叔。懂了，真會啊，這樣誰敢貿然衝進去？再說，這一帶本來就是赫赫有名的流氓大本營。

「這裡真不是蓋的！」

我打開車窗，吹著家鄉小鎮舒服的風。

一抵達家門，媽媽、卓哥和麻子旋即撲上來哇哇大哭，同時在我耳邊叫罵，像是「不孝女呀！媽還以為你不回家了」、「沒死就好，小混蛋」、「姊姊大傻瓜」這一類，每個人都抱得超用力，貼著我的耳朵狂吼，害我以為耳膜要破掉了。

傍晚，爸爸、媽媽、卓哥與卓哥一家、麻子、波奇，以及感情要好的附近鄰居，一起開了壽喜燒大會，慶祝我們平安歸來。

「很棒的肉耶，虧你們能找到。」

「是村上叔去偷來的呀。」

媽媽笑呵呵地說。

「村上叔是平成魯邦。」

「已經令和了說。」

「啥都能偷，真強呀。」

聽著大家的對話，我再次深深感受到，啊——我回來了。

返鄉慶祝會持續到深夜，中間我悄悄前往二樓廁所嘔吐。我沒將銀湯匙帶來，但即使沒有銀湯匙，我的身體也無法留住食物了。媽媽的壽喜燒無情地被馬桶水沖走。這是上天給我的罪與罰。

我睽違多時沉沉睡去，醒來後，波奇傳了ＬＩＮＥ過來，我們約好今天要去見從前的樂團夥伴。自從我用Loco的名字出道後，小直和阿優就不理我了，原因我依然想不通。

「你當真不清楚？」波奇皺眉。

「你心裡有底嗎？」

「有啊，太多太多了。」波奇用力點頭。聽說，我曾說小直公司發的獎金「去旅行一趟就沒了呢」；然後，我也曾對阿優要繳三十五年房貸買下的屋子說「為何不用現金買呢？」，兩件事我都記不得了。

「超級惹人厭吧？感覺就是人紅了以後，到處炫耀自己很有錢啊。」

我羞愧得無法抬頭。我一直以為自己很孤獨，沒人了解Loco的心情，可是Loco了解所有人的心情，因為我在成為Loco之前，曾是山田路子啊。怎知，是我自己把Loco看得太重，才把自己推向孤獨。

「我的個性好糟呀……」

「之前啦，現在不會了，有什麼關係。」

波奇拉起我的手，帶領停下來的我繼續前進。

來到卓哥公司的材料倉庫，大夥兒全員到齊。阿優和小直分別帶著自己的妻小與太太，我覺得無顏見人，忍不住低下頭，一句「你在搞笑嗎？」使我抬頭，眼神撞上氣呼呼的阿優和小直。

「沒時間了，快來練團！」

定睛一看，倉庫角落放著一套鼓，吉他、貝斯和麥克風架也準備就緒。大夥兒一起取笑我「再這樣醜哭下去，整形的臉會垮掉哦」。

我們馬上開始練習，但用不到一曲就發現問題。出社會以後就沒碰樂器的兩人，本來就差的技術變得更差了，這樣下去，計畫可能會夭折。

「怎麼聽都是給鄰居造成噪音汙染。」

阿優的太太詩織直接摀起耳朵。詩織年紀比阿優大，帶著跟前夫生下的女兒與阿優再婚，只見這位可愛的女兒跟著節奏亂七八糟的大鼓一起拍手，玩得挺開心。

「夏姬喜歡爸爸咚咚咚！」

阿優抱起女兒，親吻她的臉頰，說「爸爸也最喜歡你唷——」。阿優是真心愛著妻子，以及妻子跟別人生的小孩。

小直雖然沒生子，但是跟太太感情如膠似漆，旁人看了都會臉紅。太太喜世是ＩＴ技術人員，夫妻倆同心打拚，每年過年都去夏威夷玩。喜世開心地邀我「下次一起去」，說完隨即「啊」地低頭。

「沒有下次了啊……」

材料倉庫裡噪音環繞，夏姫興奮地跑來跑去，在意外祥和的氣氛中，唯獨沒看見波奇的太太南實。

「她每天關在家裡哭。」

回程路上，波奇告訴我。聽說南實自小行星墜落的新聞播出以來便足不出戶，兩人的寶寶本來預計在十二月誕生，南實每天摸著日漸變大的肚子，不停掉淚。

「同樣身為女人，你可以幫我多安慰她嗎？」

「分類範圍太廣了，同為女性，我既沒有結婚，也沒有懷孕。」

我和垂頭喪氣的波奇，一同沮喪地踏上歸途。

「神為什麼要做這種事？」波奇低著頭，喃喃自語，「我們究竟做錯了什麼，才會被神這樣懲罰？」

「波奇，你信神嗎？」

「也不是啦，但我媽不是信那個什麼波光教嗎？」

我訝異地看向波奇。波奇的母親約莫在兩年前被朋友勸入波光教，聽說曾一頭栽入。今年夏天，警察總部強制攻堅，揭發波光教是邪教團體。聽說新聞播出時，左鄰右舍都對阿姨投以白眼，儘管阿姨曾暫時棄教，但最近又開始念起教團的信條。

「波光教不是趁著末日騷動，在電車裡製造恐攻的一群神經病嗎？有人被他們害死，他們卻還嚷著要渡世、要解放教主什麼的。」

「對呀，先把這擺一邊，我媽一天到晚都在說，世界會變成這樣，是因為人類不好，所以神才會降下懲罰。天天聽她念，我也忍不住這麼想。因為，人類滅亡這種大悲劇，大概只有神能辦到，不是嗎？」

「或許吧，但這裡出現的神，怎麼說也不是波光教的吧？」

「不然你說是哪路神仙？」

「誰知道？但應該是更正常的神吧？譬如佛教，或是基督教……」

「要是連這麼主流的神都幹這種事，那才可怕。」

「這倒是。」我忍不住贊同。

「如果這是懲罰，我們到底做錯了什麼呢？」

「波奇，你沒有做錯任何事。」

「可是，我殺了超多蟲欸，南實看到小強也從不手軟。」

「不需要連這種小事也告解吧。」

「這只是我們自己這麼覺得啊，」波奇抬頭看我，「蟲子也有蟲子的生活。路子，你想像自己是蚊子，對蚊子來說，血就是飯，牠們只是吃頓飯，就被打死了。」

「真慘吶。」

「所以，」波奇悲傷地點頭，「仔細想想，人類全憑自己的感覺，濫殺其他生物，破壞生態平衡，地球越變越暖，連冰山都融化了。我們為了貪圖一時方便，不惜扼殺了孩子的未來，不能假裝自己無罪吧。」

波奇說的話也有一番道理，我無法反駁。

「我啊，看著南實抱著大肚子以淚洗面，心裡真的很難受。再多的話語都不足以鼓勵她、讓她打起精神，所以啦，我不禁想，什麼都好，給我們一個非死不可的理由吧，只要有了正當的理由，南實或許就能接受、停止哭泣。」

「不不不，這樣太牽強了。」

「是呀，超鬧的吧？因為，你自己看。」

波奇停下腳步，看向天空。明明是夜晚，天空卻四處冒出紅光。每天晚上都有某個城鎮的某棟建築物在燃燒，這一帶因為有義警隊巡邏，情況相對穩定，但其他城鎮的縱火時時刻刻都在發生，人們為了搶奪電池和食物而殺紅了眼。

「全亂了。吶，路子呀，我們最後究竟會如何？末日當天會發生什麼事？我們最終會以什麼方式死掉呢？死刑判決還有法官會好好說明——你們因為犯下以下種種罪，所以在此宣判死刑！不是嗎？但是，我們卻得在不明不白的情況下死掉欸。有些人是意外橫死，我們卻是被宣判了何年、何月、何日、何時會死，就這樣進入死亡倒數欸，這簡直是在威脅我們——你們就瑟瑟發抖地等死吧，不是嗎？」

波奇越說越快。

「老實說，我怕死了。明明必須好好保護南實才行，實際上我卻如此弱小、無能為力，無法替老婆和小孩做點什麼。所以，我希望至少找個理由——一個我們非死不可的理由，只要理由我能接受，感覺就會輕鬆許多，你說對吧？欸，我的腦袋是不是壞啦？」

一點也不奇怪。面對不合理的宣判，還得繼續做困獸之鬥，實在是一件很痛苦的事情。既然都要死，為何不乾脆輕鬆一點？聽說不少死刑犯在等候死刑的期間，心靈漸趨平靜。他們會反省自己的罪、接受懲罰，靜靜等候死亡的瞬間，那樣應該是最輕鬆的吧。

然而波奇、南實及多數人，都沒有構成死罪的條件。他們只能拚命尋找，替自己羅織罪名，連小蟲子的死也不放過，根本是倒果為因。然而世界已發狂到人若不瘋，就活不下去。用清醒的神智，是撐不到最後一刻的。

「一定是因為我們殺了太多螞蟻和蚊子，吹了太多冷氣，才必須受死，對吧？」

波奇尋求我的認同，眼眶泛淚，無力地跪地哭泣。我望著無助哭喊「饒過我吧」的波奇，心中燃起一叢又一叢的火苗。火苗轉瞬化作紛飛火星，燃起熊熊烈焰。

——祢究竟想做什麼？

我瞪著火光及黑煙騰竄的暗夜，向神質問。像波奇這樣單純善良的人，祢憑什麼毀滅他？我不同，我殺死了泉，罪該萬死，沒有資格乞求原諒，但波奇和他的太太南實、阿優和小直的家人、爸爸媽媽哥哥和麻子、附近的叔叔阿姨，他們究竟做了什麼而非死不可？

「世界上沒有神。」

我篤定道。波奇涕淚縱橫地抬起頭。

因為，殺了人的我，竟與善良老百姓受到一樣的懲罰，世界上哪有如此粗心大意的神明？單純解釋成運氣不好，不是爽快多了嗎？

如同吃飯吃到一半就被打死的蚊子，一顆天外飛來的大石頭，偶然地撞上地球，不需要理由，所有人眨眼即死。

無論接不接受，所有人都被迫花上半個月，一步步地走鋼索，邁向恐懼的一端。我凝視著遠方火紅的夜空思忖——

像波奇那樣，因為受不了這個瘋狂的世界而害怕哭泣，才是正常反應。

那麼，為何我會感到如釋重負呢？

我想起，每當我更新 Instagram 時，都有源源不絕的留言洗版，那是憎恨、愛情、憎恨、愛情組成的迴圈。

——路子是貨真價實的日本最後歌姬。

對，波奇，你說得對，這就是原因。我不用再提心吊膽地當歌姬，我自由了。在此之前，我一肩扛起數千名相關人員的生計，每當發片都要擔心排行成績，害怕即將被鯨魚超前。人吃東西是為了活命，我卻把吃下的東西吐出來，這樣活著到底有什麼意義？然而，從今以後，我再也不需要滿是眼淚鼻涕口水，可以好好登出這場遊戲了。

曾為Loco的我，一直都想著「要是明天死了有多輕鬆」。

如今這個「明天」終於來臨。

我蹲下來，把手撐地面的波奇擁入懷裡。人類已無力回天，儘管如此，在所剩的十五天裡，我們仍要呼吸、進食、排泄。這麼做只為了死，我完全不懂意義何在。

——吶，我想問問，**到底什麼叫做「活著」**？

我能在臨終前找到答案嗎？

我做了一個夢，夢見鯨魚開始竄紅的時期。當時Loco的光芒尚未衰退，但約莫從去年起，我就發現Loco的妝和造型有些過時，內心稍稍感到不妙。我主動提議，想挑戰新事物，卻被團隊一再駁回。

泉說，歷代歌姬墜落的其中一個原因，就是改變形象。這些歌姬從新人時期便努力往上爬，忙到沒有餘力觀察新事物。當她們在第一名的寶座坐久了、銷量也穩定了，不知是大意還是焦慮，所有人都會積極挑戰新風格。

大眾的肯定已無法滿足她們，她們也想受到專業人士認可。真膚淺呢。泉揚嘴嘲諷。

然而製作方所想的，往往跟歌迷所想的有所落差，歌迷要的不是變化。

——他們反而希望自己珍愛的 Loco，永遠維持相同的模樣。

走在時代尖端、閃閃發光的 Loco，刻意不去賣弄老手常使用的歌唱技巧。Loco 不需要成長，因為 Loco 的暢銷金曲與大家的青春回憶重疊，人們是用愛著青春的方式在愛著 Loco。記憶不能被破壞。

——所謂的歌姬，體現的是一整個時代。

——成長的話，就意味著把那個時代終結掉。

泉的說明簡單易懂，但我無法接受，想要任性反抗。因為，就算拚命維持不變，時代也會自己慢慢改變。

——所以，你是叫我不求進步，慢慢等著被超車嗎？

——是啊，無論再怎麼努力，該被拋下時就會被拋下，時代就是這樣的東西。

泉身為 Loco 的親生父母，思考方式卻如此冷靜，令我火大。

——這是你自己的經驗談？

我忿忿不平地反問。我聽人家說，泉年輕時以樂團身分出道，沒做出成績就結束了。我還聽說，泉其實很喜歡硬式搖滾。

——泉，你不想再組一次樂團嗎？

——怎麼變成在聊我呢？

——我希望你能從音樂人的角度重新出發。

——別鬧了，玩搖滾是不會賣的。

——才不是這樣，Oricon 也常有搖滾樂團上榜啊。

我舉出常在電視上看到的幾個年輕人氣樂團。

——那種東西不叫搖滾！

想不到，泉勃然大怒。看著他不悅地皺眉，我先是一愣，接著「呵呵」地浮現壞心眼的笑容。

——老頭子最愛說大道理呢。

泉的反應相當有趣，只見他視線左右飄移，尷尬地抓起香檳、逃進浴室。我還是第一次看見他落荒而逃。

甦醒時，房內一片漆黑，我差點以為自己還是Loco。

——泉？

我焦急地從枕邊拿起手機，搜尋泉的樂團，結果只找到一支畫質很差的影片，團員全員留長髮，穿著黑色緊身褲，看起來俗到爆，害我不小心噴笑。然後，我想起泉在夢中尷尬的模樣。

在這個萬事問網路的時代，竟然只找得到一支出道當時的影片，就算年代久遠，也太慘了吧，想必銷量真的很差。也許這段黑歷史一直盤踞在泉的心裡，對他產生了影響。為了避免重蹈覆轍，泉努力跨越時代隔閡，不知不覺間，也變得無法登出這場遊戲了。

思及此，我驀然淚如雨下。泉向來表現得成熟冷靜，臉上掛著能撫平一切的微笑，笑容裡卻不含溫度，彷彿早已心死。人們說，泉自詡為創作才子，能洞察先機，所以總是瞧不起別人，我原本也這麼以為。

——泉，難不成，你也想過要死嗎？

我對被我遺留在東京住處的泉發問。我無法得知別人怎麼想，也許這全是我出自罪惡感的想像。我反覆聽著泉的樂團留下的唯一曲子，不停掉淚。

因為躺著滑手機，淚水流進耳朵，發出啵喀啵喀的雜音。我從泉那裡奪走了東西，必須償還才行。

奪走了什麼呢？

他的命？

還是他的歌？

隔天，我提議變更曲目。畢竟是Loco的終場演唱，我本來安排了粉絲最愛的歌單，然而執行上實在有困難。

「我們乾脆表演自己喜歡的曲目吧！」

此案一出，大家的眼神都閃閃發亮。

「但，這可是Loco的最後一場演唱會欸，客人會接受嗎？」

「在Instagram上重新公告就好啦，說可以接受再來，不能接受就不要來。世界都要毀滅了，本來就不會有幾個人跑來吧？我們就表演自己喜歡的吧！」

眾人發出歡呼聲。

「哇哇——這下怎麼辦？我整個嗨起來了，老實說，之前聽到『世界上最美最難過的聖誕節，只因為你不在身邊』這種歌詞，我都要冷掉了。」

「對欸，這首歌完全不嗨。」

我同意大家的看法，換曲一事拍板定案。我們加進了從前組團時寫的自創歌曲，然後各自挑選喜歡的名曲。集結眾人喜好的歌單看起來毫無統整性，大家也應我的要求，安插了泉的曲子。

「這首我可以自彈自唱！」

我從老家挖出從前買的便宜吉他，拍掉厚重的灰塵。從昨晚到今天，我反覆聆聽那首歌曲，已經聽到倒背如流。你會彈吉他？面對眾人的質疑，我靜靜在椅子上坐下，「嘶」地吸氣，用指甲彈出前奏。

「哇咧，好難聽。」

「路子，這樣不行啦，吉他還是交給波奇吧。」

我回「少囉唆」。我知道自己吉他彈得很爛，但唯有這首歌，我必須自己來。這首曲子代表了我的罪與愛——說是這樣說啦，不過自彈自唱果然很難，無法專心演唱，所以我彈到一半起身，放下吉他。

我的樂器是歌喉，只要親身去唱就行了。

聽說，泉曾熱愛力道強勁的硬式搖滾；諷刺的是，網路上唯一留下的曲子，卻是一首敘事曲。泉為Loco寫了許多敘事曲，每一首歌都灑滿了糖；這首不是，聽起來很沉重，就像從前的搖滾樂團放在專輯最後的那種歌——令人感到窒息鼻酸的情歌。

清唱的同時，我也深感懊惱。歌聲高亢嘹亮的我，唱不出泉本來的韻味。我丟臉地唱完，失望地垂下肩膀，儘管唱得不好，但是大家都圍著我拍手。

「滿好聽的欸，這是那個吧？」

「對對，是那個吧，叫啥去了？」

就在大家搶著說「那個、那個」時——

「〈Hard Luck Woman〉。」

回頭一看，南實站在材料倉庫門口。

「南實，你怎麼跑來了？」

波奇率先衝過去。自從小行星的新聞播出以來，南實一次也沒踏出家門，也沒來看我們練團。只見南實怯生生地走來，大家連忙拉椅子要她坐下，一面關心地問著「身體怎麼樣啦？」、「挺著大肚子很辛苦吧」，南實看著我說：

「你剛剛唱的歌，是ＫＩＳＳ樂團的〈Hard Luck Woman〉對不對？那是我的愛歌欸！」

聽說南實很迷從前的硬式搖滾，甚至比波奇還了解。大夥兒瘋狂點頭，說著「對對對」、「就是它，ＫＩＳＳ啦」。

「剛剛那首歌，是我男朋友的自創曲。」

「欸？抱歉呀，我弄錯了。」

我笑著搖搖頭。老實說，我剛看到影片時，也想到了ＫＩＳＳ樂團，副歌簡直一模一樣。想不到泉年輕時，跟喜歡模仿毒藥樂團和克魯小丑的我們沒有兩樣，我聽到之後先笑了，然後哭了，更加決定一定要加入這首歌。

「那個，我也可以來看你們練團嗎？」

「當然呀！」大家同聲道，波奇緊擁妻子。太好了，這樣一來，波奇也能稍稍鬆一口氣。不過，她是如何克服恐懼的呢？

「只有最後一天太可惜了，要不要乾脆把練習情形也上傳 Instagram？」

南實提議道，全員頓時充滿幹勁。我們從小最喜歡引人注目。決定之後，大夥兒迅速行動，我重新調整髮型和妝容，波奇和小直把背帶拉長，阿優練起轉鼓棒。

「不是應該先練曲子嗎？不過，很像你們的作風。」

詩織和南實拿起手機錄影，喜世從不同角度拍攝和剪輯，很快地，影片即將上傳Loco的Instagram。

「路子，看這裡。」

一看到手機鏡頭，我忍不住扮鬼臉比「耶」。

「路子呀，你已經是大人了，沉穩一點。」

怎知話一說完，所有人都扮起了鬼臉，致力表現出活潑的一面。我們已經沒有未來，稍微大意就會被黑暗的絕望所吞噬。所以，我們要使出丹田之力，盡情大笑。

每天夜裡，我都會聽見隔壁房傳來媽媽的啜泣聲，以及爸爸安慰的話語；卓哥噙著淚在家門前和孩子玩傳接球；麻子把房間牆壁貼滿偶像海報。世界被恐懼包圍，沒有人不害怕。

將練習情形上傳Instagram後，大量的讚和留言如洪水般湧入，有正面留言說「扮鬼臉好可愛」，也有惡意留言說「超爛」、「去死」；裡面還有超級中肯的建議「不會占用頻寬嗎」。

「別擔心，上網人數已經少很多。」

曾在ＩＴ企業上班的喜世說。

「可是偶爾會斷網，然後又能連線，那是怎麼回事？」

「大概是少數工程師在死撐吧。」

「這種時候，還有人在工作啊。」

小直佩服不已，喜世「嗯——」地側首思索。

「我想是因為，這麼做也是在支撐自己？」

「支撐？」

「不找點事情做，遲早會發瘋呀。」

大家陷入沉默。如果只是靜靜地發呆等死，實在教人無法忍受。與其那樣，還不如藉由「還有人需要自己」、「由我撐起搖搖欲墜的世界」等自負心來擊退步步迫近的恐懼。諷刺的是，人們直到死亡將至，才開始尋找自己的生存意義——這裡說的意義無關善惡。

有人想要幫助別人，也有人藉由破壞來燃燒生命。日本已全面陷入動亂，多虧有惡棍老爹們拉起防守線，我們居住的區域尚稱和平，町內會甚至會替大家煮飯。外地人聽聞這裡有糧食，趁夜摸黑來打劫，結果反被義警隊爆打一頓、奪走車上的物資，勉強帶著小命逃跑。

反過來說，我們也在做一樣的事情。擅長打架的人每天都會外出巡邏，扛著食物回來。沒人會問「東西是怎麼來的」。為了不讓自己餓肚子，世界上勢必有人要餓肚子，大家只是裝作沒看見，以此享受著微小的和平。

每天每夜，我們都為自己的弱小卑微而羞愧，即便如此，仍要活下去。為了不和絕望對上眼，沒有人會去評斷善惡，也無人有資格去評斷善惡。

「別擔心，神這麼做，一定有祂的用意。」

南實平靜而篤定地說。

「我們不是在接受懲罰，我相信等人類消失後，會發生很美妙的事情。從前有巨大的隕石使恐龍滅絕，哺乳類因而增加，最後才有了我們呀。這次也一樣，一定會有某樣比我們更好的事物誕生。波光教的區長每天都有更新談話，我都跟婆婆一起聽哦。」

南實摸著自己大大的肚子說。這就是聖母的微笑吧。

「吶，你說對嗎？」

南實問著自己的先生，波奇用力點頭。

「是呀，儘管人類無法參透天意，但一定具有重大的意義。」

對著彼此點頭的波奇和南實，看起來平靜且幸福。

是啊，這就是他們選擇的「接受方式」。

大家什麼也沒說。來到這一步，**只能各自秉持相信的事物，用自己的方式迎接末日來臨**。別人懂不懂、接不接受，已無關緊要。

生存方式、死亡方式，已然存在於各自心中。

我們頻繁地更新 Instagram。

哪怕是跟表演曲目無關的曲子也不打緊，我們依照當天的心情，隨心所欲地演奏。

Instagram 瞬間就被讚爆，我會趁休息時間閱讀留言。

「Loco，我現在好幸福。在此之前，我從未感受過幸福，甚至希望所有人統統死掉。只有 Loco 是我的唯一真愛，我的夢想就是聽著 Loco 的歌死去。」

「我倒想看看你怎麼死，所以會去參加終場演唱會。」

「我無事可做，最後一天就去參加 Loco 的演唱會吧。」

「Loco，跟你說哦，我男友自殺了，請問我該怎麼辦呢？」

支離破碎的留言相當地多，看起來既像在對我傾訴，也像單純需要一個情緒出口，其中還有留言說「比起鯨魚，我更喜歡 Loco」，用貶低別人的方式來表達喜歡。察覺無意義的比較之後，我才想起遺忘多時的鯨魚。在此之前，我也陷入比較心理，給自己造成莫大的壓力。

鯨魚也有 Instagram 官方帳號，主要用來開限動直播，現在正跳出直播通知。點進去後，女歌手少見的沙啞低音流瀉而來。還是一樣老土，但也厲害到令人火大。

只見鯨魚抱著吉他，輕鬆地表演我放棄的自彈自唱。老實說，泉留下的曲風更適合由她唱。縱使不甘心，但如坐針氈的焦慮並未造訪，我反而很高興她還有在唱。

鯨魚唱完幾首歌後，抬頭看鏡頭。我吃了一驚。先前她總是用令人厭煩的瀏海遮住眼睛，默默唱完幾首歌便朝鏡頭行禮、關掉直播，現在卻能看著鏡頭說話了。俗氣的衣服、厚厚的嘴唇、平板的魚臉。

「呃，大家還活著嗎？我還活著。啊，對哦……看了就知道。」

鯨魚歪嘴笑了笑，陰沉的模樣使我一縮。

「那個，呃——謝謝大家來看直播。呃、啊——有人留言說想死，等一下我會唱新做的曲子，請你聽完再死。」

哪有人會這樣說話啦？但是，我也感到輕鬆多了。

「呃，有人問新歌的歌名。沒有歌名，反正快死了，我想說不取名字也無所謂，就是我寫的歌。」

鯨魚小聲地自言自語，然後突然演奏起新曲。很棒的一首歌，所以我不自覺地按了讚，其他在看直播的觀眾馬上眼尖地發現了。

「Loco 按了讚！」

「Loco 也喜歡鯨魚嗎？」

我一邊看著留言，一邊打字「之前不喜歡，但這是一首好歌」並送出。此時團員喊道「開始練習囉——」，我起身，回去排練。到家以後，我重新打開 Instagram，看到鯨魚回了留言「我也喜歡 Loco 最近的歌」，不禁笑出來。

不只我和鯨魚，世界上的所有人都在開直播。歌手、政治家、宗教家、社運家、作家、演員、工程師、藝人，以及每一個普通人。內容不是只有鼓勵，也有絕望和詛咒，還有知名英國演員開直播飲彈自盡。

我隨心所欲地按讚，或是不按；其他人也是想到就按，或是不按。等候最終日的期間，人們如同繁殖一般聯繫在一起。

倒數日將近時，沒有地方能倖免於難。就連有惡棍義警隊鎮守的這座小鎮，也被那些自我放逐的暴民闖入，放火燒了大半的屋舍，陷入斷水斷電。村上叔死了。鄰居家的孩子哭著說想搶救喜歡的布偶，村上叔衝入火海，最後沒能把布偶救出來。

今天，大家來到會場做準備。地點是町內的公民會館，最多只能容納五十人的老舊建築。因為地區陷入停電，卓哥動用了所有工地用的發電機，公民會館也備有緊急發電機。我和波奇一邊架設麥克風與擴大機等最低限度的音響設備，一邊從公民會館的二樓眺望聚集在建築物前院的人潮。

「來了好多人。」

「不過，多數都是來湊熱鬧的。」

從幾天前起，小鎮便出現人潮。義警隊詢問之下，聽說大家都是來參加Loco的演唱會。舉目所及，人潮多半由看起來就對演唱會沒興趣的中老年人所組成，這些人或是家園被燒掉，或是無依無靠，因為無處可去，所以和陌生人聚在一起，聽說哪裡有演唱會就趕來湊熱鬧。陌生人潮在公民會館的外圍組成小單位，替人們煮飯，我經過也沒人會多看一眼。

當我弄完設備、走回家時——

「小姐啊。」

有人喊住我。我看見一對中年男女與高中男女，感覺像是一般常見的逃難家族，但其中那位大叔超級不妙，黑色西裝外套上沾滿了乾掉的血痕、呈現奇異的反光，裡頭的襯衫也吸飽了血。旁邊的阿姨乍看像是普通人，但眼神也充滿殺氣。

「請問，Loco 的演唱會會場，就在這條路上嗎？」

女孩從殺氣騰騰的雙親後方探出頭，小心翼翼地發問。

「應該說，請問你是 Loco 本人嗎？」

少女留著烏黑長髮，在和平的時期應該是超級美少女，現在因為無法洗澡，看上去有些蓬頭垢面。包含我在內，所有人都是如此。街上惡臭瀰漫，人類變成會走動的廚餘。少女睜著大眼，骨碌碌地望著我，那是好奇與崇拜的眼神，從前我老是被當成稀有動物，對此很厭煩，如今卻感到新鮮。「沒錯！」我挺胸道。

「果然沒認錯！我是你的忠實粉絲，之前好不容易拿到演唱會門票，本來很期待去參加的。」

少女羞赧地說，她的身後似乎站著一位弟弟，一樣好奇地打量我。

「我在夏威夷的飯店遇過妳哦。」

「哦？真的呀？」

「當時是半夜，在水族箱前。你說『海洋這麼大，這些魚卻被關在小小的箱子裡，真可憐』，我一直記得哦。」

臉頰一陣燥熱。我竟然說了這麼像詩的句子嗎？

「抱歉，快點忘掉吧。那個我不是我。」

總之，我先為他們指路，然後說「演唱會上見」，正要離開時——

「對了，小姐，你是不是要唱那個？」

流氓老爹叫住我。

「哪個？」

「你上次放到Instagram上的那個啊，一首老樂團的歌。」

流氓老爹隨口哼唱幾句。他有一副好歌喉。

「〈Hard Luck Woman〉？」

「對對！」流氓老爹猛點頭。果然聽起來很像啊。我聳肩。

「會唱，不過那是我男友寫的歌啦。」

「是抄襲吧？」

「少囉唆。」

「既然這樣，要不要連毒藥樂團的一起唱？」

「我們會唱〈Talk Dirty To Me〉哦，還有哈諾伊的〈Motorvatin'〉和克魯小丑的

〈Take me to the top〉。」

克魯小丑的歌和我的音質很搭，我特別喜歡。

「好耶，看來可以帶著暢快的心情赴死了。」

流氓老爹露齒而笑，旁邊的阿姨則是苦笑。

「恭喜你們。」

姐弟笑著對父母說。看來至少還有這一家子，期待來看我們的演唱會，我也跟著開心起來。

「你們的爸媽很讚欸。」

我一說，姐弟倆回頭看我。

「最後一天，他們還願意帶孩子去想去的地方。」

停頓了半秒，兩人露出燦爛的笑容，點頭說：「是！」

當天是晴朗的好天氣，拉開窗簾，刺眼的陽光照進來。

回頭看向客廳，爸爸、媽媽、卓哥一家、厤子，大夥兒靠在一起睡覺。最後一夜，我們全家依偎著彼此入眠。

我叫醒大家，用早已重複使用過無數次的臉盆水稍稍洗臉，拿起爆炸的牙刷刷牙，全家平分剩下的食物，接著出發。

前往公民會館的途中，卓哥的太太突然大叫、雙腿無力地蹲下來，卓哥默默將太太背在背上。兩個孩子被自己媽媽的模樣嚇到尿溼，兩老分別抱起孩子。我跟媽媽說，我來背吧，媽媽說：

「你要留點體力，等一下還有重要的工作呀。」

我同意，並繼續前往公民會館。

公民會館二樓面向前院的牆壁已被拆除。由於聚集的人數已超過場地能容納的範圍，我們討論該如何讓所有人都能看見，卓哥聽了，為我們打掉了二樓的牆壁。將單側牆壁開放的二樓當作舞台，就能讓所有人一同觀賞。

小行星會在下午三點撞擊地球。

午後一點四十五分，演唱會開始前，我、波奇、小直、阿優各自帶著家人圍成圓圈，輕喊「嗨到最後！」，就此結束對話。我高高盤起油膩的頭髮，穿上媽媽為了這一天，親手為我縫製的洋裝。

來到公民會館二樓打通的舞台，三成的激烈掌聲與七成的無力空氣迎接我們。放眼望去，藍天之下，來到會館前的民眾各個身形憔悴。

——好累，已經無所謂了。

——反正都要結束，不如早點結束。

使人沒勁的觀眾視線，讓我彷若回到櫻庭美咲時代，在大型購物中心開放的中央舞

台露內褲跳舞。當時的我沒有粉絲，只有碰巧來購物的民眾投以憐憫的目光。我想起堅硬的塑膠長椅上，坐滿了拄著拐杖、在家沒有立足之地的寂寞老人。

波奇和小直試彈了幾個音，阿優也猛敲了幾陣鼓。回首眺望，只能看見稱不上舞台的公民會館地板，大夥兒的家人站在兩側，守護著我們。我和左側的波奇與右側的小直交換眼神，最後朝阿優點個頭。

——好，開始！

一、二、三、四……阿優用力敲響踏鈸和銅鈸，第一首歌便火力全開。這是最適合末日揭幕的華麗倒數。

寥寥無幾的 Loco 粉絲率先歡呼跳起，其中包括昨天遇見的小姐弟。他們一邊跳著，一邊在嘴唇幾乎相觸的距離下相視而笑。

——咦？難道他們不是姐弟？

流氓老爹在孩子們的後方盤腿坐下，喝著不知從哪弄來的整瓶啤酒，那位媽媽還在旁邊準備了一些小菜。

——根本是來賞花的吧！

我開心不已，忍不住用力高歌。我的優點就是音量大，哪怕用的是品質不佳的麥克風和擴音器，我彷彿也能將聲音傳至世界盡頭。

因為在場者較多是難民，這裡沒有演唱會特有的熱氣，但也有小部分人自己嗨翻了

天。一些老搖滾樂迷看見我的Instagram，也被吸引過來。演唱懷舊曲目時，有老爺爺激動起身，朝天空握拳。

我唱得很痛快，波奇、小直和阿優也汗水淋漓地歡笑著。

下午三點，爆炸聲響，天空出現巨大光芒。邊緣帶著一點紅的光球慢慢劃過青空，人們發出尖叫聲，幾個小火球飛來了。

「不是說只有一顆嗎？」

我拿著麥克風喃喃自語，演奏也中斷了。

大大小小的美麗光球從天而降，不知不覺間，驚叫聲戛然而止，超越恐怖及絕望的某樣東西支配了世界，使有聲化為無聲。我只是著迷地注視著。璀璨的光芒之中，落下大大小小的燃燒光球。多麼壯麗的舞台裝置，我之前沐浴過的任何舞台燈都無可匹敵。

我一直以為，等著迎接我們的，會是多麼可怕的末日景象。

結果根本不是啊。這是為我設計的絕美舞台。

——我要唱了。

左邊是波奇，右邊是小直，回頭是阿優，成員各自與家人相擁。我的家人也緊緊抱在一起。我與神情激動的媽媽四目相接，朝她用力點頭，表示「交給我吧」。

我深深吸氣，從喉嚨擠出第一個音。

清唱時，大量的記憶奔湧而至。裙襬飄飄唱歌跳舞的我。開心吹奏口風琴的我。裸

身沉入深紅浴缸的泉。第一次的東京巨蛋演唱會。和波奇他們一起參加的全國樂團大賽。從高腳杯底部浮起的香檳金色泡沫。被馬桶的漩渦沖走的嘔吐物。曾經開心，曾經想死。種種記憶和情感以驚人的流速混合碰撞、濺出水花，從我的喉嚨迸發。

我曾經妄想著，要是明天死了有多輕鬆。

這個明天終於來臨。

然而，當世界來到最後一刻，我卻想要再活久一點。

這並非後悔，這是更加柔軟、陶醉的心情。

把它稱作希望，會很奇怪嗎？

我瞪著降下的光點，奮力高歌。很快地，從海洋高高捲起的某樣東西，會將我們全數吞沒。那東西既像迄今給予我萬丈光芒的神，也像將我推入地獄深淵的惡魔。我一面害怕自己無法逃離，同時發現自己無可救藥地愛著它。所以，我會攤開全副身心，與之正面相迎。

踏鈸和銅鈸聲響。

貝斯和吉他追了上來。

這是揭幕，還是閉幕呢？我把自己託付給也許是幻聽的音樂。

然後，在從遠方造訪的臨終抵達之前，盡情歌詠生命。

文字森林
READING FOREST
文字森林系列 034

毀滅前的香格里拉
滅びの前のシャングリラ

作　　　者　凪良汐（凪良ゆう）
譯　　　者　韓宛庭
封 面 設 計　鄭婷之
內 頁 設 計　楊雅屏
行 銷 企 劃　魏玟瑜
主　　　編　陳如翎
出版二部總編輯　林俊安

出 版 發 行　采實文化事業股份有限公司
業 務 發 行　張世明・林踏欣・林坤蓉・王貞玉
國 際 版 權　施維真・王盈潔
印 務 採 購　曾玉霞・謝素琴
會 計 行 政　李韶婉・許俽瑀・張婕莛
法 律 顧 問　第一國際法律事務所　余淑杏律師
電 子 信 箱　acme@acmebook.com.tw
采 實 官 網　www.acmebook.com.tw
采 實 臉 書　www.facebook.com/acmebook01

I S B N　978-626-349-428-2
定　　　價　430 元
初 版 一 刷　2023 年 10 月
劃 撥 帳 號　50148859
劃 撥 戶 名　采實文化事業股份有限公司
104 台北市中山區南京東路二段 95 號 9 樓
電話：(02)2511-9798　傳真：(02)2571-3298

國家圖書館出版品預行編目資料

毀滅前的香格里拉 / 凪良汐著 ; 韓宛庭譯 . -- 初版 . – 台北市 : 采實文化事業股份有限公司 , 2023.10
336 面 ; 14.8X21 公分 . -- (文字森林系列 ; 34)
譯自 : 滅びの前のシャングリラ
ISBN 978-626-349-428-2(平裝)
861.57　　112013732

采實出版集團
ACME PUBLISHING GROUP